『경성일보』 문학 · 문화 총서 ❾

탐정소설 누구

〈『경성일보』 수록 문학자료 DB 구축〉 사업 수행 구성원

연구책임자

　　　김효순(고려대학교 글로벌일본연구원 교수)

공동연구원

　　　정병호(고려대학교 일어일문학과 교수)

　　　유재진(고려대학교 일어일문학과 교수)

　　　엄인경(고려대학교 글로벌일본연구원 부교수)

　　　윤대석(서울대학교 국어교육과 교수)

　　　강태웅(광운대학교 동북아문화산업학부 교수)

전임연구원

　　　강원주(고려대학교 글로벌일본연구원 연구교수)

　　　이현진(고려대학교 글로벌일본연구원 연구교수)

　　　임다함(고려대학교 글로벌일본연구원 연구교수)

연구보조원

　　　간여운 이보윤 이수미 이훈성 한채민

주관연구기관

　　　고려대학교 글로벌일본연구원

京城日報

일본학 총서
53

『경성일보』
문학·문화 총서
09

탐정소설

누구

에밀 가보리오(Émile Gaboriau) 지음 · 후세 생(布施生) 번안 | 유재진 옮김

역락

〈『경성일보』 문학・문화 총서〉 기획 간행에 즈음하며

본 총서는 고려대학교 글로벌일본연구원에서 한국연구재단 토대 연구사업(2015.9.1~2020.8.31)의 지원을 받아 〈『경성일보』 수록 문학자료 DB 구축〉 사업을 수행하는 과정에서 발굴한 『경성일보』 문학·문화 기사를 선별하여 한국사회에 소개할 목적으로 기획한 것이다.

조선총독부의 기관지로서 일제강점기 가장 핵심적인 거대 미디어였던 『경성일보』는 당시 정치, 경제, 문화, 사회 지식, 인적 교류, 문학, 예술, 학문, 식민지 통치, 법률, 국책선전 등 모든 식민지 학지(學知)가 일상적으로 유통되는 최대의 공간이었다. 이와 같은 『경성일보』에는 식민지 학지의 중요한 한 축을 구성하는 문학·문화의 실상을 알 수 있는 일본 주류 작가나 재조선일본인 작가, 조선인 작가의 문학이나 공모작이 다수 게재되었다. 이들 작품의 창작 배경이나 소재, 주제 등은 일본 문단과 식민지 조선 문단의 상호작용이나 식민 정책이 반영되기도 하고, 조선의 자연, 사람, 문화 등을 다루는 경우도 많았다. 본 총서는 이와 같은 『경성일보』에 게재된 현상문학,

일본인 주류작가의 작품이나 조선의 사람, 자연, 문화 등을 다룬 작품, 조선인 작가의 작품, 탐정소설, 아동문학, 강담소설, 영화시나리오와 평론 등 다양한 장르에서 식민지 일본어문학의 성격을 망라적으로 잘 드러낼 수 있도록 구성하였다. 아울러 본 총서의 마지막은 〈『경성일보』 수록 문학자료 DB 구축〉 사업을 수행하는 과정에서 발굴된 문학, 문화 기사를 대상으로 식민지 조선 중심의 동아시아 식민지 학지의 유통과정을 규명한 연구서 『식민지 문화정치와 『경성일보』: 월경적 일본문학·문화론의 가능성을 묻다』로 구성할 것이다.

　본 총서가 식민지시기 문학·문화 연구자는 물론 일반인에게도 널리 읽혀져 식민지 조선의 실상을 바라보는 새로운 시각을 제시하고 동아시아 식민지 학지 연구의 지평을 확대시킬 수 있기를 기대한다.

2020년 5월
〈『경성일보』 수록 문학자료 DB 구축〉 사업 연구책임자 김효순

일러두기

1. 「탐정소설 누구」는 1917년 7월 4일부터 12월 1일까지 『경성일보』에 연재되었다.

2. 현대어 번역을 원칙으로 하나, 일부 표현에 있어 시대적 배경을 고려하여 당대의 용어와 표기를 사용하기도 했다.

3. 인명, 지명 등과 같은 고유명사는 초출시 ( ) 안에 원문을 표기하였다.

4. 고유명사의 우리말 발음은 〈대한민국 외래어 표기법〉(문교부고시 제85-11호) '일본어의 가나와 한글 대조표'를 따랐다.

5. 각주는 역자주이며, 원주는 본문의 ( ) 안에 표기하였다.

6. 판독이 불가능한 글자의 경우는 ■으로 표시하였고, 문단의 경우는 [이하 **줄 판독 불가]로 표시하였다. 단 원문에 ■로 표기되어 있는 경우는 원문 그대로라고 그 사정을 밝혔으며, 그 외의 기호는 원문 그대로 표기하였다.

차례

누구

에밀 가보리오(Èmile Gaboriau) 지음

후세 생(布施生) 번안

제1회

파리 프로방스(Provence) 거리에 야스베(保部)라는 유명한 은행이 있다. 그 일은 정확히 1913년 2월 28일에 일어났다. 아침 아홉 시, 신사 한 명이 불쑥 이 은행에 들어왔다. 나이는 마흔 정도로, 키가 크고 얼굴빛이 가무잡잡해 얼핏 보면 군인 같이 생겼고 상복을 입고 있었다. 그는 모자도 벗지 않고 접수대를 들여다보며 말했다.

"돈을 받으러 왔소."

실내에 있던 일찍 출근한 은행원 네다섯 명은 난로를 둘러싸고 상사의 출근을 기다리며 담소를 나누고 있었기 때문에 불의의 손님에 당황해서 곧바로 응대하는 사람이 아무도 없었지만, 잠시 뒤 접수창구 근처에 있던 가베오(壁尾)라는 은행원이 대답했다.

"출납 담당은 아직 출근하지 않았습니다."

대답을 들은 신사는 불만스럽다는 듯이 내뱉었다.

"이거 난처하군. 그럼 은행장을 만나봐야겠소."

"은행장님은 현재 부재중이십니다."

"이러면 곤란하네. 오늘 아침 아홉 시에 14만 엔을 받으러 오겠다는 연락을 어제 받았을 텐데. 나는 올로롱(Oloron)의 구라베(倉部)일세."

구라베라면 최근 명성이 자자한 철강왕이다. 은행원은 다급하게 대답했다.

"그렇습니까. 그렇지만 출납 담당자가 아직 출근을 안 해서요."

"그럼 어쩔 수 없군. 다시 오겠네."

구라베는 들어올 때랑 똑같이 인사도 없이 문을 열고 나가버렸다.

"그러고 보니 스즈토미(鈴富) 녀석 늦네."

"게으른 놈이야. 그러면서 출납 담당이라니."

"어쩔 수 없지. 은행장님이 편애하시니까."

"아무튼, 화려한 생활을 하고 있어. 돈이 부족하지도 않나 봐. 아직 잘 버티고 있는 거 보니."

"그야 뭐, 주식에 꽤 손을 대고 있다는 소문도 있던데."

"돈 좀 벌었데?"

"글쎄, 최근에는 뭐, 손해만 보고 있다는 소리도 들리고."

남 얘기로 이야기꽃이 활짝 피기 시작했을 무렵, 소문의 주인공, 스즈토미 사카에(鈴富昌)가 불쑥 들어왔다. 나이는 서른 전후로, 유행하는 스타일의 맞춤복을 입고 약간 거들먹거리는 모습이 얄미워 보이지만, 얼핏 보기에는 키가 훤칠하고 부드러운 인상이면서도 차가울 정도로 침착한 미남이었다.

"여어, 스즈토미 군, 조금 전에 자네를 찾아온 손님이 있었어."

"철강왕이지?"

"그래. 오늘 아침 아홉 시에 14만 엔을 받기로 했다면서 화를 내고 돌아갔다네."

"조금 늦었는데 신경 쓸 필요는 없어. 다시 오겠지, 뭐. 돈은 어제 정확히 준비해놨으니까 바로 줄 수 있어."

스즈토미는 제 할 말만 내뱉은 뒤 자기 방으로 들어갔다.

요즘 은행 건물은 마치 하나의 포대(砲臺)처럼 견고하다. 그중에서도 야스베은행은 그 명성만큼 건물 구조에 각별한 신경을 썼고, 특히 금고가 있는 방은 상상 이상으로 철통같이 경계를 했다. 방이라기보다는 철로 만든 상자라고 표현하는 쪽이 정확할 정도로 문을 한 번 닫으면 여는 것은 물론이고 부수는 것조차 생각할 수 없었다. 게다가 금고에는 빗케회사 전매의 발명품이자 최신형 글자 맞추기식 자물쇠가 달려있었다. 수납 담당자는 매일 암호 문자를 바꿔놓았다. 글자가 맞지 않으면 아무리 열쇠를 넣어도 금고는 열리지 않는다. 그리고 암호는 수납 담당자가 매일 은행장에게 보고했다. 열쇠도 은행장과 수납 담당자가 하나씩 갖고 있다. 그러니까, 은행원 몇 십 명 중에서 금고를 여닫을 수 있는 사람은 수납 담당자와 은행장 둘뿐인 것이다.

(1917. 7. 4.)

제2회

금고를 열려고 들어간 스즈토미는 금세 창백한 얼굴로 헐레벌떡 뛰어나오더니 근처에 있던 의자에 쓰러지듯 주저앉으면서 외쳤다.

"큰일 났어. 돈이 없어졌어. 도둑맞았어."

어느새 출근한 은행원들이 마치 미리 짠 놓은 것처럼 동시에 벌떡 의자에서 일어났다. 대여섯 명이 달려와 스즈토미를 에워쌌다.

"뭐라고? 돈이 없다고?"

"금고가 털렸단 말인가, 자네?"

"금고가 부서진 건가?"

스즈토미는 놀란 가슴을 진정시키며 대답했다.

"부서지진 않았네. 금고는 멀쩡하네."

"그런데 돈이 사라졌다고?"

"어이, 허둥대지 말게. 금고에 원래 돈이 있긴 했는가?"

"있고말고. 오늘 아침 일찍 필요해서 14만 엔을 딱 맞춰놨다고. 100엔짜리 천 장, 10엔짜리 사천 장, 분명히 다발로 묶어서 넣어 두었는데 지금 가서 보니 없어졌네."

"아니 이상하지 않나. 마술도 아니고. 어떻게 이런 일이 일어날 수 있단 말인가."

"하지만 진짜로 없다네."

"없다니……."

그가 사려 깊은 목소리로 말을 이었다.

"그러니까 내가 허둥대지 말라는 건, 금고를 열 수 있는 사람은 자네만이 아니지 않은가. 그야 물론 우리는 열 수 없지만, 은행장님은 어떤가. 당연히 열쇠를 갖고 계시지 않겠나."

"어, 그러고 보니 그러네."

옆 사람이 맞장구쳤다.

"분명히 은행장님일걸세. 은행장님이 꺼내서 어딘가 다른 곳에 넣어두신 거야."

그럴듯한 설명에 스즈토미는 '그럴지도 모르지, 제발 그랬으면 좋겠다.'라고 간절히 바라며 조금씩 침착해졌지만, 이내 다시 생각해보더니 표정이 어두워졌다.

"아냐, 그렇지 않아. 분명 그럴 일은 없어. 내가 출납을 맡은 지 5년이 되도록 은행장님이 혼자 금고를 여신 적은 단 한 번도 없었단 말이야. 돈이 필요하실 때에는 한밤중일지라도 반드시 나를 불러서 입회시켰어."

"어쨌든 빨리 은행장님께 보고 드리게."

이런 말을 하는 사이 누가 알렸는지 은행장 야스베 야스토시(保部

安ㅅ) 씨가 잰걸음으로 다급히 들어왔다. 나이는 쉰 언저리, 머리는 약간 하얘졌지만, 얼굴의 혈색이 좋고 작은 키에 통통한 체격이다. 많은 사람을 다루는 자리에 있는 만큼 어딘지 여유로우면서도 날카로운 분위기의 사람이었다. 배가 불룩 나온 다부진 모습은 보고만 있어도 기분이 좋았다. 은행 2층에 있는 집무실이 주택과 바로 연결되어 있어 도난사고 보고를 듣자마자 재빨리 달려온 것 같다. 스즈토미를 에워싸고 있던 사람들이 그를 보자마자 모두 뒤로 물러섰다. 인사도 하는 둥 마는 둥 길을 열어주자 야스베 씨는 성큼성큼 앞으로 걸어와 스즈토미의 어깨에 손을 올렸다. 배포가 큰 은행장조차 지금은 조금 흥분한 듯 보였다.

"스즈토미, 돈을 도둑맞았다는데 도대체 무슨 소리인가."

"아아."

스즈토미는 목에 걸린 숨을 뱉어내듯 말했다.

"죄송합니다. 실은 지불할 일이 있어서 14만 엔을 어제 중앙은행에서 가져다 놨습니다."

"어제? 내가 항상 말하지 않았는가. 돈은 당일에만 가져오라고."

"죄송합니다. 하지만 오늘 이른 아침에 지불해야 해서 그만……."

"그래도 그러면 안 되지. 가져온 다음에 어떻게 했나?"

"금고에 보관했습니다. 조금 전 확인하러 들어갔더니 아무것도 없습니다."

"흠, 그러면 금고는?"

"금고에는 이상이 없습니다."

"어이, 스즈토미."

야스베 씨는 무겁게 말했다.

"그런 변명은 통하지 않네. 금고를 부스지 않고 열 수 있는 건 자네와 나뿐일세."

그의 한마디로 이 순간까지 어쩌면 은행장이 돈을 다른 데다 옮겨 둔 건 아닌가, 하고 바라던 스즈토미의 허망한 기대감은 무너져 내렸지만, 그는 다시 정신을 차리고 대답했다.

"네, 말씀하신 대로입니다."

"말씀하신 대로가 아닐세. 그러면 돈은 어떻게 됐단 말인가."

"네. 저는 결코 돈을 꺼낸 적이 없어서, 혹시."

이 말을 들은 야스베 씨의 얼굴색이 싹 바뀌었지만, 그는 침착하게 말했다.

"내가 꺼냈다는 말인가? 아니야, 아닐세. 나는 모르는 일이라고."

(1917. 7. 5.)

제3회

이때 입구 쪽에서도 작은 소동이 벌어졌는지 잠시 소란스러웠다. 이윽고 만류하는 수위를 밀쳐내고 철강왕이 성큼성큼 걸어 들어왔다.

"여어, 야스베 씨, 이제야 만나게 됐네. 아까는 부재중이라고 해서 헛걸음만 쳤는데 이번에는 수위 녀석이 입구에서부터 막아서서 들여보내 주지 않더군. 아니, 도대체 단골한테 이런 험한 짓을 하는 은행이 어디 있나. 아무튼, 그런 건 다 밀어두고 오늘은 어제 말한 돈을 꼭 받아가야겠어."

이 말을 들은 야스베 씨는 기분이 약간 상한 듯했지만, 금세 다시 생각을 바꾸고 대답했다.

"네, 좋습니다. 드리지요. 하지만 잠시만 기다려 주십시오."

"오늘 아침 아홉 시로 약속했을 텐데."

"아니 뭐, 평소라면 기다리실 필요도 없지만, 오늘 아침에 작은 사고가 일어나서 그만. 대단히 죄송합니다만 10분만 기다려 주십시오. 바로 준비해서 갖다 드리겠습니다."

야스베 씨는 스즈토미를 향해서 말했다.

"어이, 바로 중앙은행에 사람을 보내게."

스즈토미는 창백한 얼굴을 들어 올리면서 대답했다.

"보내도 소용없습니다. 이제 그 은행에는 5만 엔밖에 남아 있지 않거든요."

이 말을 들을 철강왕은 얼굴에 미소를 띠면서 '흥' 하고 비웃었다. 올해 프랑스 재계는 공황 시대를 맞이해서 아무리 큰 은행이라도 그 속사정을 들여다보면 대부분 힘든 상황에 놓여 있었다. 사소한 소문이 씨가 되어 고객들이 예금을 되찾으려는 비운의 은행도 적지 않았다. 야스베 씨는 철강왕이 '흥' 하고 코웃음 친 것에 크게 모욕감을 느꼈지만 잠시 마음을 가다듬으면서 대답했다.

"아니, 뭐, 걱정하실 필요는 없습니다. 불초하나마 이 은행에는 다른 거래은행이 있으니까요."

야스베 씨는 그렇게 말한 뒤, 자기 방으로 들어가 편지 한 통과 보자기 하나를 들고 나왔다. 그가 사환 한 명을 불러서 지시했다.

"자, 이것을 들고 로트실트(Rothschild)은행에 가서 14만 엔을 받아 이분에게 전해드리게. 내 마차를 빌려줄 테니 이분과 함께 타고 가게나."

이를 지켜본 철강왕의 얼굴에서 실망스런 기색이 숨길 수 없이 묻어나왔다. 이상한 이야기다. 아무 문제없이 돈을 받을 수 있다는데도 그는 기뻐 보이지 않았다. 철강왕은 자신의 반응에 해명이 필요한 것처럼 느낀 것 같다.

"야스베 씨, 아니 행장님. 부디 언짢게 생각하지 마시오. 오랫동안 거래를 해왔지만 이런 적이 한 번도 없었잖소."

하지만 야스베 씨는 그의 말을 막으며 대답했다.

"아닙니다. 다른 말씀 하실 필요 없습니다. 일은 일이고, 호의는 호의니까요. 저에게는 지불할 의무가 있고 게다가 당신은 급하게 돈이 필요하시잖아요. 죄송하지만 부디 이 자와 함께 로트실트은행까지 같이 가주십시오."

손님이 나간 후 야스베 씨는 참을 수 없는 호기심으로 몰려든 은행원들을 둘러보며 말했다.

"자, 모두 책상으로 돌아가세요."

이 말을 듣고 모두 정신 차린 듯 서둘러서 자기 자리에 앉았다. 장부를 넘기거나 펜을 끼적이는 소리가 여기저기에서 울려 퍼졌다.

(1917. 7. 6.)

제4회

야스베 씨는 잠시 안절부절못한 채 방안을 왔다 갔다 하다가 문득 기가 빠진 듯 생각에 잠긴 스즈토미를 보고 그에게 다가가서 말했다.

"스즈토미, 자네 방으로 가세."

야스베 씨는 앞장서서 금고실에 들어갔다. 스즈토미가 여전히 멍한 상태로 따라 들어오자 야스베 씨는 그를 가까이에 있는 의자에 앉히고 말했다.

"자, 이제 아무도 듣는 이가 없네. 전부 다 솔직하게 말해주게."

"아까 말씀드린 것 외에 달리 드릴 말씀이 없습니다."

"스즈토미, 자네는 그런 말도 안 되는 얘기로 억지를 부릴 샘인가. 어리석네."

야스베 씨가 그의 곁으로 다가가면서 부드럽게 말했다.

"스즈토미, 아니 사카에. 잘 생각해 보게. 자네가 나한테 온 것이 몇 살 때이지? 잊지 않고 있네. 15년 전 자네가 열다섯 살 때, 네 아버지한테 부탁받은 뒤로 쭉 내가 자네를 돌봐주고 있지 않은가. 물론, 나는 자네 상사라네. 하지만 그건 표면상 그렇다는 거지. 나는 자네한테 아버지 같은 존재이지 않은가. 내 몸값이 늘어날 때마다 자네 수당도 늘어났지. 네 나이에 그 정도의 수당을 받는 사람은 세상 어떤 은행에도 없을 거네……."

스즈토미는 상사로부터 이렇게 부드러운 말을 들어 본 적이 없었다. 그는 무심코 눈물이 날 것 같았지만 꾹 참고 조용히 있었다. 야스베 씨는 계속해서 말을 이어갔다.

"자네는 어릴 적부터 우리 집을 자기 집처럼 생각하고 지내지 않앉는가. 내 아들도 조카 시오리(枝)도 자네를 친형, 친오빠처럼 따르며 자랐지. 그런데 자네는 뭐가 마음에 안 들었는지 이 집을 나가고……."

스즈토미는 더는 참을 수가 없어서 양손에 얼굴을 파묻고 훌쩍거렸다.

"나를 아버지라고 생각하면 뭐든지 말할 수 있지 않은가. 자, 사카에. 제발 솔직하게 말해주게. 젊은 혈기로 잘못을 저질러서 자기도 모르게 그만 유혹에 넘어가 그런 짓을 저질렀다고."

"하지만 저는 그런……."

"아직도 그런 말을 하고 있나. 내가 요즘 자네 행실을 모르고 있을 줄 아나. 자네 요즘 매일 밤 어디서 뭘 하며 지내고 있지?"

스즈토미는 대답할 말이 없었다. 야스베 씨는 계속해서 다그쳤다.

"오늘 일로 은행이 위험에 처할 뻔했네. 이봐, 사카에. 내가 오늘 그 돈을 마련하기 위해서 뭘 들려 보냈다고 생각하나?"

스즈토미는 여전히 잠자코 있었다. 야스베 씨는 답답하다는 듯이 말했다.

"사카에, 잠시 여기서 혼자 잘 생각해 보게. 전부가 아니어도 괜찮다네. 적어도 반만이라도 돌려다오. 찾아보게나. 아마도 자네는 그 돈을 어딘가에 놓고 잊어버렸을 걸세."

스즈토미는 강압적으로 말하고 나가려는 야스베 씨의 뒷모습을 바라보았고, 서둘러 그를 쫓아가서 애원했다.

"하지만, 저는. 정말로 저는 전혀 모릅니다."

결국, 야스베 씨는 그의 완고한 모습에 부아가 치밀어 올랐다.

"뭐라고? 모른다고. 이 고집불통 같은 녀석. 이제 어쩔 수 없군. 나중에 후회나 하지 말게."

야스베 씨는 초인종을 누르고 사환을 불러 말했다.

"그분을 이쪽으로 모시고 오거라."

고도고야마시(苦堂吳山子)라는 분한테서 「누구」 제3화에 나오는 '로트실트은행'은 역시 통속적으로 '로스차일드'라고 읽는 것이 좋지 않겠냐는 주의를 받았습니다. 말씀하신 대로라고 생각합니다. 지금부터 20여 년 전에, 현재 철학자 겸 평론가로 유명하신 다나카 오도(田中王堂) 선생님께 잠시 영어를 배웠을 때, 제가 '로스차일드'라고 읽었더니 혼내시면서 '로트실트'라고 읽는 것이 올바른 발음이라고 배우고 나서부터는 '로트실트'라고 읽는 버릇이 생겼습니다. 하지만 통속소설에는 통속적 발음을 채용하는 것이 맞기에 이후 이 방침으로 고쳐 쓰도록 하겠습니다.

(1917. 7. 7.)

제5회

얼마 안 있어 경찰서장이 평상복을 입은 형사 한 명을 데리고 들어왔다. 야스베 씨가 다짜고짜 물었다.

"사건은 이미 알고 계시죠."

"대충 들었습니다. 거금을 분실하셨다는데."

"네 그렇습니다. 14만 엔이라는 돈이 금고에서 사라졌습니다. 이 금고는 보시다시피 문자 맞추기식이고 열쇠와 암호는 여기 있는 출납 담당자인 스즈토미만이 알고 있습니다."

스즈토미가 꿈에서 깨어난 듯 허둥대며 말했다.

"말씀 중에 죄송하지만, 열쇠나 암호는 은행장님도 알고 계시지 않습니까."

"아, 그렇지."

둘의 대화를 들은 서장은 둘 사이에 무언가 언쟁이 오갔으며 서로 잘못을 떠밀고 있음을 직감했지만, 입 밖으로는 내지 않았다.

"네, 그리고요?"

"저희에게도 꽤 부담스러운 금액이라서."

"당연히 그러시겠죠. 어딘가에 지불하려고 준비해놓으신 거라면 더더욱 그러시겠죠."

"맞습니다. 그게 마침 지불해야 하는 돈이라서. 게다가 오늘 아침 지불해드리기로 한 거였습니다."

"네."

서장이 살짝 수상한 눈초리를 보이자 이를 알아챈 야스베 씨가 서둘러 말했다.

"아니, 그 지불은 문제없이 해결했으니 안심하셔도 됩니다. 어쨌든 스즈토미가 제 말대로 했었다면 14만 엔도 어젯밤 금고에 보관하지는 않았을 겁니다."

"그건 무슨 말씀이시죠?"

"저희는 밤중에 거금을 금고에 보관하지 않습니다. 여차할 때까지 중앙은행에서 돈을 가져오지 않기로 정한 겁니다. 한 마디로 우리 은행은 밤중에 거금을 금고에 보관하는 일을 엄격히 금하고 있습니다."

"어떤가, 자네. 야스베 씨는 저렇게 말씀하고 계신데."

서장이 스즈토미에게 물었다.

"말씀하신 대로입니다."

서장은 스즈토미의 대답을 듣고 지금까지 야스베 씨를 수상하게 여긴 것이 실수였다고 생각을 바꿨다.

"수상한 자가 외부에서 들어왔나요?"

서장이 다시 묻자, 야스베 씨는 잠시 생각한 뒤 대답했다.

"그런 것 같지는 않습니다."

스즈토미도 끼어들었다.

"저도 그렇게 생각합니다."

이 부분에 관해서는 서장도 처음부터 같은 생각이었다. 하지만 여전히 만에 하나를 위해 현장을 샅샅이 살펴볼 필요가 있으므로 서장은 데리고 온 형사에게 지시를 내렸다.

"사카(阪) 군은 현장을 조사해주게."

사카라는 형사는 서에 들어온 지 5년이 채 안 된, 이제 막 실력을 발휘하기 시작한 젊은 형사로 몸이 가볍고 거동이 매우 민첩해서 다람쥐라는 별명을 가지고 있다. 사카 탐정은 서장이 명령을 내리기 전부터 이미 빈틈없이 금고실을 샅샅이 조사하고 있었지만, 방금 서장의 말을 듣고서는 대답했다.

"제 생각에도 밖에서부터 도둑이 들어온 것 같지는 않습니다."

이어서 스즈토미를 향해서 물었다.

"이 방은 밤에는 잠겨 있나요?"

"잠겨 있습니다."

"열쇠는 누가 갖고 있죠?"

"제가 퇴근하면서 경비에게 건네줍니다."

서장과 탐정이 야스베 씨, 스즈토미와 함께 경비를 불러서 이것저 것 질문했고, 다음과 같은 사실을 알아냈다.

경비의 방은 금고실 맞은편에 있고 낮에는 방을 잠가놓는다. 경비 는 어젯밤 분명히 숙직실에서 숙직을 했고, 잠자리에 든 것은 열시 반 경이며 초저녁에는 주인님의 마부와 함께 근처에서 한잔했다. 밤사 이에는 아무 소리도 나지 않았고 귀가 밝아서 주인이 2층에서 아래층 으로 내려오는 발소리만 들어도 언제나 잠에서 깼는데 어젯밤 주인 은 한 번도 아래층으로 내려오지 않았다. 이는 경비가 초저녁에 커피 를 마셔 새벽녘까지 거의 잠을 자지 못했기 때문에 틀림없다는 사실 등이다.

(1917. 7. 8.)

제6회

경비를 심문한 다음, 사카는 몸을 일으켜서 방을 자세히 살펴보기 시작했다. 방에는 입구가 두 개 있었는데, 정면에 있는 문은 조금 전 에 서장하고 사카가 들어온 문이었다. 그 옆쪽으로 나 있는 문을 열어 보자 좁은 계단이 2층으로 이어지고 있었다.

"이 계단은 어디로 이어지나요?"

"제 방이 나옵니다."

"조금 전까지 저희가 있었던 그 방이로군요."

"네 그렇습니다."

서장과 야스베 씨가 이런 문답을 하고 있을 때, 사카는 무슨 생각이 들었는지,

"다시 한 번 방을 자세히 보여주세요."

라고 부탁했다.

"자, 자, 사카에 너도 같이 따라오게."

은행장의 방은 두 공간이 이어져 있는데 하나는 응접실이고 온갖의 설비가 화려하게 갖춰져 그야말로 큰 은행 주인장의 응접실로서 부끄럽지 않았다. 응접실과 이어진 사무실은 초라해 보일 정도로 간소해서 책장 몇 개랑 의자 두세 개, 책상 위에는 필기구 외에 작은 상자와 가위 정도가 놓여 있을 뿐이다. 이 방의 출구는 모두 세 개다. 하나는 조금 전의 그 계단, 또 하나는 주택 침실이, 나머지는 정면에 있는 승강구로 이어진다. 외부에서 찾아오는 손님은 모두 이 정면의 승강구로 출입하게끔 되어있다.

사카는 뭔가 예상했던 것과 다른 듯해 조금 실망한 기색을 보였다.

"옆 방을 보겠습니다."

사카가 말하면서 다시 응접실 쪽으로 들어갔다. 야스베 씨도 서장과 함께 들어갔지만, 스즈토미는 사무실에 남아서 의자에 앉은 채 망연자실하게 뭔가를 생각하는 듯했다. 형세가 점점 자신한테 불리해지고 있다는 것을 그도 알 수 있었다.

생각에 잠겨 있을 때, 응접실과 연결된 문이 확 열리면서 아름다운 아가씨가 불쑥 모습을 나타냈다. 나이는 스무 살 전후, 몸매가 늘씬하고 품격 있는 얼굴이었고, 복장은 치장을 전혀 하지 않아 머리도 비녀 하나로 살짝 올렸을 뿐, 잔머리들이 가볍게 하얀 목덜미에 내려온 것

이 오히려 전체적으로 요염하게 보였다. 아가씨는 실내로 들어오려다 거기 있는 사람이 스즈토미라는 걸 알아채고 깜짝 놀란 듯이 자기도 모르게 "어머." 하고 소리 질렀다.

(1917. 7. 9.)

제7회

이 아가씨는 야스베 씨의 조카이자 이 집에 사는 시오리 양이다. 목소리에 놀라서 스즈토미는 떨구었던 고개를 들어 올렸고, 시오리 양이 거기 서 있는 걸 보고 잠시 놀랐지만, 자기도 모르게 "시오리 양" 하고 이름을 부른 뒤 두세 발 비틀거리며 다가가 손을 내밀었다. 시오리 양은 확 얼굴을 붉히고 잠시 망설였지만, 마음속 깊이 숨어 있는 정은 어찌할 수 없는 모양이었다. 둘은 손을 맞잡은 채 서로 마주 보며 서 있었다. 둘 다 이루 말할 수 없는 복잡한 감정을 가슴에 담은 채 눈과 눈을 마주 보는 걸 꺼리듯이 잠시 고개를 숙이고 있었지만, 그것도 오래가지 못했다. 시오리 양은 들릴 듯 말 듯 한 작은 목소리로 말했다.

"사카에 씨, 결국."

꿈에서 깨어난 것처럼 스즈토미가 지금까지 쥐고 있던 시오리 양의 손을 뿌리치자 놀란 시오리 양이 되물었다.

"사카에 씨?"

"네, 사카에입니다. 당신의 어릴 적 친구 사카에. 그 사카에가 지금

무고한 죄로 경찰한테 붙잡혀 가게 생겼습니다. 아저씨가 저를 감옥에 보내려고 합니다."

"무슨 말씀이세요?"

시오리 양은 놀라서 눈을 크게 떴다.

"당신 아직 아무 얘기도 못 들었어요? 아주머니나 다른 사람한테 아무 말도 못 들었어요?"

"무슨 말씀인지 전 모르겠어요. 오늘 아침 숙모의 상태가 안 좋으신 거 같아, 숙부께 말씀드리러 온 거예요. 그런데 당신이 있어서."

살짝 부끄러워했지만, 그녀는 다시 말을 이었다.

"저기, 무슨 일이 있었는데요? 말씀해주세요."

"흠, 아니 아무 말 하지 않겠습니다. 말해봤자 당신한테 쓸데없는 걱정만 끼칠 뿐이니까요."

"그런 말씀 마시고요. 걱정 끼치면 어때요. 제발 부탁이니까 말해주세요."

"아니요. 말하지 않을래요. 당신은 어서 돌아가세요."

그렇게 말하고 다짐을 한 듯 시오리 양을 밀어내고 문을 닫아버렸다. 옆 방에서 사카 탐정은 이 모습을 하나도 놓치지 않고 지켜보고 있었다.

(1917. 7. 10.)

제8회

'하하, 둘은 사랑하는 사이로구먼. 야스베 씨는 저 둘을 갈라놓으려고 남자에게 죄를 짓게 해서 그걸 핑계로 쫓아내려고 하는 거야. 하하, 그렇다면 이 사건은 저 노인의 자작극이군.'

그렇다면 어디 이쪽도 제대로 한 번 실력을 발휘해 봐야겠다는 듯 사카는 신이 났다. 하지만 그런 생각은 전혀 티 내지 않고 마침 이 층 수색도 끝나서 다시 한 번 은행 창고실로 돌아왔다.

서장은 이걸로 모든 일을 마쳤다는 듯이,

"사카 군, 그럼 이제 갈까."

하고 재촉했지만, 사카는 어느 샌가 돋보기로 열심히 창고 문을 살피고 있었고 마침 뭔가를 발견했는지, "앗!" 하고 외쳤다. 서장이 물어보니,

"아니, 뭐 아무것도 아닙니다."

하고 아무 일도 아닌 듯이 대답했다.

"아니, 아무 일도 아니라니. 자, 도대체 뭔데 그러나."

라고 서장은 추궁했다.

"아니 실은 조금 전에 여기를 자세히 보니 이 금고에 최근 여닫은 흔적이 있는 겁니다. 열었는지 닫았는지는 모르겠습니다만."

"그건 왜 그런가?"

"자, 여기를 한 번 보세요."

돋보기를 빌려 그곳을 들여다보니 왁스칠을 한 금고문에 15센티미터 정도의 열쇠 구멍에서부터 오른쪽 아래 방향을 향해서 사선으로 긁힌 자국이 있다.

"과연 그렇군. 하지만 이런 긁힌 자국이 있다고 해서 그게 어떻다는 건가."

"아니, 뭐 특별한 증거가 되는 건 아닙니다."

사카에는 대답했지만 실은 이것은 커다란 단서가 된다는 것을 알고 있었다. 이런 곳에 긁힌 자국을 만들었다는 것은 범행 현장이 매우 다급한 상황이었음이 틀림없기 때문이다. 스즈토미라면 언제든지 열 수 있으므로 굳이 서두를 필요가 없다. 그렇다면 금고를 연 것은 스즈토미의 눈을 피해야만 했던 야스베 씨가 틀림없다. 하지만 애당초 스즈토미를 의심한 서장은 이 사실을 눈치 채지 못했다.

"흠, 어쨌든 조사는 이 정도로 끝마치세. 그래서……."

서장은 야스베 씨를 향해서 말했다.

"잠시 당신에게만 물어볼 것이 있습니다만."

스즈토미는 이 말을 듣고 눈인사를 한 다음 옆 사무실로 갔다. 서장은 바로 사카에게 눈짓을 했다. 하지만, 서장의 신호를 기다릴 필요도 없이 사카는 바로 일어서서 옆방으로 따라 들어가 조금 떨어진 곳에 있는 의자에 앉아 스즈토미의 거동을 감시하고 있었는데 이런 남자도 육체적 피곤함은 이길 수 없었는지 지켜보고 있는 사이에 졸기 시작했다.

스즈토미의 동료는 스즈토미가 돌아온 모습을 보자 모두 호기심 섞인 눈길을 주었지만, 사카의 눈치를 보면서 아무도 말을 걸지 않았다. 그래도 가베오만은 대담하게 턱을 치켜들면서 "여어." 하고 말을 걸었지만, 스즈토미는 침울해하며 아무 대답도 하지 않았다. 그래서 스즈토미와 그 자리에 있는 사람들과의 이야기 끈은 완전히 끊겨 스즈토미 혼자 할 일이 없어졌는지 연필로 전표용지에 낙서를 하고 지우고 또 낙서하기를 반복하더니, 불현듯 종이를 펼쳐 무언가를 마구 휘갈기듯 쓰기 시작했다. 그러더니 전표를 아주 작게 몇 겹으로 접어 동글동글하게 뭉쳤고 낮잠을 자는 사카의 모습을 슬쩍 살핀 뒤 종이를 가베오의 책상 위로 휙 하고 던졌다. "집시" 스즈토미는 외마디 암호 같은 소리를 내고 아무 짓도 안 한 척 했다. 스즈토미의 행동은 약삭빨랐지만, 사카는 그보다 한 수 위다. 졸고 있는 것 같지만 사카는 낮잠을 자고 있던 것이 아니었다. 자는 척 감은 눈꺼풀 아래로 예리한 눈을 반짝이며 하나도 빠짐없이 모든 걸 보고 있던 것이었다.

'놀랍군. 내 눈을 속여서 저렇게 빠른 동작을 하려고 하다니. 어이없을 정도로 대담한 놈이야.'

(1917. 7. 11.)

제9회

이쪽 방에서는 서장이 야스베 씨에게 상황을 설명하고 있었다.

"안타깝습니다만, 어쩔 수 없습니다. 일단 그 남자가 용의자로 여겨집니다. 업무상 어쩔 수 없이 구인해가겠습니다. 그런 줄 아십시오."

야스베 씨는 이 말을 듣고 어찌할 바를 모르겠다는 듯이 당황했다.

"아니, 스즈토미는 어제까지 정직한 남자였습니다. 금고 안에 있는 돈을 세지 않고 종이 쪼가리를 그 남자에게 맡겨도 절대로 틀린 적이 없습니다. 그런 사람이 이런 혐의로 잡혀가다니, 조금 더 일찍 나에게 속내를 얘기해주었다면 이런 일은 일어나지 않았을 텐데…… 실은 훔쳤으면 훔쳤다고 솔직하게 말해달라고 무릎을 꿇다시피 부탁해봤는데도 안 되더라고요. 절대로 자기는 모르는 일이라고만 하더군요. 도대체 왜 이런 일이 일어났죠. 그건 그렇고 저도 언젠가 조사를 받아야겠죠."

"그렇습니다. 게다가 한두 번은 더 찾아 봬야 할지도 모릅니다. 하지만 당신은 걱정하지 않으셔도 됩니다. 아무 혐의도 없으니까요."

"그렇게 말씀하시면 스즈토미도 평상시에 무슨 혐의가 있었던 건 아니지 않았습니까. 저도 지불에 지장이 없어서 망정이지 그 돈을 지불할 수 없었다면 분명 혐의를 받았을 겁니다."

서장은 의자에서 일어나면서 말했다.

"어쨌든, 스즈토미는 경찰서로 동행해 가겠습니다."

그리고 졸다가 막 잠에서 깨어난 사카를 통해 구인해가겠다는 말을 스즈토미에게 전달했다. 스즈토미는 전혀 저항하지 않았고, 순순히 동행을 승낙했다.

이렇게 되면 반은 죄인이 된 거나 다름없다. 야스베 씨는 더는 못 참겠다는 듯이 눈물을 흘릴 것만 같이 울먹이면서 다시 한 번 스즈토미에게 자백을 탄원했지만, 스즈토미는 완고했다. 그리고 침착하게 웃옷 주머니에서 금고 열쇠를 꺼내 책상 위에 올려놓았다.

"그럼 열쇠는 돌려드리겠습니다. 그리고 장부는 모두 정리해 놨으니까, 누가 후임이 되더라도 곤란한 일은 없을 겁니다."

야스베 씨는 아무 말 하지 않았다. 스즈토미는 말을 이었다.

"그리고 금고 안입니다만, 그 돈 외에도 소액의 부족분이 있습니다. 혹시나 해서 말씀드립니다."

이 말을 들은 서장은 마음속으로 '그럼 그렇지. 거금을 훔치고 거

기다 푼돈까지 도둑질하다니 괘씸한 놈이군.'이라고 생각하면서 그를 노려보았지만, 사카의 생각은 이와 반대였다. '거금을 훔치면 그것으로 소액의 부족분을 메꾸려고 하는 것이 인지상정이다. 그렇다면 진범은 더더군다나 이 남자가 아니군.'

자, 과연 두 사람 중 어느 쪽이 맞을지.

그건 그렇고 스즈토미는 계속 말을 이어갔다.

"장부에 따르면 정확히 800엔이 부족합니다. 그 내역 중 300엔은 제가 제 월급 4개월 치를 선불로 받았습니다. 500엔은 동료들의 이번 달 급료의 선불입니다. 오늘이 정확히 월말이고 내일이 급여일이니까요."

여기서 서장이 말을 끊었다.

"자네는 그렇게 마음대로 현금을 꺼내거나 선불로 받아가도 괜찮은가?"

"괜찮은 건 아니지만 은행장님도 은행원의 월급 선불 정도는 크게 봐주셨습니다. 제 선임자 때부터 그러셨으니까요."

"그렇습니다. 스즈토미가 회계 담당이 되기 전부터 그것은 허락하고 있었습니다."

"그런데 지금 말씀드린 제 몫입니다만, 제 저금이 은행에 천 엔 있으니까, 거기서 빼서 메꿔주길 바랍니다."

이것도 거짓이 아니었다. 정말로 스즈토미의 저금은 그 정도 금액이었다. 이걸로 조사는 모두 마쳤다. 서장은 정식으로 경찰서로의 연행을 선포했다. 경찰한테 이런 말을 들으면 아무리 배짱 있는 사람이라도 기분 나빠지기 마련이다. 하지만 스즈토미는 별로 놀란 기색도 보이지 않고 어디까지나 침착하게 이 명령을 받아들였다. 그리고 옷

매무새를 고치고 신발을 바르게 신고 모자를 집어 들면서

"그럼 같이 가겠습니다."

하고 조용히 서장을 재촉했다. 하지만, 서장과 스즈토미가 현관을 나가는 걸 지켜본 야스베 씨는 자기도 모르게 눈물을 흘리면서 탄식하기를

"아아, 저 사카에가 평소의 스즈토미로 돌아와만 준다면 14만 엔은 물론이고 그 배의 배를 잃는다고 해도 상관없겠건만."

이라며 눈물을 훔쳤다. 이때까지 우산을 찾을 수 없다는 핑계로 현관 입구에서 머뭇거리고 있던 사카는 이 모습도 빠짐없이 지켜보고 마음을 정했다.

(1917. 7. 12.)

제10회

평소라면 서장과 함께 스즈토미를 경찰서까지 호송해갔을 텐데, 이번에 사카는 다른 생각이 있어서 서장한테 허가를 받고 은행 입구에서 혼자 일행과 헤어지게 되었다.

생각이라고 한 건 다름 아닌 아까 스즈토미가 '집시'라는 암호와 함께 가베오에게 전한 그 편지이다. 거기서부터 조사를 시작하면 아마도 큰 단서를 얻을 수 있을 것이다. 가베오는 그 편지를 어떻게 처리할까. 어쨌든 당분간은 가베오한테서 눈을 떼면 안 된다. 이런 마음으로 그대로 은행 맞은편의 커다란 건물 그늘에 몸을 숨기고 깨끗이

닫힌 유리창 너머로 사무를 보고 있는 가베오의 거동을 주의 깊게 지켜보았고, 정오까지는 아무 일도 없었다. 하지만 정오의 시계가 울리자마자 가베오는 서둘러 자리에서 일어났다. '자, 이제부터구나.'라고 경계할 틈도 없이 가베오는 옷에 빗질을 하고 재빨리 모자를 쓰고는 아무 일도 아닌 듯 문을 나섰지만, 문밖으로 나와서는 멈춰서더니 잠시 주위를 살피는 듯 주변을 둘러보았다.

'하, 저 양반도 꽤 조심성이 있으시군. 혹시 내가 미행하려는 걸 알아챈 건가.' 하고 사카는 조금 걱정했지만 뭐 그런 걱정은 필요 없었다. 어떻게 갈까 하고 잠시 가는 순서를 생각하고 있었던 것 같다. 생각이 정해지자 주위도 살피지 않고 전찻길을 가로질러 그대로 맞은편 동네로 성큼성큼 두리번거리지도 않고 걸어갔다.

어디로 가는지 따라가 보니, 몽마르트르(Montmartre) 거리에서 데라마치(寺町)로 들어갔는데 다행히 그 동네에 들어서니 39번이라는 번호판이 있는 집 앞으로 나왔다. 가베오는 익숙한 듯 현관문을 열고 좁고 긴 복도를 따라 안쪽으로 쓱 걸어 들어간다. '미행은 여기까지.' 사카는 그대로 가베오에게 달려가서 그의 팔을 꽉 붙잡았다.

가베오는 갑자기 벌어진 일에 놀라서 손을 떨쳐내려고 몸부림쳤는데, 상대방 얼굴을 힐끗 살펴보니 오늘 아침 은행에서 본 낯익은 탐정이었다. 가베오는 얼떨떨해지면서 기운이 빠진 것 같았다. 이 기회를 놓치지 않고 사카는 강압적인 목소리로 말했다.

"움직이지 말게. 잠깐 물어보고 싶은 게 있네."

"저에게요?"

"그러네! 자네한테."

"하지만 전 아무것도 모릅니다."

"그건 상관없어. 어쨌든 잠시 이쪽으로 오게."

가베오는 더 이상 저항할 기운도 없이 그냥 끌려가는 대로 집을 나와서 가까이에 있는 골목으로 들어갔다. 사카는 더욱더 강압적인 태도로 말했다.

"자, 아까 받은 편지를 꺼내 보게."

그 소리를 듣고 가오베는 깜짝 놀랐다.

"편지라니요. 전 모릅니다."

"다 알고 있어. 오늘 아침 스즈토미한테서 편지 하나를 받지 않았나. 자네는 이미 뒷조사 대상자야. 숨기고 싶어도 숨길 수가 없다고. 자, 어서 꺼내 보게."

이런 협박을 듣고 가베오는 이미 기가 죽었지만, 그래도 할 수 있는 데까지는 버틸 심산으로 저항해 보았다.

"네 편지는 받았습니다만, 그건 읽고 찢어버렸습니다."

"안 돼. 안 돼. 그런 거짓말에 내가 속을 줄 아나. 이보게, 자네는 그 편지를 '집시'라는 여자에게 전달하려는 거지. 그리고 실제로 이렇게 전달하려고 온 거 아닌가. 그렇지 않나?"

정곡을 찔린 가베오는 이제 절체절명의 상황. 사카가 시키는 대로 편지를 꺼내는 척하다가 편지를 없애려고 했으나 사카도 긴장을 늦추진 않았다. 급소를 공격당한 가베오는 저항하면 할수록 자신이 불리하다는 것을 알아차리고 단념하고 조용해졌다. 이런 가베오의 모습을 본 사카는 날카로운 목소리로 말했다.

"어이, 번거롭게 하지 말고 빨리 내놓으시게. 내놓지 않으면 몸수색을 하겠어."

혼난 가베오는 힘없이 "꺼낼게요. 꺼낼게요."라고 말하면서 내키지 않는 듯 안주머니에서 편지를 꺼내서 사카에게 건넸다. 사카는 자신의 감으로 움직인 일이 잘 풀려서 매우 신이 나서 서둘러 종이를 펼쳐보았다.

'당신이 나를 생각해주는 깊은 마음 전부를 걸고 다음의 내 당부를 반드시 반드시 지켜주시오. 집 안에 있는 물건을 하나도 남김없이 모두 깨끗이 챙겨서 어딘가 외곽으로 옮겨 놓으시오. 그리고 사람 눈에 띄지 않는 깊은 곳에 숨어 있으세요. 나의 이 당부를 당신이 지키느냐, 안 지키느냐에 내 생사가 걸려 있소. 나는 지금 거금을 훔쳤다는 혐의를 받고 경찰서로 끌려가게 될 거 같소. 서랍 속에 300엔이 있으니 그것을 쓰시오. 당신의 새로운 주소는 가베오 군한테만 알려주시오. 어쨌든 무슨 일이 일어나더라도 절대로 실망하지 마시오. 우선 급한 일만 연락 드렸소. 사카에로부터 미나코(美奈子) 씨에게'

(1917. 7. 13.)

제11회

편지를 다 읽고 난 사카의 얼굴에는 다소 실망스러운 기색이 보였다. 도난 사건의 단서가 될 만한 내용이 있을 거라고 기대했었는데 이건 그냥 흔한 당부 편지이지 않은가. 물론 가진 물건을 먼지 하나 남기지 않고 정리하라고 특히 강조하고 있지만, 이것 또한 그 의미는 어떻게든 해석할 수 있다. 결국, 이 편지만으로는 사건의 직접적인 실마리를 찾을 수 없다는 걸 알았기 때문에 사카는 이것을 미끼로 한 발짝 더 나가기로 했다.

"이 부인의 집이 39호지?"

"네. 제가 지금 막 들어가려고 했던 집입니다."

"저 집은 부인이 자기 돈으로 빌린 곳인가?"

"아니요. 집세는 스즈토미 군이 내고 있습니다."

"그렇군. 몇 층인가?"

"2층입니다."

"그래, 그럼 이 편지는 내가 보관하고 있겠네. 자네는 이제 돌아가게."

가베오는 그건 곤란하다는 표정을 지었다.

"그럼 제가 스즈토미 군한테 면목이 없습니다. 편지를 저 부인에게 건네 달라고 부탁받았으니까요."

"뭐 걱정할 필요는 없네. 내가 대신 전달해줄 테니까. 자네는 어서 돌아가서 은행 일이나 열심히 하게."

"네. 알겠습니다."

처음부터 끝까지 강압적인 말투에 가베오는 더는 아무 말도 하지 못하고 그대로 풀이 죽은 채 되돌아갔다. 사카는 잠시 뭔가를 생각하는 듯싶더니 혼자 끄덕거리고는 39호실을 향해서 걸어갔다.

안내를 해주기 위해서 나온 하인에게 부인이 댁에 계시는지 물어보자 그는 귀찮다는 듯 대답하기를 주저했다. 이를 눈치 챈 사카는 바로 스즈토미의 편지를 안주머니에서 꺼냈다.

"아니, 뭐, 스즈토미 군한테서 이 편지를 직접 부인에게 전달해달라고 부탁을 받아서."

이렇게 말하자 하인은 금방 의심을 풀고 부드러운 인상으로 응대했다.

"이쪽입니다."

아름다운 응접실로 안내받아 잠시 기다리고 있으니 안쪽에서 부인이 나왔다. 나이는 스무 두셋 정도로 보이고 정성껏 화장하고 훌륭하게 차려입은, 요염하게 생긴 미인이었다. 사카는 그날 아침에 본 시오리 양을 떠올렸다. 취향은 다르지만 둘 다 빼어난 미인이었다. 사카는 마음속으로 '스즈토미 군, 꽤 인기가 많군.'이라고 생각했다.

부인은 사카와 마주 서서 뭔가 이상하다는 표정을 짓고는 다소 거만하게 물었다.

"무슨 일이신가요?"

상냥하지도 애교도 없는 그 모습에서 사카는 '아, 이 여자 뭔가 기분 안 좋은 일이 있었군. 그리고 교육을 못 받았어.'라고 평가했다.

"아, 네. 스즈토미 군한테서 당신한테 전해주라는 편지를 가져왔습니다."

사카가 공손하게 머리를 숙이자 부인은 스즈토미 군은 왜 하필이면 이렇게 지저분하고 눈을 껌뻑거리는 사람을 보냈을까, 라고 화를 내면서 말했다.

"당시, 스즈토미 씨를 알아요?"

"네. 오래된 친구라고 할 수 있죠."

"당신이?"

"네. 하지만 부인, 오늘이 되고 나니 이제 스즈토미 군의 친구라고 할 만한 사람은 그리 많지 않다고 생각됩니다."

말 한마디 한마디에 무슨 의도가 있는 것처럼 느꼈는지, 미나코 부인은 다소 기분이 나쁜 거 같았다.

"나는 그런 수수께끼 같은 말 싫어요. 무슨 일인지 똑바로 얘기해 주세요."

"그럼 빨리 이 편지를 읽어보세요."

사카가 부인에게 편지를 건네주었다. 부인은 편지를 받아서 읽자마자 얼굴색이 창백해졌지만, 마음이 다부진 여인이었다. 마음을 다시 가다듬고 사카한테 달려들어서 그 손을 꽉 쥐고는 물었다.

"이게 무슨 일이예요? 왜 당신이 이것을 전해주려고 온 거죠?"

사카가 대답할 틈조차 없었다.

(1917. 7. 14.)

제12회

미나코는 말을 이었다.

"스즈토미가 절도의 혐의라고요?"

"그렇습니다. 14만 엔을 훔쳤다고 합니다."

"어머, 어이없어. 그건 거짓말이에요. 거짓말."

미나코는 흥분한 나머지 손수건을 쥐어짜면서 말했다.

"스즈토미 씨가 도둑질이라뇨. 아니 도대체 뭣 때문에 그가 도둑질해야 하죠?"

"왜냐하면, 스즈토미 씨는 부자가 아니에요. 월급을 받고 사는 사람입니다."

그런 사람치고는 너무 사치스럽다는 말을 하지 않았을 뿐이다. 미

나코는 그런 말이 들리지 않은지,

"그래도 돈은 있잖아요. 그런데……."

라며 말문을 열다가 문득 사카하고 눈이 마주치자 불현듯 놀란 듯이 말했다.

"아아, 당신은 그분이 돈을 훔친 게 나 때문이라고 생각하신 거죠?"

사카는 대답하지 않았지만, 그의 눈빛은 '그렇죠.'라고 말하고 있었다.

그것을 알아차린 미나코는 더 흥분해서 말했다.

"아니요. 거짓말이에요. 거짓말. 스즈토미 씨가 왜 나를 위해서 도둑질을 할 이유가 없어요. 그야 좋아하는 사람을 위해서라면 도둑질도 하겠지요. 하지만 그분은 나를 좋아하지 않아요. 나를 미워하고 있다고요."

"그럴 리가 있겠습니까."

"아니요. 맞아요. 저는 알고 있어요. 그분은 나를 아무렇지도 않게 생각해요. 저는 제가 남자의 마음을 읽을 수 있다고 생각해요. 그분은 분명 저를 좋아하지 않아요."

"그렇다면 스즈토미 군은 도대체 무슨 생각을 하고 있을까요?"

"네, 저도 그걸 모르겠어요. 그 사람 생각을 읽어내는 건 대단한 일이예요. 저도 이것저것 생각해 봤는데 역시 잘 모르겠어요. 그 사람은 속마음을 밖으로 표현하는 사람이 아니니까. 항상 친절하게 웃고 있어서 다른 사람들은 그를 나약한 남자라고 생각하지만 속은 아주 강인한 사람이에요."

미나코는 가슴을 짓누르고 있는 마음의 짐이 견디기 힘들다는 듯

듣고 있는 사람이 있다는 사실도 잊어버린 채 속마음을 내뱉었다. 사카는 이 말을 듣고 스즈토미라는 자가 어떤 사람인지 알게 되었고 의도치 않게 얻은 정보가 있어서 기뻤다.

(1917. 7. 15.)

제13회

"하지만 스즈토미 군은 도박을 하지 않습니까?"

사카가 떠보았다.

"화투놀이는 하지만 도박은 하지 않아요. 승부에 집착하지 않으니까요. 져도 이겨도 신경을 안 써요. 그냥 어린애 같아요. 그렇게 뭔가에 열정을 보이지 않는 건 어렸을 때 크게 낙심한 적이 있어서 그렇지 않나 싶어요. 아무리 생각해도 그분한테는 비밀이 있는 거 같아요. 아주 심한 일을 당해서, 그래서 그렇게 된 것이 아닐까요?"

"당신은 스즈토미 군한테서 그의 어릴 적 얘기를 들은 적이 없나요?"

"그분한테요? 그분이 왜 저한테 자기 어릴 적 얘기를 하겠어요. 정말이지. 저는 스즈토미 씨한테 처음부터 아무런 존재가 아니었나 봐요. 하지만 전 그분이 좋아요. 그분이 감옥에 간다면 저도 갈 거예요."

"그런 일이 일어나면 큰일입니다. 당신도 연루됩니다."

"괜찮아요. 전 그렇게 돼도 상관없어요. 그 사람만 혼자 감옥에 보낼 수 없어요. 저도 갈래요."

"안 됩니다. 스즈토미 군의 편지에 뭐라고 쓰여 있었죠? 여기 이 집을 정리해서 당분간 어딘가에 몸을 숨기고 있으라고 하지 않습니까. 분명히 스즈토미 군한테는 계획이 있을 겁니다. 그 계획을 당신이 망쳐 버리겠다면 할 수 없지만 그렇지 않다면 꼭 그의 당부를 듣고 숨으세요. 그러는 게 당신이나 스즈토미 군을 위하는 일이니까요."

미나코는 조용해졌다. 설득당한 듯했다.

"그럼, 저 숨을게요. 지금 바로 이 집을 처분할 거예요."

미나코는 그렇게 말하고 옆방으로 들어갔다. 잠시 후 서랍이나 옷장 속의 물건을 큰 보자기에 싸는 소리가 들렸다. 이윽고 미나코가 다시 응접실로 나왔을 때, 그녀의 모습은 평소처럼 돌아와 있었다.

"짐은 거의 다 꾸렸는데 저는 도대체 어디로 가면 될까요?"

사카는 잠시 생각하는 척하다가 말했다.

"한 군데 생각나는 곳이 있습니다만……."

"어디라도 좋아요. 부탁이니까 거기를 소개해주세요. 저는 이삼 주만 숨어 있으면 되니까요."

사카는 알겠다는 표정으로 급하게 편지를 한 장 쓰더니 '다이부쓰야(大佛屋) 여관 앞으로'라고 수취인 이름을 적은 다음, 미나코에 건네면서,

"마차는 제가 불러드리지요."

라고 작별 인사를 하고 밖에 나오자 때마침 빈 마차 한 대가 손님을 기다리고 있었다. 사카는 그 마차를 불러 마부에게 말했다.

"저 집에서 여자 손님 한 분이 짐을 들고나올 테니까, 바로 태워주시오. 그리고 한 가지 부탁하고 싶은 게 있는데 그 손님이 '다이부쓰야'로 가달라고 하면 바로 출발하시오. 만약 다른 곳으로 가달라고 하

면 말의 부리망을 고치는 시늉을 하면서 말머리 쪽으로 걸어와 주시게. 알겠지. 그럼 잘 부탁하오."

사카는 그렇게 당부하고 그늘에 몸을 숨겨서 지켜보았다. 마차는 손님을 태우자마자 바로 달려가 버렸다.

(1917. 7. 16.)

제14회

미나코가 다이부쓰야에 도착할 그 무렵, 스즈토미는 경찰서 문을 지나고 있었다. 경찰관들은 웬만한 남자도 이런 상황에서는 다소 위축될 것이라며 몰래 그의 모습을 엿보고 있었지만, 스즈토미는 그런 기색을 전혀 보이지 않았다. 간혹 이마에 땀이 맺히기는 했으나 그 외에 감각이 없나 싶을 만큼 얄미울 정도로 스즈토미는 침착했다. 담당 경찰관으로부터 온갖 조사를 받아도 전혀 주눅 들지 않았고 몸수색을 당할 때는 조금 화가 났는지 얼굴에 핏기가 확 올랐지만, 그것도 잠시 아무렇지 않게 화를 억누르고 순순히 옷 속까지 보여주었다. 조사가 진행되면서 구두 속까지 살펴보려고 하자 조금 떨어진 곳에서 이 모습을 지켜보고 있던 이마가 넓고 머리숱이 짙으며 높은 코에 입을 일자로 다물어 어딘지 모르게 위엄 있어 보이는 한 남자가 성큼성큼 다가와서는 "그 정도면 됐네." 하고 말렸다. 이 사람이 그 유명한 명탐정 르코크(鏤骨) 씨였다. 이런 사실을 모르는 스즈토미는 아까서부터 이 남자가 뭔가 의미심장하게 자기 쪽을 빤히 쳐다본다고 느꼈고, 그 남자와 눈이 마주칠 때마다 왠지 모르게 든든하다는 생각이 들어서 그리운 감정마저 들던 참이었다. 그래서 이 한 마디에 뭐라 말할 수 없는 기쁨을 느꼈다.

그렇게 조사가 끝나자 그는 침착한 모습으로 식사를 하고 특별히 허가를 받아서 궐련까지 유유히 피었다. 그리고 마차가 도착하자 그것을 타고 유치장으로 가게 되었다. 마차 안에서 스즈토미는 중얼거렸다.

'이상하군. 오늘만큼이나 산책하고 싶다고 느낀 적이 없는데.'

유치장에 도착한 후 여러 가지 수속을 마치고 스즈토미는 제3호 독방에 들어갔다. 보는 눈이 없어서 긴장이 풀린 모양인지 스즈토미는 처음으로 양손에 얼굴을 파묻고 울었다. 다 울고 나서는 우리에 갇힌 사자처럼 손으로 쇠창살을 잡고 흔들어도 보았다.

스즈토미 사카에는 원래 보이는 것처럼 냉정한 인간이 아니었다. 감정 기복이 심한 사람이다. 얄미울 정도로 침착해 보이는 것은 오로지 남다른 노력의 결실이었다. 그는 부자가 되기로 마음먹고 열네 살에 은행에 들어갔다. 은행원으로서 성공하려면 열심히 노력하는 것과 감정을 나타내지 않는 것이 제일 필요한 자질이었다. 그는 노력해서 그런 성격을 만들려고 마음먹었다. 그리고 천성을 억누르고 억눌러서 결국 냉정하고 근면한 사람처럼 보이게 됐다. 선배나 후배로부터 그의 입신출세가 눈에 보인다는 칭찬을 들었다. 그의 앞날은 실로 창창했다.

그랬던 그가 하루아침에 이런 신세가 된 것이다. 일단 감옥에 들어오게 되면 그것이 무고한 혐의라 하더라도 세간의 신용은 뚝 떨어지기 마련이다. 당분간은 얼굴을 들고 다닐 수가 없다. 신용을 회복하려면 적어도 사오 년은 걸릴 것이다. 출세도 마찬가지로 늦어진다. 과거 15년간의 대망은 한순간에 걸림돌에 걸리고 말았다. 스즈토미는 이런저런 생각에 잠겨서 결국 그날 밤을 울며 지새웠다.

(1917. 7. 17.)

제15회

아침이 왔다. 스즈토미는 하토데라(鳩寺)라는 검사 앞으로 끌려가 여러 가지 심문을 받았다. 검사는 좋은 사람이어서 그렇게 갑갑하지는 않았다. 그는 질문 받는 대로 자기 이름이 스즈토미 사카에라거나, 나이는 다가오는 5월 5일에 만 서른이 된다거나, 직업은 야스베 은행의 출납 담당이고 주소는 사카에초(米町) 39호, 고향은 보케르(Beaucaire)이며 어머니는 2년 전에 돌아가시고 아버지는 고향에서 시집간 여동생과 함께 살고 계신다는 것들, 그리고 아버지는 예전에 토목감독관이셨지만 지금은 은퇴하셨다는 이야기 등등을 자세히 대답했다. 또한, 범죄의 혐의에 대해서는 오로지 반복해서 무죄를 주장할 뿐, 전혀 진전이 없었고 혐의가 자기와 야스베 씨에게 쓰이는 것도 당연하다는 것을 인정했다.

검사는 다음으로 야스베 씨를 심문했다. 야스베 씨는 흥분한 상태였기 때문에 스즈토미에 대해서 이것저것 나쁘게 이야기했다. 검사는 이런 야스베 씨를 진정시키고 다시 물었다.

"제가 묻고 있는 점에 대해서만 대답해주세요. 당신은 지금까지 스즈토미의 정직함을 의심한 적이 있습니까?"

"없습니다. 하지만 의심하려면 의심할 만한 이유는 있었습니다."

"그건 어떤 이유지요?"

"스즈토미는 화투놀이를 합니다. 한 번은 우리 은행 거래처인 구라베라는 사람하고 함께 도박범으로 잡힐 뻔한 일도 있었습니다."

"그렇군요. 그럼 스즈토미를 그런 자리에 앉힌 것은 당신 실수일 수도 있겠네요."

"하지만 스즈토미는 원래 그런 사람이 아니었습니다. 작년까지만 해도 모범적이라고 할 수 있을 만큼 훌륭한 청년이었고 당시 우리 집에서 가족처럼 지내고 있었습니다. 제 장남인 류사쿠(劉作)하고 사이가 좋았고 조카인 시오리하고도 마음이 맞아 보였습니다. 하지만 무슨 이유인지 어느 날 갑자기 집을 나가더니 그 후로 서먹서먹해진 겁니다."

"조카분하고 무슨 일이 있었던 것은 아닌가요?"

검사가 물어보자 야스베는 격한 어조로 말했다.

"그런 일은 절대로 없습니다. 나는 둘의 결혼을 반대하지 않았습니다. 제 조카는 제 입으로 말하기는 좀 그렇습니다만, 용모도 보통 사람보다 뛰어나고 게다가 그녀가 시집갈 때 저는 10만 엔이라는 지참금도 줄 생각입니다."

"그렇다면 스즈토미의 행실이 바뀌게 된 이유는 무엇인가요?"

"글쎄요. 저도 그게 궁금합니다. 하지만 아마도 스즈토미가 우리 집에서 알고 지내던 야지마 라이타로(八島賴太郎) 때문이 아닌가 생각됩니다."

검사는 야지마 라이타로라고 수첩에 적어놓으면서 물었다.

"야지마라고 하는 자는?"

"제 처의 친척입니다. 마음 편히 우리 집을 들락날락합니다. 사람들이 좋아할 만한 똘똘한 청년이라 꽤 예뻐했습니다. 재산도 어느 정도 있어서 돈에 궁하지는 않습니다."

"돈을 훔친 것이 댁의 사람들은 아니지요?"

"그런 일은 결코 없습니다."

"금고 열쇠는 당신이 갖고 있나요?"

"그렇습니다. 평상시에는 안주머니에 넣고 다닙니다. 아니면 사무실 책상 서랍에 넣어 두죠."

"도난이 일어났을 때는 어디에 두고 있었나요?"

"책상 서랍에 두었습니다."

"그럼……."

검사가 말을 이으려는 순간, 야스베 씨가 가로막았다.

"저희 금고에서 열쇠보다 중요한 것이 문자 암호입니다. 문자가 맞지 않으면 아무리 열쇠를 가지고 있어도 금고를 열 수 없습니다."

"그럼 문자 암호는 아무한테도 알려주지 않았던 것이지요?"

"절대로 다른 사람한테 알려주지 않았습니다."

"도난이 있었던 날 암호는 무엇이었나요?"

"'집시'라는 것이었습니다."

검사는 이 문자 암호도 수첩에 적어 두었다.

"한 가지만 더. 그날 밤은 댁에 계셨나요?"

"저녁때에는 외출했습니다. 돌아온 것은 한 시고 바로 잤습니다."

"금고에 그 돈이 있었다는 것은 알지 못하셨겠군요."

"몰랐습니다. 소액이라면 모를까 그런 거금을 금고에 넣어두는 것은 우리 은행에서 금지하고 있습니다. 이것은 스즈토미도 경찰 조사에서 말한 사실입니다."

"그렇군요."

하토데라 검사는 그렇게 말하고 입을 다물었다.

(1917. 7. 18.)

제16회

그 다음으로 조사한 것은 야스베 씨의 장남 류사쿠였다. 스물두 살의 젊은이답게 대답도 활달하게 했다. 자신에게 스즈토미는 매우 중요한 사람이다, 예전에는 제일 친한 사이였다, 스즈토미가 그렇게 나쁜 짓을 했을 거라고는 도저히 믿기지 않는다, 스즈토미가 화투놀이를 하긴 했지만 소문만큼이나 대단한 도박은 아니었다, 그리고 스즈토미는 절대로 자기 수입 이상의 사치스러운 생활을 하지 않는다는 이야기를 했다. 또한 큐사쿠는 덧붙여서, 사촌인 시오리와 스즈토미가 서로 마음이 있었다는 사실은 본인도 알고 있다며, 스즈토미가 요즘 집에 자주 오지 않게 된 것도 아마도 둘 사이에 뭔가 언쟁이 있었기 때문이 아닌가 싶다는 생각을 털어놓았다.

그 다음에 조사 받은 것은 은행 서기인 가베오였다. 그는 자신의 비겁함으로 인해 스즈토미가 자신에게 맡긴 편지를 사카 탐정에게 빼앗겼다고 생각했고, 그 때문에 스즈토미에게 무슨 일이 일어나는 게 아닐지 걱정되어 마음이 편치 않았다. 검사의 질문에는 자신은 스즈토미의 친구이며 스즈토미의 결백을 믿는다는 것을 역설했고, 절도의 책임 대부분을 은행장인 야스베 씨에게 뒤집어씌울 기세였다.

그 외에도 조사받은 사람은 일곱 여덟 명 정도 되었다. 대단한 단서가 될 만한 진술은 거의 없었다. 단지 한 명 최근 스즈토미가 야지마의 권유로 도박을 해서 거금을 걸었다고 진술한 자가 있었다. 이것은 참고가 될 만한 증언이라서 기록해 놨다.

모든 조사가 끝나자 검사는 사카를 방으로 들어오라고 했다. 사카는 자신이 조사한 것을 모두 검사에게 말하는 것이 아깝다는 생각도 들었지만, 일부만 이야기하고 나머지 전부를 숨기기도 어려우므로 어쩔 수 없이 자신이 스즈토미의 밀서를 입수한 자초지종에 대해 검사에게 이야기했고 또 그 편지도 건네주었다. 그리고 스즈토미와 '집시'라는 여자와의 관계도 그 후의 조사 결과를 포함해서 모두 검사에게 말했다. 다만, 스즈토미와 시오리 양이 나눈 대화만은 아무 말도 하지 않고 혼자 마음 속에 숨겨두었다.

검사는 이야기를 다 듣고,

"아무래도 스즈토미는 유죄인 것 같군."

이라고 말하고 사카에게 지시를 내렸다.

"자네, 집시를 놓치지 않도록 잘 감시하고 있게. 아마 돈이 어디 있는지 그 여자가 알고 있을 걸세. 그 여자를 따라가면 자연스럽게 훔친 돈이 어디 있는지 알게 되겠지."

사카는 만족스러운 내색을 숨기고 대답했다.

"알겠습니다. 걱정 마십시오. 놓칠 일은 없습니다."

다음 날 검사는 집시를 조사하고 가베오 서기를 추가로 심문했다. 그리고 다시 야스베 씨를 불러오게 했다. 소환한 증인 중에서 출두하

지 않은 사람이 두 명 있었다. 한 명은 스즈토미의 지시로 중앙은행에
돈을 인출하러 갔다는 사환인데 2층에서 떨어져 다리를 다치는 바람
에 지금 병원에 누워있고 또 한 명은 야지마 라이타로였다.

하지만 이 둘이 오지 않았다고 해서 스즈토미의 유죄를 증명하는
데는 아무런 지장이 없었다. 매일매일 검사 하토데라 씨 앞으로 스즈
토미가 유죄임을 증명하는 증거들이 모이기 시작했고, 결국 도난이
일어난 그다음 주 월요일, 검사는 확실한 증거를 잡았다는 확신이 들
었다.

(1917. 7. 19.)

제17회

독방에 들어간 스즈토미는 처음 이틀은 비교적 편하게 하루를 보
낼 수 있었다. 진술서 문장을 쓰고 지우고, 또 다시 쓰고 지우는 일 외
에는 아무것도 모르고 그냥 지냈지만, 사흘째부터는 갑자기 정신이
들었는지 초조해하기 시작했다. "제 조사는 아직인가요?", "아직인가
요?" 라며 계속 반복해서 담당자를 곤란하게 만들기도 했다.

닷새째 이른 아침, 아직 검사 소환이 시작되기도 전인데 무거운 입
구 문이 끼익하고 열리더니 교도관에게 안내를 받아 한 사람이 들어
왔다. 스즈토미는 떨구고 있던 고개를 들고 그 사람을 보았고, 순간
자신도 모르게 놀라 펄쩍 뛰어올랐다.

"아, 아버지."

스즈토미가 노인에게 매달리려고 하자, 노인은 마치 더러운 것이라도 본 양 뒷걸음질 치면서 소리쳤다.

"에이, 가까이 오지 마라."

스즈토미는 노인의 예상치 못한 반응에 방심한 듯 비틀거렸다.

"아버지마저도."

그렇게 한마디를 내뱉은 후 우두커니 서 있을 뿐이었다. 노인은 여전히 노여워하면서 그를 질타했다.

"그럼 당연하지. 이 가문을 더럽힌 못난 놈아. 어째서 그런 짓을 저질렀느냐?"

"무고합니다. 저는 무고합니다. 돌아가신 어머니의 위패에 걸고 맹세합니다. 모두 무고한 혐의입니다."

스즈토미가 울먹이는 목소리로 애원하여도 노인은 그의 말을 들을 생각이 없어 보였다.

"이 어리석은 녀석아. 내가 아무것도 모를 줄 아느냐? 이 늙은이는 세상에 고개를 들 수가 없다. 이런 일이 벌어지기 전에 일찍 무덤에 들어간 네 어미가 부러울 지경이야."

"하지만 정말 제가 아닙니다. 저는 정말 나쁜 계략의 덫에 걸린 것입니다."

"계략의 덫이라고? 도대체 누가 그런 덫을 쳤다는 거냐. 네놈 생각에는 야스베 씨가 덫을 친 거라는 거냐. 어제까지 네놈에게 그렇게 잘해주셨고 네놈도 그분 밑에서 일하는 걸 자랑스럽게 여기지 않았느냐? 그런 은행장이 왜 너를 덫에 빠지게 하겠느냐? 잘 들어라, 사카에야. 이건 덫이 아니라 모두 네 잘못이다. 이번 일은 분명 네놈 짓이 틀림없다."

"하지만."

"작년까지만 해도 넌 야스베 씨가 너를 예뻐해 주신다고 믿지 않았느냐? 그리고 그 조카분이라는 시오리 양을 만나게 하려고 그렇게 난리를 피우면서 이 늙은이를 시골에서부터 여기까지 나오게 하지 않았느냐? 이 배은망덕한 놈아. 그건 모두 거짓이었던 거냐."

"거짓은 아니었습니다."

"거짓은 아니다? 그럼 지금도 그 아가씨를 좋아한다는 거냐? 거짓부렁이 같으니……. 그렇다면 왜 그런 부끄럼도 없는 천박한 여자랑 친하게 지내는 건데?"

스즈토미는 당황했다.

"잠깐만 기다려주세요. 그건 다 이유가 있어서 그렇습니다."

"변명 따위 필요 없다. 나는 어제 야스베 씨를 만나고 왔다. 검사도 만났다. 그리고 네놈 하숙집에도 가봤다. 사카에, 네놈은 분수를 모르는 녀석이구나. 사치스러운 생활을 흉내 내고 있어. 우리 집안은 예전부터 할머니 말고는 팔걸이의자를 가져본 적이 없다. 사카에, 네놈의 방에는 훌륭한 팔걸이의자가 세트로 놓여 있더라. 비단 커튼, 페르시아 카펫. 이놈아, 그런 걸 써본 사람은 우리 집에서 네놈이 처음일 거다. 그리고 도둑질을 한 것도 네놈이 처음이고."

(1917. 7. 20.)

제18회

스즈토미는 조용히 견디고 있었지만, 마지막 한마디에서는 결국 얼굴을 붉혔다. 그러나 노인은 아랑곳하지 않고 이어갔다.

"그리고 네놈 방에는 비로드로 만든 백조 가슴 털을 달은 구두가 있더구나. 그걸 보고 난 놀라 자빠질 뻔했다. 그런 걸 아무렇지 않게 막 신고 다니는 여자를 두고 살 정도로 사치스러운 생활을 하다니. 사치스러운 생활을 하다 보면 결국 도둑놈이 된다. 그런 놈한테 누가 중요한 은행 금고 열쇠를 맡기겠느냐? 야스베 씨 집에서 쫓겨난 것도 당연하다."

노인은 무아지경으로 퍼부었지만, 문득 정신을 차리고 보니 사카에는 딴생각을 하느라 노인의 말을 듣고 있지 않은 거 같았다. 그런 사카에를 보고 노인은 갑자기 말을 바꿨다.

"아니. 오늘은 잔소리하러 온 것은 아니다. 가능하다면 가문의 오명을 씻어내고 싶어서 일부러 나온 거다. 사카에, 쓰고 남은 훔친 돈이 얼마 있느냐?"

사카에는 당황스러웠다.

"아까부터 제가 말씀드린 대로 저는 진짜 모릅니다."

"네가 그렇게 말할 줄 알았다. 자, 잘 들어봐라. 네 잘못은 가족이 함께 갚을 것이다. 네 처남은 너랑 달리 아주 성실한 놈이다. 네놈이 저지른 일이 소문나자, 바로 네 여동생의 지참금 중 아직 사용하지 않은 돈을 모두 변상하는 데 쓰라고 줬단다. 나도 전당포에 가서 여기 삼만 엔 정도를 갖고 왔다. 어쨌든 이 돈을 야스베 씨에게 사과드리면서 돌려드려라."

"말도 안 됩니다. 제가 훔친 돈도 아닌데요."

"아니 네가 뭐라 하더라도 나는 오늘 중으로 이 돈을 꼭 돌려드릴 거다."

사카에는 참을 수 없다는 듯이,

"안 됩니다."

하고 자기도 모르게 소리 질렀다.

"아버지가 그러시면 안 됩니다. 그건 저에 대한 모욕입니다. 아버지가 제 말을 믿어주시지 않는 건 어쩔 수 없습니다. 하지만 그렇다고 해서 왜 그런 쓸데없는 짓을 하십니까."

"내가 이러는 것은 내 나름대로 의무라고 믿기 때문이다."

"의무가 아닙니다. 쓸데없는 일입니다. 제가 자신의 결백함을 증명해 보이려고 노력하고 있는데 아버지는 오히려 증명을 못 하게 하고 계십니다."

"하지만……."

노인은 고개를 좌우로 흔들더니 힘없이 말했다.

"모든 정황이 하나부터 열까지 다 네가 훔친 거로밖에 안 보인다."

사카에는 견디기 힘들 정도의 분노를 느꼈다.

"아버지, 아버지는 아무것도 모르세요. 저는 이상한 일로 시오리 양과 소원해지게 된 겁니다. 그리고 너무 실망한 나머지 품행을 바르지 못하게 했습니다. 시오리 양을 잊으려고 하면 할수록 잊을 수가 없는 겁니다. 그래서……."

스즈토미는 문득 감정이 벅차오르는지 잠시 말을 잇지 못하다가 갑자기 맹렬하게 내뱉었다.

"알겠습니다. 어쩔 수 없죠. 도저히 제 결백함을 증명할 방법이 없군요. 무고한 죄이지만 당당하게 처형 받겠습니다. 그 대신 제가 출소하면 그때는 나를 이렇게 만든 놈을 기필코 찾아내서 반드시 복수할 겁니다. 왠지 이번 일은 야스베 씨 집에서 시작된 것 같습니다. 저는 집부터 수색할 겁니다."

노인이 일갈했다.

"바보 같은 놈아. 야스베 씨를 원망해서는 되겠느냐?"

"원망합니다. 첫째 시오리 양이 저와 갑작스레 서먹서먹해진 것이 이해가 가지 않습니다. 그렇게나 나를……."

때마침 면회 시간이 끝났다. 대화중임에도 불구하고 스즈토미 노인은 이름이 불려 나가야만 했다. 노인은 들어올 때와 달리 나갈 때는 기가 눌려서 매우 기진맥진해 보였고, 눈물까지 흘리고 있었다. 그때, 사카에도 검사 소환을 받아 다시 한 번 조사를 받게 되었다.

(1917. 7. 21.)

제19회

검사국으로 가는 도중, 경관들이 모여 있는 곳이 있었는데 그곳에는 전날 스즈토미가 몸수색을 받을 때 막아준 사람도 있었다. 그 사람이 스즈토미가 지나갈 때 말을 걸었다.

"정신을 똑바로 차리게. 무고하다면 분명 진실을 밝혀줄 사람도 있을 테니까."

스즈토미는 깜짝 놀라면서 감사 인사를 하려고 했는데 이미 그 사람은 어디론가 사라지고 보이지 않았다.

"저분은 누구신가요?"

스즈토미는 호송하는 경관에게 물었다.

"르코크 대 탐정님이시다."

"그렇군요. 근데 한 번도 뵌 적이 없는 분이신데."

"그건 장담할 수 없지. 저분은 변장을 잘하셔서 언제 어떤 모습으로 어디에 계시는지 알 수 없어. 지금 자네가 실은 르코크 탐정이 변장한 거라고 해도 나는 믿을 걸세."

스즈토미는 이런 말을 들어도 저 탐정을 본 기억이 없었다.

검사는 오전에 허락한 아버지와의 면담으로 스즈토미가 꽤 흥분해 있을 거라 예상하고 그런 상황에서 심문을 하면 의외로 빨리 자백을 받을지도 모른다고 기대해서 갑작스런 소환을 시도한 것이다. 검사는 스즈토미에게 물었다.

"그래, 생각은 해봤나?"

"아무것도 생각할 것이 없습니다."

"유치장에서 정신을 바짝 차리게 되도 과연 그럴까. 정상 참작을 받고 싶으면 진술하게 반성하고 자백하지 않으면 힘들다네."

"참작 받을 이유가 아무것도 없습니다."

"그럼 그 14만 엔은 어떻게 된 건가?"

"그걸 제가 알면 여기 있지도 않겠죠."

"어디까지나 같은 말만 주장하겠다는 거군. 또 은행장이 범인이라고 말하고 싶은 건가?"

"은행장님인지 아니면 다른 사람인지는 모르겠습니다."

"문자 암호를 알고 있는 사람은 자네 외에는 은행장밖에 없지 않은가. 결국, 범인은 자네가 아니면 은행장이라는 소리지. 하지만 은행장이 자기 돈을 훔쳐서 뭐하겠는가."

"네, 바로 그 점입니다. 그 부분이 저도 이해가 안 갑니다."

"하지만 자네라면 그 돈을 훔칠 이유는 아주 많겠지. 그건 그렇고 자네는 작년에 어느 정도 돈을 썼나? 어디 말해볼 수 있는가?"

스즈토미는 주저하지 않고 대답했다.

"말할 수 있습니다. 사천 엔입니다. 돈 계산만은 정확하게 하니까요."

"흠, 그렇다면 그 돈의 출처는?"

"천오백 엔은 어머니 유산을 나눠 받았습니다. 은행에서의 봉급과 상여금이 1800엔 있었습니다. 주식으로 번 돈이 500엔, 나머지는 빌렸습니다. 그리고 은행 예금이 1000엔 있었기 때문에 그걸로 갚을 생각이었습니다."

"흠, 그래서 누구한테 빌렸나?"

"야지마 라이타로한테 빌렸습니다."

야지마라는 남자는 도난이 일어난 날 파리를 떠나서 지금 어디 있는지 모른다. 검사는 당분간 스즈토미의 이 말을 믿을 수밖에 없었다.

"자네 은행은 밤중에 돈을 보관하지 못하게 되어있던데 왜 그날은 그 전날 돈을 꺼내놨나?"

"그건 구라베 씨가 아침 일찍 돈을 받으러 오기로 되어있었기 때문입니다. 저는 그날 아침에 좀 늦게 도착할 예정이어서."

"구라베라는 자는 자네 친구인가?"

"친구가 아니라 제가 정말로 싫어하는 사람입니다. 하지만 야지마하고는 매우 친한 것 같습니다."

"알았네. 그럼 자네가 구인되기 전날 밤, 즉, 2월 27일 어디에 갔었는지 자세히 말해보게."

"그날은 분명, 다섯 시에 은행을 나왔기 때문에 기차로 르베지네(Le Vésinet)까지 야지마를 만나러 갔습니다. 급하게 돈이 필요하니 빌려달라고 해서 600엔을 갖고 갔습니다. 아쉽게도 그가 집에 없어서 집에 있는 사람에게 돈을 맡기고 돌아왔습니다."

"흠, 그리고는?"

"돌아와서 친구랑 밥을 먹으러 갔습니다."

"흠, 밥을 먹으러 갔다. 그리고?"

스즈토미는 잠시 머뭇거렸다. 검사는 '옳거니, 딱 걸렸다'는 식으로 자신이 대답했다.

"말할 수 없나? 그렇다면 내가 대신 말해주지. 요릿집에서 돌아와서 옷을 갈아입고 여배우의 나체 댄스를 보러 갔지."

"네, 실은 그렇습니다."

"자네는 나체 댄스의 단골이지. 한 번은 야마지(山路)라는 여배우의 형사 사건에도 관련된 적이 있지 않나."

"아니요. 그건 우리 은행 절도사건의 증인으로 소환되었을 뿐입니다."

"그리고 그날 밤 자네는 화투로 500엔을 잃었다고 하는데."

"아닙니다. 300엔입니다."

"그래, 300엔이라도 상관없네. 자네는 그걸 다음 날 아침 수표로 지불했지."

"네 그렇습니다."

"자네가 구인되었을 때, 자네 책상 서랍에 440엔, 수중에 60엔이 있었네. 그럼 하루에 모두 합쳐 800엔인가?"

스즈토미는 조사가 빈틈없이 잘 되어있다고 감탄하지 않을 수 없었다. 그래서,

"말씀하신 대로입니다."

하고 감탄하며 대답하자 검사는 갑자기 날카로운 목소리로 물었다.

"자, 그럼 그 돈은 어떻게 마련했는가?"

"그건 그날 아침 갖고 있던 주식을 조금 팔아서 500엔을 마련했습니다. 거기다가 금고에서 월급을 선불 받는 셈 치고 300엔을 꺼냈습니다. 저는 숨길 게 전혀 없습니다."

"숨길 게 아무것도 없다면, 이건 어떤가?"

검사는 편지 한 통을 꺼내서 그의 앞으로 내밀었다.

"이걸 경찰 눈을 피해서 여자에게 보내려고 하지 않았나?"

스즈토미는 당황하지 않을 수 없었다.

(1917. 7. 22.)

제20회

"항복하겠나."

검사는 의기양양하게 말했다.

"이 여자와의 관계를 들키고 싶지 않아서 몰래 숨으라고 한 것 같은데, 그렇다면 자네는 이 여자가 어떤 경력을 가졌는지 잘 알고 있겠지."

"그건……. 저와 알고 지냈을 때는 어느 집 보모를 하고 있었습니다."

검사는 그의 말을 듣지도 않고 조사서를 펼치고 읽었다.

"쇼지 하루미(庄司晴美). 파리 태생의 스물두 살. 아버지는 장의사 하청인 쇼지 세조(庄司勢造), 어머니 다케(武). 열두 살 때 방적 공장의 직공이 되어서 열여섯 살까지 근무하다 1년간 행방불명이 된 후 열일곱 살에 잡화점 매판원이 되어 나타남. 1년 동안에 여덟 군데나 전근. 스무 살 때 우메조노(梅園) 댁에 고용되어 리스본(Lisbon)으로 동행했다가 작년에 파리로 돌아 옴. 그 후 구타 죄로 2개월간 감금. ― 흠, 그렇지, 그렇지. 리스본에서 돌아왔을 때는 '짐시' 아무개라는 이름을 사용하고 있었지."

"하지만."

"물론, 자네가 그 여자한테서 들은 경력은 이렇지 않았겠지. 하지만 우리 쪽 조사에 의하면 이렇다네. 석방 후 6개월간 무엇을 했는지는 모르지만, 갑자기 가루타(軽田)라는 상인하고 함께 나타나서 바스티유(Bastille) 부근에서 살았지. 그래서 한동안은 가루타 아무개라고 불렸지만, 그것도 잠시. 바로 그 가루타라는 남자한테서 자네로 갈아타 버렸지. 자네는 이 가루타라는 남자를 아나?"

"전혀 모릅니다."

"가루타는 실연 때문에 실종되었다네. 한때는 자네를 죽이겠다고 난리를 피곤했다지만 그러다 어느 날 가재도구를 모두 팔아버리고 사라져 버렸지."

스즈토미는 검사의 말을 대부분 흘러들었지만, 유일하게 '가루타'라는 말만은 스즈토미의 귓가에 맴돌고 있었다. 검사는 감정서 몇 장을 더 펼치면서 말을 이었다.

"자네는 작년 12월, 구로다야(黒田屋)에 옷 세 벌 총 480엔 어치를 주문했지?"

"네."

"모두 이 여자한테 준 거지. 야스베 씨와 소원하게 된 것도 모두 이 여자 때문이고."

"아닙니다. 그 여자 때문이 아닙니다."

"그럼 뭣 때문인가."

"그건 말씀드릴 수 없습니다."

"아니면 시오리 양한테 미움을 샀나? 여보게, 그렇게 입 다물고 있으면 안 되네. 왜 그 집에서 멀어졌는지, 중요한 부분이니까 잘 생각해서 대답하도록."

아무리 물어봐도 스즈토미는 고집스럽게 입을 다물었기 때문에 검사는 어쩔 수 없이 다음 질문으로 넘어갔다.

"자, 그럼 다음 사안으로 넘어가지. 자네는 작년에 4천 엔 사용했다고 했지. 우리가 알아본 바로는 5800엔으로 되어있네. 하지만 자네가 말한 바를 믿는다고 쳐도 자네 재정은 이것만으로도 충분히 엉망진창이 되었을 거 같은데. 재산을 탕진했고, 달리 돈을 마련할 방법은 없고, 도둑질밖에 방법이 없어 보이는데."

"아닙니다. 그때는 갈 데까지 가보고 안 되면……."

"금고에 손을 댈 생각이었나?"

"아니요. 제가 만약 금고에 손을 댔다면 지금 여기서 이렇게 꾸물대고 있겠습니까."

"그렇게 말할 줄 알았네. 하지만 자네는 영리하네. 자네는 전신이 기차보다 빠르다는 걸 알고 있으니까. 돈을 훔쳐서 기차를 타고 도망갈 생각을 할 정도로 어리석지는 않지. 모른 척하고 돌아가 남들 몰래 사라져 버리거나 만에 하나 잡히더라도 오 육 년 콩밥을 먹으면.”

“만약 그렇다면 14만 엔이 아니라 100만이나 200만 엔을 훔칠 거 같은데요.”

“100만, 200만보다 현재 손에 넣을 수 있는 14만 엔이 더 고마운 법이지.”

(1917. 7. 23.)

제21회

스즈토미는 어떻게 대답할까, 잠시 고민하다가 갑자기 생각난 듯이 소리쳤다.

“아아, 그 사환. 중앙은행에 돈 받으러 간 그 사환을 조사해주세요. 저는 그 돈을 그때 분명히 금고에 넣었으니까요.”

“사환도 조사할 걸세. 자네는 일단 돌아가게. 돌아가서 잘 생각해 보게.”

스즈토미가 물러나자 검사는 서기를 불리서 물었다.

“그 사환은 지금 어디 있지?”

“뒤부아(Dubois)병원입니다.”

“그래, 거기로 출장을 가지.”

스즈토미의 심부름으로 중앙은행에 갔다는 아모리(阿守) 사환은 다리를 다쳐서 요 이삼일 뒤부아병원에 입원해 있었다. 마침 잠에서 깨어난 아모리는 검사가 찾아온 걸 눈치 빠르게 알아차리고 인사를 했다.

"아아, 스즈토미 씨 건으로 오셨군요."

"그렇다네."

그리고는 검사의 질문에 대답했다. 신분 조사에 따르면 이 사환은 아모리 요시조(阿守芳造)라고 하고 나이는 마흔 살, 아직 독신이다. 검사는 질문을 시작했다.

"야스베은행에서 도난당한 14만 엔을 중앙은행에서 갖고 온 게 자네인가?"

"네 그렇습니다."

"중앙은행에서 돌아온 게 몇 시쯤이지?"

"다섯 시쯤이었습니다."

"그 돈을 스즈토미에게 건네주니 스즈토미는 어떻게 했나? 중요한 사안이니 잘 생각해서 정확히 대답하도록."

사환은 잠시 동요하더니 대답했다.

"네, 네. 잠시만 기다려주세요. 그렇지, 그래. 제가 그 돈을 건네니까 스즈토미 씨는 그러니까, 우선 지폐가 몇 장인지 센 다음 네 묶음으로 나누고, 그다음에 그것을 금고에 넣고, 그리고는 금고를 닫고, 그리고는……. 그렇지, 열쇠로 금고를 잠근 다음, 퇴근하셨습니다."

"정말 그런가?"

사환은 위엄 있는 말투에 기가 죽었는지 자신 없는 목소리로 대답했다.

"정말? 네 그렇습니다. 분명히 그랬다고 생각됩니다. 제가 잘못 기억하고 있을지도 모르지만요, 네."

검사는 병원을 나오면서 한숨을 쉬었다.

"이건 정말로 어려운 사건이네."

＊　＊　＊　＊　＊　＊　＊

미나코가 숨은 다이부쓰야라는 여관 겸 하숙집은 사이와이초(幸町)에 있고 아라키 미토라(荒木三寅)라는 할머니가 운영하고 있다. 이 할머니, 옛날에는 남자들을 꽤나 울렸겠지만, 지금은 색기도 없어지고 포동포동하게 살이 쪄서 그 살이 이 멋쟁이 할머니의 제일 큰 고민이다.

3년 전 사카 탐정이 작은 사립탐정소를 차렸을 때 아라키 할머니는 그 동네에서 작은 잡화상을 열었었다. 외상을 많이 한 단골의 모습이 최근 이상하다고 사카 탐정에게 몰래 알아봐달라고 부탁한 적이 있었다. 그 사건을 계기로 둘이 친해져서 할머니가 여관을 개업하자 사카는 그 여관의 하숙인이 되었고 사립탐정소도 접고 전부터 알고 지내던 경찰에서 일하기 시작했다. 사카는 원래 얌전한 사람이기 때문에 다른 하숙인들도 동네 사람들도 그가 경찰청에서 근무한다는 걸 모른다. 사카는 하숙인이라기보다는 주인 할머니의 가족과 같아서 오늘도 사카는 아홉 시 넘게 귀가하자마자 제일 먼저 주인 방으로 들어갔다. 주인 할머니는 그를 보고 방긋 웃으면서 인사를 건넨다.

"그래, 잘 다녀왔어? 꽤 늦었네."

(1917. 7. 24.)

제22회

"아아, 피곤해요. 지금까지 야스베 씨 집에서 일하는 미나마에(皆前)라는 심부름꾼하고 당구를 치다 왔어요. 비위 맞춰서 일부러 져주는 것도 힘드네요. 실은 어제 알게 된 사인데 오늘은 벌써 제일 친한 사이가 됐지 뭐예요. 아모리 후임으로 그 은행에 날 넣어달라면 도와줄 거 같아요."

"아이고, 아모리 후임으로? 자네가? 왜 그런 사환 일까지?"

"뭐, 그 집안의 비밀을 좀 알아보고 싶어서 그렇지요."

"그 심부름꾼을 통해서는 알아낼 수 없었어?"

"슬쩍 떠보긴 했는데 안 되겠더라고요. 뭐 도움이 될 만한 건 전혀 모르고 있더라고요. 그래도 주인인 야스베라는 남자는 꽤 건실한 사람인 거 같아요. 듣자 하니 술 담배도 하지 않고, 심부름꾼들한테 책잡힐 만한 일도 없고, 부자인 주제에 검소한 생활을 하고, 애처가에다가 좋은 아버지라고 하네요. 정말 아주 완벽하게 잘 난 남자 같아요."

"부인은 젊데?"

"뭐, 쉰 전후라던데요."

"그래서 그 외 다른 가족들은?"

"아들이 둘 있어요. 하나는 지금 군대에 가 있고 장남은 집에 있는데 이쪽도 아주 성실한가 봐요."

"그 조카라는 분은?"

"글쎄요. 그 조카에 관해서는 이 심부름꾼이 전혀 모르네요."

"그럼 어쩔 수 없지."

할머니는 약간 이상한 표정을 짓더니 잠시 사카를 쳐다보고는 물었다.

"그러니까, 자네로는 안 된다니까. 왜 르코크 씨한테 상담하지 않는 거야?"

"르코크 씨? 그 생각도 안 해 본 건 아니지만, 이번만큼은 제 실력을 보여주고 싶어서요. 그런데 그 부인은 어떤가요?"

사카가 부인이라고 부른 사람은 미나코이다. 미나코가 여기로 온 이후, 사카는 들키지 않도록 용케 숨어 지내기 때문에 미나코는 아직 한 번도 그와 얼굴을 마주친 적이 없었다. 물론 여기가 그의 집이라는 사실을 알 리도 없었다. 미나코는 여기서 다시 쇼지 하루미라는 이름을 사용하고 있었다.

"부인은 2층에 있어. 뭔가 아주 기분이 언짢으신가봐. 경찰서에서 무슨 질문을 받았는지 돌아와서는 부들부들 떨더라고. 그리고는 급하게 편지를 쓰더니 바로 보내고 싶다고 했는데 내가 누구겠어, 자네한테 보여주려고 보관하고 있었지."

이렇게 말하면서 책상 서랍에서 편지를 꺼내어 사카에게 건넸다. 사카가 받아서 봉투를 살펴보니 꽤 잘 쓴 글씨로 '루브르관에서 구라베 리스케(倉部利介) 씨, 야지마 라이타로 씨에게 전해주시기 바랍니다.'라고 쓰여 있었다. 사카는 봉투를 열어봤다.

'전략, 스즈토미 씨가 돈을 훔쳤다는 무고한 죄로 지금 감옥에 계십니다. 사흘 전에 연락 드렸습니다.'

"어머, 그런 편지 보냈는지 전혀 몰랐네."

"아마 부인이 직접 보내셨겠지요."

"그렇겠지."

'연락을 드렸는데 당신한테서는 아무런 대답이 없습니다만, 당신이 그이를 도와주지 않으면 누가 도와주겠습니까. 이 편지를 받고 바로 회신을 주시지 않는다면 저는 그 약속을 지킬 수 없을 겁니다. 그리고 예전에 제가 엿들은 대화, 그러니까 당신이 야스베 씨와 나눈 이야기에 대해서도 스즈토미 씨에게 알리겠습니다. 설마 당신이 이렇게까지 매정하지는 않으실 거라고 믿습니다. 제발 부탁이니 내일 정오서부터 오후 네 시 사이에 다이부쓰야에 와주세요. 자세한 이야기는 만나 뵙고 하겠습니다. 미나코로부터 야지마 라이타로 씨에게.'

(1917. 7. 25.)

제23회

다 읽고 난 다음 사카는 서둘러 편지를 옮겨 적었고 막 봉투에 다시 집어넣었을 때, 하녀가 급하게 뛰어 들어와 눈으로 신호를 보냈다. 사카는 이 신호가 무슨 뜻인지 이미 알았기에 재빨리 옷장 속으로 몸을 숨겼다. 그와 거의 동시에 미나코가 들어왔다. 외출복으로 차려입었지만, 얼굴은 이삼일 사이에 매우 야위었다. 방 주인은 급하게 그녀를 맞이하면서 물었다.

"어머 사모님, 어디 나가시나 봐요?"

"네, 잠깐. 혹시 저를 찾아오는 손님이 있으면 기다려 달라고 해주세요."

"하지만 사모님 안색이 안 좋으신데요?"

미나코는 잠시 생각에 잠긴 듯하더니 쥐고 있던 편지를 펼쳐 보이면서 말했다.

"실은 있잖아요. 조금 전에 이런 편지가 왔어요."

"어머, 놀라라. 나도 모르는 사이에 누가 사모님 방에 갖다 놓았을까요?"

"왜 그렇게 놀라세요?"

할머니는 당황해서 뭐라고 횡설수설하면서 얼버무리더니 바로 편지를 건네받아서 숨어 있는 사카에서 들리도록 큰 소리로 읽기 시작했다.

'저는 스즈토미 군의 친구로서 꼭 당신을 만나고 싶습니다. 사정이 있어서 당신을 찾아갈 수가 없습니다. 그렇다고 우리 집으로 오시라고도 할 수 없습니다. 그래서 오늘 밤 아홉 시 12층(十二階)* 맞은편에 있는 전철 대합실로 와주시면 감사하겠습니다. 거기서 만나 뵙고 모두 말씀드리겠습니다. 거기라면 사람들도 지나다녀서 걱정하실 필요가 없을 거 같습니다.'

"어머, 이상한 편지군요. 설마 가보실 생각은 아니시죠?"

"어째서요?"

"뭔가 이상하잖아요. 이건 분명히 그거예요, 그거. 함정 같은 거. 틀

---

* '12층', '아사쿠사(浅草) 12층', 혹은 '료운가쿠(凌雲閣)'라고 불린 1889년에 준공한 12층 건물의 전망탑. 일본 최초의 전동식 엘리베이터가 설치되어 있는 아사쿠사의 랜드마크였다.

림없어요. 위험하니까 가지 마세요."

"뭐 위험한 일이야 있겠어요. 저요, 이제 세상 사람들이 다 싫어졌
어요. 무슨 일이 일어나도 전혀 무섭지 않아요."

그렇게 말하고 주인이 말릴 틈도 없이 나가버렸다. 그녀의 모습이
사라지자마자 사카는 숨어 있던 곳에서 뛰쳐나와 매우 화가 난 표정
으로 말했다.

"이런 제기랄. 우리가 모르는 사이에 수상한 놈이 그녀 방을 들락
날락했어. 빌어먹을 어떻게 알았지. 그리고, 바보 같이 나가는 걸 왜
막으려고 애를 쓰셨어요. 이럴 경우는 나가게 놔두고 뒤를 밟는 게 정
답이라고요."

"글쎄. 그건 너무 위험하지 않을까."

"위험하긴 뭐가 위험해요. 자, 윗도리, 속바지, 허리띠. 제가 항상
변장하는 걸로 갈게요."

사카는 짜증을 내면서 눈 깜짝할 사이에 부랑자로 변신해 버렸다.

"자네 수갑은?"

"흠, 갖고 있습니다. 아 그리고 그 편지는 바로 보내주세요. 그리고
다시는 이런 일이 없도록 주의해주시고요."

사카는 주인 할머니에게 지시를 내리고 밖으로 뛰쳐나갔다.

사카는 바로 미나코를 따라잡았고 들키지 않게 뒤를 밟아 대합실
로 들어갔다. 그리고는 네다섯 칸 떨어져 있는 어둡고 그늘진 곳에 앉
아 긴장을 늦추지 않고 그녀를 지켜보았다.

'참 이상한 곳에서 만나자고 하는구먼. 저렇게 안절부절못하는 걸
보니 상대방이 누구인지 전혀 모르는 거야.'

(2017. 7. 26.)

제24회

　그러는 사이에 아홉 시가 되었다. 아홉 시 종이 다 울리기도 전에 어디서 나타났는지 쓱, 하고 미나코 옆으로 와서 모자를 벗고 털썩 의자에 앉은 남자가 있었다. '왔구나.' 하고 사카는 눈을 반짝이며 그 남자를 자세히 살펴보았다. 키는 중간 정도이고, 통통하게 살이 찐 빨간 얼굴에 붉은 수염이 양쪽 볼 전체를 뒤덮고 있었다. 아무리 봐도 어디서 본 적이 없는 생소한 얼굴이다. 미나코도 처음 본 사람이라는 것은, 두 사람이 처음 만났을 때의 반응만 보아도 알 수 있었다. 아쉽게도 거리가 있어서 둘이 말하는 소리는 들리지 않지만, 동작으로 봐선 남자가 처음 뭔가 한마디 하니까 미나코는 깜짝 놀라서 도망칠 거 같더니 또 다시 남자가 뭐라고 속삭이니까 조용히 자리에 앉았다. 그리고 열심히 남자가 하는 말에 귀를 기울이고 어떤 때는 놀라고 또 어떤 때는 슬퍼하며 어떤 때는 기뻐하기도 했다. 사카가 말소리가 들리지 않는 게 답답해서 조금 더 가까이 앉을 걸 그랬다고 아쉬워하는 사이, 이야기가 끝났는지 둘은 나란히 대합실을 빠나가는 것 같았다.

　사카는 놓치지 않고 둘을 뒤따라갔다. 둘은 넓은 도로로 나와서 마차를 불렀다. '그래 내가 끝까지 따라가 보겠다.'라고 사카는 생각했고, 둘이 마차를 타자마자 다람쥐라는 별명을 가진 남자답게 가뿐히 마차 뒤에 딱 달라붙어서 매달려갔다. 마차는 여기저기를 30분 정도 달리다가 어느 집 앞에서 멈췄다. 사카는 급하게 마차에서 뛰어내려 그늘에 몸을 숨기고 둘이 마차에서 내려오는 것을 기다렸다. 하지만 5분, 10분이 지나도 아무런 인기척이 없다. 이상하다 싶어서 들여다보니 이게 웬일인가, 마차 안이 텅 비어있는 것이다. '이런 놓치고 말

앉네.' 사카는 억울하고 분했지만 어쩔 수가 없다. 적어도 마부한테서 무슨 단서를 얻을 수 있지 않을까 싶어서 서둘러 알아봤는데 이쪽도 전혀 쓸모가 없었다. 어안이 벙벙한 채 자신을 원망하면서 집에 돌아 왔을 때는 이미 열한 시가 넘었다. 그래도 사카는 억지를 부리듯, '나를 따돌릴 정도면 그 둘은 분명 어딘가 어두운 구석이 있는 게 분명해. 이거 점점 재미있어지는데.'라고 생각했다.

* * * * * * *

"사모님은 벌써 돌아오셨나요?"

사카는 집에 돌아오자마자 물어봤다. 부인은 돌아오지 않았고 대신 커다란 보따리 하나가 와있다고 한다. 사카가 재빨리 그 보따리를 열어보니 안에는 남자 양복 한 벌, 중절모 하나, 구두 한 컬레가 들어 있다. '이런 남자로 변장하려는 건가. 이거 점점 일이 꼬이네.' 그렇게 생각하자, 오늘 밤의 실패는 주인 할머니에게 이야기하지 않으려고 했었는데 이 지경이 되면 그런 허세 따위를 부릴 여유가 없었다. 어쨌든, 할머니에게 자초지종을 말씀드리고 앞으로 어떻게 할지 상담했다. 일단, 둘 다 미나코가 돌아올 때까지 자지 않고 기다리기로 했고 돌아오자마자 할머니가 말을 걸어서 최대한 많은 정보를 캐내기로 했다.

(1917. 7. 27.)

제25회

계획은 짜두었지만, 과연 미나코는 돌아올 것인지. 혹시 그대로 어디론가 사라져버린 것은 아닌지. 둘은 걱정돼서 밤이 깊어가는 것도 잊은 채 미나코를 기다렸고, 한 시가 지나서 문을 여는 소리가 들렸다. 사카가 옷장에 숨자마자 미나코는 아침보다 더 상쾌한 얼굴로 돌아왔다. 지금까지 뭘 하고 있었는지 미나코는 꽤 활달하고 어딘가 믿을 곳이 생긴 거처럼 보였다. 어제까지의 안절부절못하고 희망도 뭐도 다 던져버린 듯한 모습과는 달리 아주 생생했다.

"어머, 잘 다녀오셨어요? 너무 늦으셔서 내가 얼마나 걱정했다고요."

주인 할머니는 더욱 친근하게 맞아주었고 미나코는 그녀의 환영을 가벼이 받아 넘겼다.

"고마워요. 제 앞으로 편지라든가 뭔가가 오지 않았나요?"

"네, 짐꾸러미가 하나 도착했어요. 그건 그렇고 사모님, 스즈토미 씨의 친구라는 분은 만나셨어요?"

"네 만났어요. 덕분에 제가 생각을 조금 바꿨어요. 저 내일 이 집에서 나갈게요."

"내일이라고요? 어머, 그건 또 왜요?"

"아니, 뭐 아무 일도 아니에요."

그렇게 말하고 미나코는 보따리를 받아들고 자기 방으로 들어가버렸다. 그녀의 모습이 사라지자마자 사카는 옷장에서 나왔다.

"도대체 왜 저러지. 왜 저러는 거 같아요?"

할머니도 짐작 가는 것이 전혀 없는 거 같다.

"이상하네. 구라베 씨에게 편지를 보내고 아무개 씨한테 와달라고 부탁해 놓고선 그 약속을 내버려 두고 내일 숙소를 옮기겠다니……."

"혹시 제가 여기 있는 걸 눈치 챈 건 아닐까요?"

"글쎄, 오늘 만난 사람이 뭐라고 귀띔해줬는지도 모르지."

"제기랄, 왜 일이 자꾸 꼬여가지. 긴장을 늦출 수가 없네."

"그러니까……."

할머니는 잔소리하듯 말했다.

"아까도 얘기했듯이 르코크 씨에게 상담을 해봐."

사카는 분하다는 듯 잠시 가만히 있다가 마침내 마음을 결정한 모양인지 짧은 한숨과 함께 입을 열었다.

"그래, 가보자. 내일 바로 가보겠습니다. 하지만 할머니 혹시 착각하실까 봐 말씀드리는 건데 이건 어디까지나 할머니가 제발 가달라고 부탁해서 그 소원을 들어주기 위해서 가는 거예요. 르코크 씨라고 뭐 모든 걸 다 알고 있는 건 아니니까요."

사카는 그 말이 허세라는 것을 알고 있었으면서도 그런 식으로나마 기운을 낼 수밖에 없었다. 그래 그런지, 그날 밤은 쉽게 잠에 들 수 없었고 겨우 잠에 들어도 꿈자리가 편치 않았다. 다음 날 아침 다섯 시 전에 일어난 사카는 차를 두 잔 연거푸 마시고 아침밥을 거른 채, 르코크 대 탐정의 집을 향해 뛰어갔다.

(1917. 7. 28.)

제26회

사카는 평소 르코크 대 탐정을 대장처럼 모시고 있었다. 그래서 그를 찾아가는 건 무서울 게 하나도 없었다. 기운을 내서 집을 나섰지만, 대 탐정의 집이 있는 몽마르트르 거리까지 가니 어느새 용기가 사라지고 발걸음이 무거워졌다. 집 앞에 도착해서도 집 안으로 들어갈 생각을 하자 매우 괴로웠다. 아예 이대로 되돌아갈까. 그렇게 생각했지만, 마음을 가다듬고 초인종을 누르자 현관으로 마중 나온 하녀가 다행히 낯익은 사이였다.

"어머, 사카 씨. 신기해라. 오늘처럼 딱 알맞게 찾아오신 적이 없어요. 주인님이 아까부터 기다리고 계셨어요."

'에이, 대 탐정님이 나를 왜 기다리고 있겠어.'라고 사카는 마음속으로 생각했다.

"자, 빨리 들어오세요. 뭘 그렇게 꾸물거리고 계세요."

하녀가 재촉했고, 사카는 찜찜한 기분을 숨긴 채 안내를 받아 안으로 들어갔다. 대 탐정의 거실은 의사의 서재와 배우의 대기실을 합쳐 놓은 것처럼 꾸며져 있었다. 대탐정은 방 한 중간에 놓인 책장을 등지고 책상 앞에 앉아 있었는데, 몸을 숙이면서 들어오길 주저하고 있는 사카를 보자마자 잘 왔군, 이라며 인사를 건넸다. 그러고는 사카가 인사를 마치기도 전에 버럭 소리를 질렀다.

"그건 도대체 무슨 일인가. 스즈토미 사건에 대한 자네의 실책은?"

"어떻게 아셨어요?"

"알다마다. 자네는 모든 게 엉망진창이 돼서 이제는 뭐가 뭔지 모르게 된 거 아닌가. 그래서 이제 포기하려고 하는 거 같은데."

"아닙니다. 하지만."

"자, 잘 들어보게, 사카. 상사를 제치고 자기가 공적을 쌓으려는 자에게 어떤 처분을 내리면 좋을까? 모처럼 좋은 단서를 손에 넣고도 그걸 전부 상사한테 보고하지 않았기 때문에 재판이 이상한 방향으로 진행되고 있는 걸 모른 척하는 자가 있다면 어떨까."

사카는 오싹해져서 자기도 모르게 한 발짝 뒤로 물러섰다.

"그런 놈은. 그런 놈은……."

"내쫓으라고 하겠지. 그렇지. 내쫓을 수밖에 없지. 하지만, 사카. 그 내쫓아야 할 놈이 바로 자네일세. 어이, 사카. 자네도 나도 성격이 못됐네. 둘 다 자기가 생각하고 있는 방향으로만 가고 싶어 해. 우리 둘 다 오른쪽으로 먹잇감을 몰고 가고 있으면서 재판관은 왼쪽으로 가게하고 있다고. 이봐, 사카. 그렇지 않나?"

"하지만, 저는."

"가만히 있어. 자네는 검사한테 자네가 알아낸 사실을 하나도 빠짐없이 모두 보고했나? 검사가 열심히 스즈토미를 의심하고 있는데 네놈은 야스베 노인을 의심해서 노인의 하인에게 다가가지 않았나."

잠시만, 대 탐정은 정말로 화를 내고 있는 건가. 사카는 그 진의를 알 수 없어서 아무 말도 하지 않았다. 탐정은 아랑곳하지 않고 말을 이었다.

"네놈도 조금은 영리한 줄 알았는데. 이봐, 사카. 그렇게 해서는 대장이 될 수 없다네. 그리고 그런 식으로는 졸병도 역시 못 되지."

"사과드립니다."

사카는 머리를 숙였다.

"말씀하신 대로입니다. 하지만 이번 사건은 도대체 어떻게 하면 좋을까요."

탐정은 목을 움츠리고 평상시의 어조로 돌아왔다.

"바보야. 자네는 그날 서장을 따라 현장 조사를 나가서 어느 쪽 열쇠로 금고를 열었는지 바로 알아차렸을 텐데. 내 생각이 틀렸나?"

"글쎄요."

"모르겠나. 금고문 왁스에 긁힌 흔적을 발견한 건 역시 자네답네. 잘 찾아냈어. 그리고 검사 결과 이 자국은 돈을 훔칠 때 난 것이 분명하다고 판단하지 않았는가. 그렇다면 무엇으로 그 자국을 냈는지는 말할 필요도 없지. 바로 열쇠라네."

"네."

"잘 들어보게. 열쇠니까 자네는 바로 열쇠를 가진 둘한테서 열쇠를 받아서 열쇠 끝을 현미경으로 검사한다. 자, 열쇠 끝에 조금이라도 왁스가 묻어있는 쪽이 금고를 연 열쇠이지 않겠나."

(1917. 7. 29.)

제27회

사카는 넋이 나간 얼굴로 이 설명을 듣고 있다가 자기도 모르게 손바닥으로 이마를 '탁' 치면서 외쳤다.

"놓쳐버렸네요."

"거봐라. 놓쳐도 단단히 놓쳤지. 이런 증거가 눈앞에 있는데도 자네는 그것을 조사하는 걸 잊고 있었네. 그것이 이번 사건의 열쇠가 될 걸세. 그 긁힌 자국으로 범인을 잡을 수 있는 거지."

사카는 다시 제정신으로 돌아와 물었다.

"대 탐정님, 아니 선생님, 그럼 선생님은 이미 이 건은 조사하신 건가요?"

"음. 조금은 알아봤지. 하지만 내가 현장을 본 것은 아니니까. 중요한 증거를 놓쳤을지도 모르지. 자, 앉게나. 앉아서 자네가 알고 있는 사실을 빠짐없이 모두 말해보게."

사카는 더 이상 숨길 생각도 없이 자기가 조사한 자초지종을 모두 탐정에게 말했다. 하지만 여전히 약삭빠른 구석이 있어서 어젯밤 미나코와 모르는 뚱뚱한 남자를 혼자서 미행하다 놓쳐버린 사실은 살짝 빼놓았다. 이야기를 전부 들은 명탐정은 기분이 좋은 듯,

"그렇군. 수고했네. 수고했어. 하지만, 사카. 아직 말해주지 않는 게 있지 않나?"

하고 의미심장하게 물었고, 사카는 확 얼굴이 붉어져버렸다.

"아니, 그럼 그 일도 알고 계신가요?"

사카는 그렇게 되묻다가 순간 전광처럼 떠오르는 생각이 있어서 자기도 모르게 의자에서 벌떡 일어서면서 외쳤다.

"아, 그렇군요. 어젯밤 남자가 선생님이셨군요. 뭐야. 아 그랬구나."

"멍청하기는."

대 탐정은 싱글벙글 웃었다. 사카는 그 모습을 보고 용기를 내서 물었다.

"제 변장은 어땠습니까?"

"꽤 잘했네. 하지만, 사카. 복장이나 가짜 수염만 갖고는 변장을 할

수 없네. 중요한 것은 눈일세. 눈을 바꾸지 않으면 안 돼. 눈을."

그렇게 말하고 탐정은 자기가 항상 안경을 쓰는 이유와 그 사용법에 관해서 알려주었다. 사카는 여기서도 감탄하였다.

"그렇군요. 역시 전 안 되겠습니다."

그의 거만함이 꺾인 것을 보고 탐정은 부드럽게 말했다.

"뭐, 실패는 중요하지 않네. 인간이라면 실패를 하지. 하지만 자네의 경우는 자기한테 맞지 않는 일을 시작한 것이 결점이야. 그리고 무엇보다 더 정신을 똑바로 차리게. 그렇지 않으면 아쉽지만 자네는 평생 조수로 끝날걸세."

대 탐정이 이렇게까지 기분 좋게, 이렇게까지 정성스럽게 가르쳐 준 것도 신기하다. 지금까지 전혀 없었던 일이다. 사카는 기쁘기도 했지만 한편으로는 왠지 기분이 나빠, 잠자코 듣고 있다가 용기를 내서 물어보았다.

"도대체 선생님은 이 사건에 대해서 어떻게 생각하고 계시는데요?"

명탐정은 고개를 흔들면서 말했다.

"실은 나도 자네가 생각하는 것 외에 아직 다른 예측은 못 하고 있네. 자네 생각으로는 스즈토미는 죄가 없고 야스베 노인이 수상하다는 거지."

"네, 그렇습니다."

"하지만, 나는 아직 거기까지는 모르겠네. 나는 자네가 시작한 다음에 조사를 하기 시작해서 지금 겨우 서론 정도가 나왔을 뿐이네. 단지 한 가지 확실한 단서라고 할 만한 것은 금고의 긁힌 자국. 그것이 내 출발점일세."

언제 찍었는지, 명탐점은 책상에서 문제의 금고 사진을 꺼내어 펼쳐 보였다. 문자 암호의 다섯 글자가 선명히 찍혀있었고 조금 높은 위치에 있는 열쇠 구멍에서 사선으로 가로질러 긁힌 자국이 그어져 있었다. 탐정은 일일이 손가락으로 가리키면서 설명했다.

"이 자국은 열쇠 구멍에서 분명히 오른쪽 아래로 그어져있어. 실내에 있는 금고 위치로 말하자면 은행장실로 연결된 사다리 쪽에 놓여있지. 그리고 열쇠 구멍 주변에 난 자국은 꽤 두껍지만, 끝으로 갈수록 가늘게 돼서 마지막에는 거의 보이지가 않을 정도지."

"그렇습니다."

"자네 의견은 이 자국은 돈을 훔친 놈이 실수로 그은 거란 말이지."

"그렇습니다. 아닌가요?"

"잠깐, 잠깐. 지금 잠시 실험을 해 보세. 사카, 여기에 금고와 똑같이 왁스가 칠해진 작은 상자가 있네. 열쇠로 이것을 한 번 긁어보게."

무슨 말을 하는지 수상히 여기면서 사카는 열쇠를 쥐고 쓱 상자를 긁어봤다. 하지만 전혀 긁히지 않았다. 아무리 해도 열쇠는 상자의 겉표면을 미끄러질 뿐 긁힌 자국을 만들 수가 없었다.

(1917. 7. 30.)

제28회

"안 되네요. 이렇게 왁스 칠이 딱딱해서는 긁을 수가 없어요."

"은행 금고의 왁스는 이것보다 더 단단하네. 어떤가, 사카 군. 돈을 훔친 자가 자기도 모르게 열쇠를 가져다 댄 정도로는 도저히 저렇게 선명한 자국을 만들 수가 없다네."

"그렇군요. 이건 아주 큰 힘이 가해진 거네요."

"그렇다네. 하지만 왜 큰 힘이 여기에 들어갔을까? 실은 나는 이 문제를 푸는 데 사오일 동안 고민 했다네. 그런데 어제가 돼서야 겨우 풀 수 있었지. 자, 이제부터 내 설명을 들려줄 테니 과연 그걸로 괜찮은지, 자네도 한 번 생각해보게."

명탐정은 자리에서 일어나 거실과 침실 사이에 있는 문 가까이로 갔다. 그리고 오른손에 열쇠를 든 채로 사카를 향해서 말했다.

"사카, 여기까지 와 보게. 내 옆에 서서. 그렇지 거기. 자, 잘 봐. 지금 내가 이 문을 열려고 하고 자네는 열지 못하게 하는 걸세. 알겠나. 내가 이 열쇠를 열쇠 구멍에 넣으려는 걸 자네가 봤다면 자네는 어떻게 하겠나?"

"선생님 팔을 잡아서 뒤로 잡아당길 겁니다."

"그렇지. 자, 그럼 한 번 해 보게."

탐정과 사카는 선 채로 옥신각신했다. 그러자 열쇠는 열쇠 구멍에서 빠져나와 격하게 문의 표면에 부딪히면서 왼쪽에서 오른쪽 아래로 정확히 사진에 찍힌 것처럼 긁힌 자국을 만들었다.

"흠, 그렇군요."

"어떤가."

"두 손 다 들었습니다. 과연 그렇군요. 아니 정말 당시 상황을 눈으로 직접 본 것 같습니다. 그렇다면 그날 그곳에 있었던 것은 두 명이군요. 한 사람은 금고를 열려고 하고 한 사람은 금고를 못 열게 하고. 그렇구나. 그래. 이제 알겠습니다."

사카가 신나서 펄쩍펄쩍 뛰는 모습을 본 탐정은 냉정하게 말했다.

"사카, 아직 결론을 내리기는 이르네. 이건 단지 상상일 뿐이야."

"아니요. 아닙니다. 이것이 틀림없습니다."

(1917. 8. 6.)

제29회

"그래 그럼 그렇다고 치고. 결과는 어떨 것 같나?"

"우선 스즈토미가 범인이 아니라는 것이 됩니다."

"어째서?"

"스즈토미라면 언제든지 열고 싶을 때 금고를 열 수 있습니다. 굳이 다른 사람이 보고 있을 때 금고를 열 필요가 없습니다."

"과연 그렇군. 그렇다면 야스베 노인도 언제든지 열고 싶을 때 열 수 있지 않나."

그 말에 사카는 말문이 막혀서 눈을 껌뻑거리기만 했다. 그러다 마지못해,

"네 그것도 그러네요."

하고 동의했다.

"그렇다면 어떻게 되는 거죠?"

"다른 사람이 있다는 거지."

"하지만 열쇠를 갖고 있던 것은 야스베 노인과 스즈토미뿐이지 않습니까."

"그날 밤 노인은 자기 열쇠를 책상 서랍에 넣어두었다고 하네."

"하지만 열쇠만 가지고 서는 안 됩니다. 글자 암호가 중요합니다."

탐정은 바로 그 점을 말하고 싶었다는 듯이 물었다.

"암호가 뭐였지?"

"집시, 라고 합니다."

"그렇군. 그럼 자네는 스즈토미 군과 그 집시라는 단어의 관계를 알고 또 동시에 야스베 노인하고도 사이가 좋아서 그 집을 자유롭게 드나들 수 있는 사람을 찾아내서 그 자를 잡을 거지?"

사카는 대 탐정이 이렇게까지 자기에게 뭘 해야 할지 구체적으로 말해 준 적이 없어서 지금 상황이 신기하게 여겨졌다.

"선생님, 이 사건을 꽤 열심히 하시네요."

사카가 묻자, 대 탐정은 얼굴을 살짝 찡그린 것 같았다.

"뭐 어떤가? 자네는 그냥 내가 시키는 대로 하면 되네. 자네 조사 방법에 서투른 점이 있으면 절대로 범인 위에 오를 수 없지. 이번 사건에서 나는 표면으로 나오지 않고 뒤에서 자네를 도와줄 생각이네. 그리고 또 한 가지, 이 금고 사진을 검사에게 갖고 가게. 긁힌 자국에 대해서 자세하게 설명해주게. 검사도 지금 이 사건의 방향성을 제대로 잡지 못하고 있으니까. 자네 설명을 들으면 스즈토미를 아마 석방해줄 걸세. 지금 우리의 전략에서도 스즈토미는 석방될 필요가 있지."

"그럼 검사를 만났을 때 다른 용의자가 있을 수 있다는 얘기도 해야 할까요?"

"그럼 당연히 해야지. 그리고 스즈토미는 우리가 계속 지켜보리라는 것도 전해주게."

"집시라는 여자에 관해서 물어보면 뭐라고 말할까요."

탐정은 잠시 대답을 주저했다.

"아니, 그 여자는 어딘가에 숨어서 누군가를 감시하고 있다고만 말하게."

사카는 사진을 챙긴 후 모자를 쓰고 서둘러 나가려고 했다.

(1917. 8. 7.)

제30회

대 탐정은 서둘러 나가려는 사카를 불러 세우고 물었다.

"자네는 말을 돌볼 줄 아나?"

"그럼요. 제가 이래 봬도 예전에는 경마 기수였으니까요."

"그렇군. 그거 잘 됐군. 그러면 검사국에서 돌아오면 자네는 잠시 마부(馬夫)가 되어서 구라베라는 그 철강왕, 그 사람의 집에 더부살이하면서 그를 좀 감시해줘야겠네."

"말씀 중에 죄송하지만, 구라베는 스즈토미하고는 관계가 없는 거 같은데요."

"스즈토미하고는 관계가 없지만, 야지마 라이타로하고 가까운 사이라네. 나는 그 둘의 관계를 알고 싶네. 그리고 그 구라베라는 사람의 정체를 조사해 볼 필요도 있지. 시골에 철공소가 있는데 거기는 신경도 쓰지 않고 시도 때도 없이 파리에 와있는 것도 수상하지. 하지만 아주 조심스러운 놈이라서 보통 방법으로는 알아낼 수가 없었네. 그래서 자네가 그 집에 마부로 잠복해서 알아봐 주면 고맙겠네. 자네는 그의 마부가 돼서 그 남자가 만나는 사람들, 매일의 생활 등을 알아봐 주게. 알겠나?"

"알겠습니다."

"혹시나 해서 하는 말인데, 구라베는 조금 전에 얘기한 대로 아주 조심스러운 놈이야. 웬만한 일로는 자네를 믿지 않을 걸세. 그래서 자네에 대한 신용서를 세 장 준비해 두었네. 자네는 이 쓰보야 다메조(壺屋為藏)라는 인물이 돼서 그 집을 찾아가게. 알겠나. 조심하게. 정체가 들통 나지 않게 잘해야 하네."

"네 잘 알겠습니다. 하지만 선생님께 보고는 어떻게 드리면 될까요?"

"그것은 내가 매일 자네를 만나러 가겠네. 자네는 절대로 이쪽으로 오지 말게. 방심하면 꼬리를 잡힐 수 있지. 갑자기 중요한 일이 생기면 자네 숙소에 전보를 보내고 거기에서 여기로 전송해달라고 하게. 알았나."

사카가 돌아가자 대 탐정은 책상 앞에 앉아 머리를 빗질했다. 그랬더니 이게 웬일인가, 지금까지 쓰고 있던 가발이 벗겨지고 숱이 수북한 머리가 나왔다. 이 분은 평상시 자기 집에서도 변장하는 거 같다. 그리고 안경을 벗고 얼굴을 씻으니 지금까지 인상 쓰고 있던 대 탐정 르코크는 사라지고 그 자리로 대신 나타난 것은 나이가 사십 전후로 보이는 사내의 얼굴이었다. 이마에는 고생의 흔적을 나타내는 주름이 깊게 파여 있지만 높은 코와 넓은 볼, 무엇보다 골격이 큼직큼직한 탓에 남자답다고 단정한 모습이었다. 대 탐정은 거울에 비친 자기 얼굴을 보고 크게 한숨을 내쉬었다가 곧바로 책상 서랍에서 화장 도구를 꺼내 정성껏 얼굴을 만들기 시작했다. 그렇게 한 시간 정도 걸려서 완성된 것은 어젯밤하고 똑같이 통통하게 살이 찌고 빨간 수염이 난 남자의 모습이었다. 탐정은 자신의 모습을 거울에 비춰보면서 혼잣말을 중얼거렸다,

"자, 이걸로 드디어 준비는 끝났다. 사카만 실수하지 않으면 이제는 앞으로 나가기만 하면 된다."

(1917. 8. 8.)

제31회

[이하 21줄 판독 불가]

"나는 결백하다. 나는 결백해."

스즈토미는 자기도 모르게 소리 내서 말해봤다. 하지만 본인이 아무리 그렇게 설명해도 세상 사람들이 믿어주질 않는다. 믿게 만들기 위해서는 진범이 잡히지 않으면 안 된다. 진범은 어딘가에 있을 것이다. 유치장에 있는 동안 스즈토미는 여기서 나가면 제일 먼저 진범을 잡아서 경찰에게 끌고 갈 거라는 생각으로 흥분해 있었다. 때때로 진범을 잡겠다는 마음에 탈옥하고 싶은 충동이 느껴질 정도였다. 유치장을 나가면 어딘가에 진범을 잡을 단서가 있을 것이다. 스즈토미는 새삼스럽게 자신이 현재 어려운 상황에 있다는 걸 깨달았다.

무거운 다리를 이끌고 사카에초의 숙소로 돌아가자, 하인이 버선발로 굴러오듯이 달려 나와 기뻐했다.

"오오, 주인님, 잘 돌아오셨습니다. 주인님께 그런 누명을 씌우다

니 제가 다 억울하고 원통합니다. 그런 소문을 내는 사람을 보면 제가 막 화를 내면서 혼내주었습니다. 우리 주인님은 절대로 도둑질하실 분이 아니라고요. 네."

[이하, 37줄 판독 불가]

"아니, 알고 자시고 할 것도 없네. 실은 아버님이 자네에게 나를 소개해줄 예정이었는데 급한 일이 생기셔서 어제 아침 보케르로 돌아가셨다네. 하지만 사카에 군. 기뻐하시게. 아버님도 자네가 무죄라는 걸 믿고 돌아가셨다네."

사카에는 이 말을 듣고 자기도 모르게 환호했다. 그 모습을 보고 신사는 곧바로 편지를 내밀었다.

"여기 아버님이 두고 가신 편지가 있네. 자, 읽어보게."

사카에는 편지를 받아 읽었다. 읽어나감에 따라 지금까지 침울했던 표정이 점점 밝아지기 시작했다.

"당신이 저희 아버지랑 매우 친한 사이셨군요. 뭐든지 시키는 대로 하라고 아버지께서 편지에서 당부하고 계시네요."

"그렇다네. 꽤 오랫동안 가깝게 지낸 사이. 어제 아버님이 떠나시면서, '주레이 씨'라고 부른 게 실은 내 이름이요. '자식 놈이 지금 험한 꼴을 당하고 있소. 어쨌든 잘 부탁합니다.' 하고 신신당부하고 가셨다네. 그런데 사카에 군. 자네는 앞으로 어떻게 할 셈인가?"

(1917. 8. 9.)

제32회

지금까지 잊고 있던 분노가 다시 살아났다.

"말씀 드릴 필요도 없습니다. 저에게 이런 짓을 한 놈을 찾아내서 복수를 할 겁니다."

"그래, 그럼 어떤 방법으로?"

"방법은 수도 없이 많습니다."

사카에는 내뱉듯이 말했다.

"하지만 괜찮습니다. 몸과 마음을 다 바칠 각오로 하면 무엇이든 할 수 있습니다."

"그렇군. 그렇다면 당분간 집을 나와서 어딘가에 몸을 숨기게."

"몸을 숨긴다고요. 그러면 제 입장은 더 곤란해지지 않겠습니까."

"그렇지 않네."

노인은 타이르듯이 말했다.

"예를 들어서 악당한테 쫓겨서 갑자기 물속으로 뛰어들었다고 생각해보게. 당황해서 수면 위로 올라오면 안 되고 인내심을 갖고 수면 아래에서 기다려야지. 상대방에게 죽었다고 생각하게끔 하고 그놈들이 돌아간 다음에 유유히 수면 위로 올라와야 하네. 그 다음에는 갑자기 그놈들의 목덜미를 잡고 한꺼번에 복수를 하는 걸세. 알았나. 지금 악당들은 자네를 노리고 있네. 그러니 자네가 모습을 드러내서는 안 되지. 반드시 모습을 숨겨야만 하네. 알았지. 알았으면 당분간 몸을 숨기게. 잠시만이라도 복수 할 태세를 갖출 때까지 만이라도 좋으니까 숨어 있어야 하네."

"알겠습니다. 그럼 숨겠습니다."

"그래 숨어야 하네. 그런데 돈은 있나? 없어? 아마 없을 거로 생각했네. 하지만 자네, 돈이 없어서도 안 되네. 그래서 내가 너무 간섭하는 일일지도 모르지만 조금 전에 가구점을 불러놨네. 가재도구 일체를 팔면 1200엔을 주겠다고 하는데, 액수가 많은 건 아니지만 지금 망설일 때가 아니네. 어쩔 수 없으니 가구라도 팔게."

스즈토미는 놀라서 "저기 당신은."이라고 말하려는 걸 노인은 말을 가로막고 말했다.

"마음에 안 드는 건 당연하네. 하지만 내 말을 들으시게. 자네는 지금 환자이고 난 자네의 의사라네. 그러니까 외과의 큰 수술을 하려고 하는 거야. 외과 수술의 비결은 일도양단(一刀兩斷)에 있네. 단념하시게."

스즈토미는 그의 말에 압도당해서 말했다.

"잘 부탁드리겠습니다."

(1917. 8. 10.)

제33회

"자, 그럼 그렇게 하기로 하고. 한 가지만 더 물어보겠네. 어쨌든 서두를 필요가 있으니까. 자네는 야지마 라이타로와 사이가 좋다고 들었네만."

"야지마? 아아, 네 알고 있습니다. 친구입니다."

"그 야지마라는 자는 도대체 어떤 사람인가?"

어떤 사람이냐는 질문에 다소 당황한 스즈토미는 그저 짧게 대답했다.

"야지마는 야스베 부인의 조카입니다. 나이는 아직 어리지만, 부자이고 영리해서 저와 가장 친하고 또 가장 친절한 친구입니다."

"그런 훌륭한 분이라면 이 늙은이도 가까이 지내고 싶네만. 실은 그분을 만나보고 싶은 일이 있어서, 이것도 내가 너무 나대는 건지 모르겠으나 아까 자네 이름으로 편지를 보내놨다네. 조금 있다가 야지마가 여기로 나타날 걸세."

"네? 당신은."

사카에가 말했지만 다시 저지당했다. 노인은 같은 어조로 말을 이었다.

"아니 이거 내가 미안하게 됐네. 내가 너무 간섭하고 있다는 건 잘 알고 있네. 하지만 자네한테 꼭 그 사람을 만나게 해주고 싶어서 그렇다네. 그리고 실은 그때 나눌 대화에도 내가 부탁하고 싶은 일이 있어서 그러네."

노인이 말하고 있는 도중에 입구에서 초인종 소리가 들렸다.

"어이쿠, 이런. 야지마 군이 온 거 같군. 자네한테 당부할 시간이 없네. 그래, 그래. 나는 잠시 숨어 있을 테니 어딘가 이 방이 보이는 적당한 곳이 없을까?"

"저기, 제 침실에 숨으세요."

스즈토미가 가리킬 틈도 없이 초인종이 계속해서 울렸다. 스즈토미가 일어나서 나가려 하자, 노인은 옆방으로 가면서 당부했다.

"여보게, 사카에 군. 내가 여기 있다는 사실과 자네의 결심은 절대로 입 밖에 내서는 안 되네. 그건 잊지 말게. 되도록 낙담한 표정을 하고 있게."

그 후 노인은 몸을 숨겼고, 스즈토미는 뛰어가서 문을 열어주었다. 들어온 것은 과연 야지마 라이타로였다. 들어오자마자 팔을 벌려 스즈토미를 안으며 말했다.

"사카에 군. 편지를 받고 깜짝 놀랐네. 자네가 미친 줄 알았지. 그래서 내가 와서 도와줄 일이 없을까 싶어 이렇게 뛰어왔다네."

사카에는 자신이 쓰지도 않은 편지에 어떤 내용이 쓰여 있었기에, 하고 당황해서 제대로 대답도 하지 못하고 있었다. 야지마가 말을 이었다.

"왜, 자네는 이 정도 일을 갖고 그렇게 낙담하고 있나. 자네 나이라면 얼마든지 다시 새 출발을 할 수 있지 않은가. 여보게. 사카에. 자네한테 그런 마음이 있다면 다행히 나한테 약간의 재산이 있으니 반은 자네가 자유로이 쓸 수 있도록 맡기겠네."

이런 상황에서 그 말만큼이나 스즈토미한테 고마운 일은 없었다. 그는 자기도 모르게 그 친구에게 고개를 숙여 인사를 했다. 그리고 눈물 섞인 목소리로 감사를 표했다.

"고마워. 고맙네. 야지마 군. 하지만 이번 일만큼은 돈으로 해결이 안 되네."

"왜? 어째서? 자네는 도대체 어쩔 셈인가. 역시 파리에 남을 생각인가?"

"글쎄, 앞으로 어떻게 해야 하는지 나도 도통 모르겠네."

(1917. 8. 11.)

제34회

야지마는 친절하게 말했다.

"자네는 다시 한 번 시작해야 하네. 나니까 솔직히 말해주는 거지. 이번 사건이 일단락 질 때까지 자네는 잠시 파리를 떠나 있는 게 좋을 거 같네."

"하지만 친구. 이 사건은 도저히 해결될 거 같지가 않네."

"그렇다면 더더욱 그래야지. 자네는 잠시 몸을 숨겨서 세상 사람들한테 잊히는 게 좋네. 실은 내가 지난 번 구라베랑 이야기했는데 그가 이렇게 말하더군. 자기가 스즈토미라면 잠시 미국에 가서 숨어 있을 거라고. 그리고 거기서 거금을 벌어서 그걸로 돌아와 사람들한테 갚을 거라고."

이 말을 듣고 사카에는 조금 화가 났지만 참고 가만히 있었다. 그리고 조금 전에 그 노인한테서 같은 충고를 들은 사실이 생각났다. 야지마는 이런 스즈토미의 반응은 신경도 쓰지 않고 묻는다.

"어떤 가 자네?"

"글쎄, 잘 생각해보겠네. 은행장님 의중도 알고 싶고."

"숙부 생각? 뭐 숙부님은 특별한 의견은 없네. 나는 자네도 알다시피 숙부가 은행에 들어오라고 해서 싫다고 거절했지. 그때는 싸울 뻔했다네. 그게 벌써 한 달 전 일인가. 그 뒤로 숙부네 집에는 안 가네. 소식만은 가끔 듣지만."

"누구한테서?"

"가베오한테 말일세. 이번 일로 숙부가 많이 난처해졌다고 하는군. 요즘에는 은행에 나오지도 않으신다는군. 뭔가 병에 걸리셨다는 소문도 들리고."

"그럼 사모님은? 그리고."

스즈토미는 잠시 말하기를 주저하다가,

"시오리 양은?"

하고 물었다.

야지마는 아무렇지도 않게 대답했다.

"숙모 말인가. 숙모는 자네도 알다시피 여전히 숙부한테 잘하고 계시지. 게다가 요즘은 교회에 열심히 다니셔서 기도 삼매경이야. 시오리는 아직 천진난만하고. 세상 물정 모르고 요즘은 야회복을 고르는데 정신이 없다고 하네. 아 그렇지 내일모레 밤에 가장무도회가 있지. 소문에 의하면 시오리가 바느질 장인을 발견했다고 하는데. 그래서 자기 취향을 듬뿍 담아서 이번 무도회 때 관중들을 놀라게 할 셈이라고 하네."

스즈토미는 견딜 수가 없어서 자기도 모르게 발을 굴렀다. 야지마는 그 모습을 봤지만 못 본 척하면서 말을 이었다.

"근데 이제 나도 가봐야 할 거 같아. 토요일 밤에는 나도 무도회에 갈 거니까, 거기서 숙모나 시오리를 만나 나눈 이야기를 자네에게도 해주겠네. 그건 그렇고 자네는 정신을 똑바로 차리게나. 나는 언제든지 자네 편이니까."

야지마가 나간 것을 확인한 후에 노인은 옆방에서 슬며시 나왔다.

"사카에 씨, 저 사람이 야지마 군이군요."

"그렇습니다. 들으셨나요? 재산의 반을 자유롭게 쓸 수 있게 제게 맡긴다고 합니다."

노인은 목을 움츠리고 말했다.

"그게 저 사람의 교활한 면입니다. 말이라면 누구든 못하겠습니까. 반은커녕 전부라고도 말할 수 있지요."

"하지만 여러모로 제 걱정을 해주고 있습니다."

"그건 다 이유가 있죠. 그래서 당신한테 미국으로의 탈주를 권한 거군요. 자네가 저 남자한테 화를 내면 저쪽도 상황이 안 좋으니까요."

"그건 왜죠?"

"뭐, 그건 그렇다 치고. 야지마만 신경 쓸 수는 없으니까요. 미안한데 한 가지만 더 해줘야 할 일이 있는데. 지금부터 야스베 씨를 만나러 가줘야겠습니다."

"네?"

사카에는 놀라서 되물었다.

"은행장님을요? 그건 할 수 없어요. 거절하겠습니다."

"오래 만나라고 하는 거 아닙니다. 단지 5분. 단 5분만 참으면 됩니다. 나도 자네 친척이라고 하고 같이 갈 겁니다. 자네는 아무 말도 하지 않아도 됩니다. 모든 일은 내가 알아서 할 테니까."

"그렇다면 갑시다."

스즈토미는 이번에도 설득당하고 말았다.

(1917. 8. 12.)

제35회

이때 2층으로 문지기 할아버지가 커다란 편지를 들고 올라왔다. 문지기는 정중하게 머리를 숙이면서 말했다.

"도련님, 제가 큰 실수를 저지르고 말았습니다. 정말 죄송합니다. 실은 아까 심부름꾼이 와서 이 편지를 두고 갔습니다. 제가 도련님 얼굴을 뵙고 너무 반가운 나머지 그만 이걸 전해 드리는 걸 잊어버렸습니다."

"네. 고맙습니다."

머리를 읊조리고 있는 문지기를 잘 타일러 내보내자 노인은 그 편지를 스즈토미에게 건네고 봉투를 열어보게 했다. 봉투를 열어보니 툭 하고 떨어진 것은 10엔짜리 지폐로 삼사천 엔은 되어 보이는 돈다발이었다. 수상하게 여기면서 편지를 열어보니 편지의 활자가 전부 어디선가 한 글자 한 글자씩 오려다 붙여놓은 문장으로 되어있다.

'스즈토미 군. 자네를 생각하는 친구로부터의 선물일세. 많지는 않지만 받아주게. 어쨌든 빨리 이 나라를 떠나게. 자네는 아직 혼자일세. 선도가 아직 밝지. 세상 사람들이 모두 자네에게 등을 돌려도 나만은 어떤 일이 있어도 자네 편일세. 이 사실만은 반드시 기억해주게.'

사카에는 편지를 다 읽고 편지를 내던지면서 말했다.

"에이 이놈 저놈, 모두 나를 이 나라에서 떠나게 하고 싶어 난리구먼."

노인은 이것을 보고 만족스럽게 말했다.

"이제야 자네도 안 거 같군. 보게나. 자네가 파리가 있어서는 안심할 수 없는 사람이 있지 않나."

"이건 도대체 누구일까요? 누가 이렇게 돈까지 보낸 걸까요?"

"그걸 바로 알면 그 도둑놈도 그 자리에서 알게. 하지만 이걸로……."

노인은 그 편지를 집어 들었다.

"지금까지는 의혹에 지나지 않았던 것이 많이 명료하게 밝혀지기 시작했네. 이건 좋은 징조야. 일단 그렇다면 우선 이것부터 밝혀봅시다."

이렇게 말하고 문지기 할아범을 불러들였다. 문지기는 무슨 일인가 싶어 조심조심 들어왔다.

노인은 위엄 있는 목소리로 물었다.

"할아범, 이 편지를 건네준 건 누구지요?"

"심부름꾼이 들고 왔습니다."

"얼굴을 아는 심부름꾼이었나?"

"네네, 그럼요. 알고 있죠. 야마노테(山手) 마을 어귀에 항상 서 있는 부랑자입니다요. 네."

"그럼 이리로 데리고 와주세요."

문지기는 어깨를 움츠리고 나갔다. 노인은 편지 속에 들어있던 지폐를 책상 위에 펼쳐 놓았고, 지폐마다 적힌 각각의 고유 번호를 자기 수첩에 적혀있는 번호와 대조해 보았다. 그리고는 스즈토미 쪽을 바라보고는 말했다.

"이건 도둑놈이 보낸 게 아니네. 아니면 도둑놈이 조심했을 수도 있겠지만. 어쨌든 이 지폐 번호는 도난당한 지폐 번호하고는 다르네."

"하지만."

"아무 말도 말게. 나한테는 도난당한 지폐 번호가 있으니까."

"네, 그 번호는 저도 모르고 있었는데 어떻게 당신이."

스즈토미가 놀라도 노인은 아무 일도 아니라는 식으로

"뭐, 중앙은행에 물어봤지. 거기는 다행히 번호를 기록해 두었더라고."

라고 말하는 동시에 순간 어떤 일이 떠올랐는지, 혼자 생각에 잠겨 스즈토미가 있다는 사실도 잊은 채 혼잣말을 시작했다.

"흠, 그렇군. 이 돈은 돈을 훔친 놈이 보낸 게 아니야. 이놈은 지금 후회하고 있는 거야. 아니 그때도 많이 후회하고 있어서 파트너가 돈을 꺼내려는 걸 막으려고 했던 거고. 그리고 어쨌든 이 사람은 남자가 아니라 여자인가. 편지를 봐서는 아무래도 그런 거 같은데. 자네를 생각하고 있는 표현이나 등을 돌린다는 표현은 여자가 아니면 사용할 수 없는 표현이니까."

스즈토미는 자기도 모르게 대답했다.

"아닙니다. 여자는 이 사건과 관계가 없습니다."

(1917. 8. 13.)

제36회

스즈토미가 기를 써서 부정했지만, 노인은 스즈토미의 말이 들리지 않는지, 아니면 들려도 중요하게 생각하지 않는 것인지, 어느 쪽이

든 그다지 귀담아 듣지 않았다.

"그건 그렇고 이 편지의 글자는 도대체 어디서 자른 것일까?"

그리고는 일심불란으로 그 편지를 뚫어지게 쳐다보고 들어 올려서 빛에 비춰봤다.

"흠, 4호 활자의 초서라. 그렇다면 신문이나 잡지는 아니네. 소설도 아니고. 하지만 매우 익숙한 활자인데. 뭐지?"

노인은 잠시 생각에 잠긴 것 같더니 갑자기 '탁' 하고 무릎을 쳤다.

"알았다. 찬송가, 찬송가……. 그렇군, 찬송가였군."

노인은 손가락에 침을 묻혀서 활자 중 한 글자에 충분히 젖힌 다음 핀셋으로 그 글자를 뗐다. 뒤집어 보자 '하느님을 찬양하라'라는 찬송가의 문구를 반 정도 읽을 수 있었다.

"이봐, 내가 말한 대로지. 그래, 그렇다면 이 글자를 잘라낸 원본이 어디에 있을까?"

그때 문지기가 아까 심부름을 다녀간 남자를 데리고 돌아왔다. 노인은 그 남자를 향해서 편지를 가리키며 물었다.

"이 편지를 갖고 온 게 자넨가?"

"네, 나리. 접니다. 수취인이 좀 이상하게 쓰여 있어서 기억합니다."

"그럼 자네에게 이 편지를 건네준 사람은 누군가? 여자였나? 아니면 남자?"

"남자도 여자도 아니었습니다. 저처럼 심부름 다니는 남자였습니다."

대답이 이상해서 문지기가 웃었다. 그래도 노인은 여전히 진지한 태도로 물었다.

"네가 아는 남자였나?"

"아니요. 모르는 남자였습니다."

"어떤 남자였나?"

"키도 덩치도 중간 정도고 파란 웃옷을 입은 남자였습니다."

"그것만으로는 모르겠네. 누가 보낸 편지라고는 하지 않더냐?"

"아니요. 그냥 자, 6전 줄게, 이 편지를 사카에초 39번지로 갖다 줘라. 자기는 정류장에서 마부한테 부탁받았다고만 했습니다. 네."

노인은 이 대답으로는 만족하지 못했다. 그래서 심부름꾼을 향해서 계속 질문을 던졌다.

"자네는 그 남자를 보면 알아볼 수 있겠나?"

"그럼요. 알아볼 수 있죠."

"그래. 그럼 자네는 하루에 얼마를 버나?"

"제가 얼마를 버냐고요?"

"그래."

"50전 정도를 법니다."

"그래. 그럼 하루에 1엔을 줄 테니 지금부터 어디든 상관없이 온 동네를 다니면서 그 심부름꾼을 찾아오거라. 잘 듣게. 매일 밤 여덟 시에 다이부쓰야 —알고 있지? 사이와이 초에 있는 숙소— 거기에 가서 주레이 씨를 찾게. 그리고 그날 있었던 일을 알리고 돈을 받아가게. 혹시 그 심부름꾼을 찾게 되면 5엔을 수고비로 더 줄 테다. 알겠나."

심부름꾼은 신이 나서 뛰어나갔다. 노인은 스즈토미를 향해서 말했다.

"자, 이제 다 됐네. 사카에 씨, 밥이라도 먹으러 갑시다."

야지마 라이타로가 얘기했던 대로 도난 사건이 일어나고 스즈토미가 경찰에 끌려간 뒤, 야스베 노인은 완전히 수척해졌다. 원래 항상 웃은 얼굴을 하고 있어 사교적이고 좋은 성격이었는데 그 뒤로는 되도록 사람들을 피하고 온종일 방에 틀어박혀서 식사 시간이 아니면 방에서 나오질 않았다. 그리고 아무 말 없이 식사를 마치고는 다시 거실로 돌아갔다. 온종일 근심 어린 표정을 하고 멍하니 생각에 잠긴 모습은 마치 어제까지의 야스베 노인하고 전혀 다른 사람이 된 것 같았다.

스즈토미가 석방된 아침에도 야스베 씨는 언제나처럼 거실에 틀어박혀서 책상에 팔뚝을 올리고 얼굴을 손에 파묻은 채 하릴 없이 생각에 잠겨있었다. 하녀가 조용히 들어와 보고했다.

"스즈토미 씨가 친척분하고 같이 찾아오셨습니다."

"스즈토미가?"

야스베 씨는 화가 난 듯이,

"뭐라고, 아니 도대체 어떤 낯짝으로 여기를."

그렇게 말하려다가 하녀 앞이라는 사실을 깨닫고는 바로 마음을 진정시키고 대답했다.

"그래 그럼 정중히 여기로 모시고 오게."

(1917. 8. 14.)

제37회

두 사람은 하녀의 안내를 받아 방으로 들어갔다. 그들과 야스베 씨가 마주 앉은 모습은 어딘지 기적 같았다. 야스베 씨는 분노로 얼굴이 빨개졌고 스즈토미는 견딜 수 없는 원망 때문에 파래졌다. 그런 와중에 노인만은 아무렇지 않은 얼굴로, 게다가 긴장을 놓지 않고 신경을 곤두세우고 있다. 노인은 잠시 상황을 지켜보았다. 스즈토미와 야스베 씨가 서로 노려보기만 할 뿐 어느 한 쪽도 쉽게 입을 열지 않았다. 노인은 형제가 좋지 못하다고 판단했고, 곧 바로 말을 꺼냈다.

"야스베 님, 스즈토미가 석방됐다는 소식은 이미 들어 알고 계시죠."

"네, 아마도 증거불충분이라는 이유로 석방되었다고 들었습니다."

증거불충분이라는 말에 특히 힘을 주어 말한 것은 왠지 들으라고 그런 거 같았다. 노인은 편안한 얼굴로 듣고는 대답했다.

"네 말씀하신 대로 증거불충분이어서 불기소라고 합니다. 그 걸로는 결백함을 충분히 증명할 수 없으니까, 당분간 미국에 가 있을까 생각 중입니다."

"하하, 당분간 외국 나들이를 하시겠다는 말씀이군요. 그렇군."

야쓰베 씨가 일부러 기분을 거슬리게 말해도 노인은 전혀 신경 쓰이지 않는다는 듯이 말을 이었다.

"네 그렇습니다. 그게 본인을 위해서 제일 좋을 거 같아서요. 그래서 출국 전에 당신을 뵙고 일전의 인사를 드려야 할 거 같아 찾아왔습니다."

야스베 씨는 차갑게 웃었다.

"아니 그럴 필요 없습니다. 뭐, 스즈토미도 내게 할 말은 없을 거고 저도 듣고 싶은 말은 없습니다."

마치 선전 포고와도 같았다. 스즈토미와 야스베은행과의 인연은 이걸로 끝났다. 오래 있을 이유가 없었음으로, 둘은 작별 인사를 하고 밖으로 나왔다.

"어르신, 말씀하신 대로 야스베 씨를 만나고 왔습니다. 이걸로 만족하셨나요. 저는 괜히 마음고생만 하고 이게 도대체 무슨 도움이 되었습니까?"

"이런 사카에 군, 자네한테는 미안하게 되었네. 하지만 나는 소정의 목적을 달성했다네. 나는 이렇게 하지 않으면 야스베 씨를 만날 방법이 없으니까. 그리고 직접 만나 본 덕분에 많은 것이 확실해졌네. 확실히 야스베 씨는 이번 사건하고는 아무런 관계가 없군."

"그럴 리가요. 그러면 왜 저런 태도를 하겠습니까?"

"태도는 크게 문제 되지 않지. 나는 저 노인네가 어떤 혐의에 신경을 곤두세우고 있는지 확인해 보고 싶었다네. 확인해 보니 역시 생각대로구먼."

둘은 이야기를 나누면서 어느 마을 어귀에 다다라 모퉁이를 돌려는 순간, 저쪽에서부터 모자도 쓰지 않고 열심히 달려오는 남자가 있었다. 스즈토미는 그 사람이 바로 가베오라는 걸 알아차렸지만 가베오는 그런지도 모르고 둘 가까이로 달려왔다. 가베오는 얼굴을 들고 두 사람을 번갈아가며 바라본 다음, 스즈토미 쪽은 쳐다보지도 않고 노인에게 다급히 말했다.

"나왔습니다. 둘이."

"그래?"

노인은 갑작스러운 상황에 당황하면서 물었다.

"언제쯤?"

"30분쯤 전입니다."

"이런, 어서 서두르게."

노인은 어느샌가 손에 쥐고 있던 편지를 가베오에게 건네면서 말했다.

"어이, 자네 이걸 그에게 전해주게. 그리고 자네는 서둘러 돌아가게. 모자도 쓰지 않고 뛰어다니는 건 보기 좋지 않네."

스즈토미는 이런 상황에 너무 놀라서,

"가베오를 아세요?"

하고 급하게 노인한테 물었다. 노인은 다시 원래대로의 침착한 목소리로 돌아가서 대답했다.

"뭐, 알고 있다고 해야겠지. 하지만 그건 상관없네. 지금 그걸 따질 때가 아니지. 자, 자, 서두릅시다."

"어디로?"

"어디든 좋습니다. 빨리 뜁시다."

노인은 갑자기 뛰기 시작했다. 스즈토미도 당황하면서 같이 뛰기 시작했다.

(1917. 8. 15.)

제38회

1.6킬로미터 정도 뛰어가니 집들이 즐비해 있는 주택가의 83호를 향해서 노인은 역시 뛰어 들어갔다. 입구에는 재단사 간판이 나와 있었다. 노인이 초인종을 누른 뒤 현관문을 똑똑 두드리자 문이 열렸고,

마흔 정도 되어 보이는 아담하면서도 깔끔한 분위기의 여성분이 마중 나왔다. 그녀는 이미 알고 있었다는 듯이 둘을 작은 응접실로 안내했다. 스즈토미가 빠르게 주변을 둘러보니 거실에는 문이 여러 개 있고 각각의 문이 각각의 방으로 연결된 것 같았다. 부인은 단골을 대하듯이 노인에게 깊숙이 인사를 했지만, 노인은 묵례만 했고, 나직한 소리로 무언가를 묻자 부인은 알고 있다는 듯이 대답했다.

"네 계십니다."

"저쪽인가."

"아니요. 이쪽입니다."

노인은 스즈토미의 손을 이끌고 부인이 가리킨 방으로 들어갔다. 스즈토미는 당황한 채로 그 방에 한 발짝 들어섰고 깜짝 놀라서 떨리는 목소리로 "시오리 씨" 하고 불렀다. 과연 실내에 있던 것은 시오리 양이었다. 평소보다 한층 더 아름다워진 시오리 양이 얌전히 서 있었다.

시오리 양은 방 한가운데 옷가지를 쌓아 올린 책상 앞에서 내일모레 입고 갈 야회복의 소매를 고치고 있었다. 예상치 못했던 사카에의 등장에 볼을 빨갛게 붉히고 넋이 나간 듯이 서 있었지만, 다시 정신을 가다듬고 평소처럼 밝은 모습으로 돌아와 다소 화가 섞인 목소리로 말을 걸었다.

"사카에 씨, 이런 곳까지 쫓아 온 거예요? 어머 이게 무슨 일인가요. 두 번 다시 저를 보지 않겠다고 하지 않으셨나요?"

그렇게 말했지만, 그 이상은 말을 잇지 못했다. 시오리 양은 다시 입을 열었다.

"하지만 무슨 일이세요?"

"그로부터 많은 일이 일어났어요. 그때는 나도 모르게 그만 그런 말을 했지만 잊어주세요. 오늘은 제가 일부러 당신을 쫓아 온 건 아닙니다. 나도 잘 모르는 사이에 이렇게 된 겁니다."

"당신이 그렇게 되고 나도 얼마나 괴로웠는지 이해해주실 거죠. 당신이 곤경에 빠지면 저는 친오빠가 곤경에 빠진 것처럼 걱정해요."

"친오빠?"

사카에는 떠밀린 것처럼 말했다.

"당신은 우리가 이별한 밤에도 역시 저를 친오빠 같다고 하셨지요. 오빠라……. 그런 말을 인제 와서 할 정도면 왜 오랫동안 나를 속였던 거겠네요. 그때 정원에서 처음 서로의 마음을 고백했을 때는 시오리 양, 설마 그때도 저를 친오빠라고 생각했던 건 아니지요?"

시오리는 뭔가를 말하려다가 사카에의 말을 막으려는 시늉을 했지만, 사카에는 신경 쓰지 않았다.

"그게 겨우 1년 전의 일이지 않습니까. 그런데 당신은 이미 그 약속을 잊으신 거죠. 그리고 나더러 두 번 다시 당신을 만나지 않겠다고 맹세하게 했죠. 뭐가 마음에 안 드는지 말해주지도 않고 마음대로 날 밀쳐내 버리고 사람들한테는 내가 당신을 차버린 것처럼 이야기하고. 당신은 둘 사이에 커다란 벽이 생겼다고 했죠. 내가 바보였습니다. 벽이라는 것은 당신이 날 싫어하게 되었다는 건데 여태껏 그런 줄도 모르고……."

(1917. 8. 16.)

제39회

시오리 양은 고개를 숙인 채 조용히 사카에의 화를 듣고 있었지만, 더는 참기 힘들었는지 우물쭈물 입을 열었다.

"그래서 제가 그렇게 말씀드린 거예요. 아무 말도 하지 말고 옛날 일은 흘러버리고 잊어달라고. 제가 그랬잖아요."

"잊어요? 내가? 어떻게 잊을 수 있겠습니까. 잊으려고 해서 잊을 수가 있나요? 피의 순환을 멈추려고 하면 멈출 수가 있나요? 시오리 양, 당신은 사랑이라는 걸 모릅니다. 알고 있다면 그런 말을 할 리가 없습니다. 시오리 양, 잊으라고 하는 것은 죽으라는 말입니다."

"싫어요. 사카에 씨. 죽지 마세요."

"죽을 거예요. 저는 죽을 거라고요. 당신한테 그런 소리를 들었는데 죽을 수밖에 없지 않겠습니까. 저는 지금 감옥에서 막 나왔습니다. 저에게는 희망이 없습니다. 내 앞길은 실망, 굴욕, 고독입니다. 그런 제가 자살하는 게 전혀 이상하지 않잖아요."

"안 돼요. 자살이라니요. 제발 부탁이니까, 그런 말 하지 말아주세요."

"아니요. 당신은 나한테 그런 말 할 권리가 없습니다. 당신은 날 버렸습니다."

"사카에 씨, 사실은……."

"사실은 나를 조금 좋아한 적은 있었지만, 지금은 싫어졌다고 말하려는 거죠. 나는 그렇지 않습니다. 지금도 그리고 항상 당신 생각만 하고 있습니다."

사카에는 시오리의 대답을 기다렸다. 하지만 그녀는 화석이 된 것처럼 굳게 입을 다물고 한마디도 하지 않았다. 실내 공기가 갑자기 한밤중처럼 숙연해졌는데 갑자기 흐느껴 우는 소리가 들렸다.

울고 있던 것은 허리를 숙이고 있던 젊은 여자였다. 스즈토미도 시오리 양도 지금까지 눈앞의 상황이 벅차서 이 여자의 존재를 잊고 있었다. 우는 소리에 정신을 차린 시오리는 이제야 머쓱해져서 어찌할 바를 몰랐고 스즈토미는 깜짝 놀랐다. 소리가 나는 쪽을 자세히 보자, 이게 무슨 일인가. 그 곳 의자에 무릎을 끌고 양손으로 얼굴을 가린 채 몸을 흔들면서 울고 있는 것은 다름 아닌 미나코였다.

스즈토미는 당황했다. 몰랐다고 하더라도 자기가 미나코 앞에서 시오리 양에 대한 자신의 감정을 고백해 버린 것이다. 한 명은 부잣집에 태어나 교육도 충분히 받은 여자로서 자존심이 높은 시오리, 또 다른 한 명은 가난한 집에서 태어나 오기를 생명으로 거친 세상을 살아온 미나코. 스즈토미는 시오리 양을 좋아했지만 거절당했다. 미나코는 스즈토미를 사랑해주었지만, 스즈토미는 그녀를 하대했다. 스즈토미는 이런 두 사람을 눈앞에 두고 그 둘 사이에 끼어 있는 자신의 상황도 고통스러웠지만, 사랑하는 남자가 다른 여자를 사랑한다고 고백하는 장면을 지켜본 미나코는 또 얼마나 괴로울지 생각했다. 그러자, 스즈토미는 자신의 실연을 슬퍼하는 한편 미나코가 가엽게 느껴졌다.

(1917. 8. 17.)

제40회

아무리 그렇다 하더라도 기가 센 미나코가 평상시 같으면 스즈토미한테 맹렬하게 덤볐을 텐데 그렇지 않고 이렇게 울고만 있는 것이 이해가 안 갔다. 스즈토미는 처음부터 끝까지 모든 게 다 잘못된 것처럼 느껴져 잠시 아무 생각 없이 그저 넋을 잃고 있었다. 시오리 양은 이때 가까스로 마음을 가라앉히고 아까 의자 위로 떨어트린 웃옷을 집어 들고 급하게 그것을 어깨에 걸치면서 스즈토미에게 물었다.

"사카에 씨, 근데 왜 이럴 때 왔어요? 둘 다 마음을 다부지게 갖지 않으면 안 될 때인데. 사카에 씨 당신이 괴로우면 저는 더 괴로워요. 당신은 이야기를 들어줄 친구가 계시겠지만 저는 정말로 외톨이예요. 울고 싶어도 울 수 없고 억지로라도 웃지 않으면 안 된다는 말이에요."

스즈토미는 아무 대답도 못 했다. 시오리 양은 말을 이었다.

"사카에 씨, 전 잊어버린 게 아니에요. 하지만 이젠 기억하고 있어도 소용없어요. 저희 둘의 운명은 여기까지예요. 사카에 씨, 제발 부탁이니까 죽겠다는 생각은 하지 말아주세요. 그런 일이 생기면 전 진짜로 견딜 수가 없을 거예요. 제발 조금만 더 참으시고 시기를 기다려주세요. 네, 사카에 씨. 부탁이에요."

그렇게 말해버리고 시오리 양은 수많은 감정을 담아 작별 인사를 하고 도망가듯이 나가버렸다. 미나코도 당황해서 뒤따랐다.

스즈토미는 홀로 남겨졌다. 모든 것이 태풍이 지나간 뒤의 상황 같았다. 다시 생각해봐도 정말로 신기한 만남이었다. 이게 꿈인지 현실인지조차 모를 정도이다. 계속 생각을 정리해보니 이 상황은 아무래도 그 이상한 노인이 뒤에서 조정하고 있는 것 같았다. 그 사람은 도대체 누구일까? 어떤 방법으로 가베오를 앞잡이처럼 부려서 시오리 양의 행동을 감시하게 하고 그렇게나 기게 셨던 미나코마저도 자기 마음대로 휘두르고 있는 것일까. 머리가 혼란스러워지고 있는데 노인은 여전히 침착한 표정으로 천천히 들어왔다. 스즈토미는 그에게 달려들었다.

"당신은 도대체 누구시죠?"

대들듯이 물어본 한마디에 그는 동요하지 않고 대답했다.

"자네 아버지의 친구라네. 아까 말하지 않았나."

"그렇게 속이셔도 안 됩니다. 아까는 제가 뭔가 홀린 거 같아서 그냥 하라는 대로 했지만……."

"하하, 그럼 내 이야기를 듣고 싶다는 거군. 하지만 그런 걸 들어서 뭘 하게요? 당신은 내 도움을 받아야 할 처지잖소. 그냥 잠자코 내가 시키는 대로나 하세요."

"하지만, 당신이 어떤 방법을 쓸지 저는 그게 궁금합니다."

"들어서 뭐 하시게요?"

"들은 다음에 저는 동의를 하거나 반대를 하려고 합니다."

"하지만 내가 이렇게 하면 반드시 성공한다고 보장하면……."

"안 됩니다. 이제 그런 말로는 안 됩니다. 저도 다 큰 어른입니다. 내 의사랑 상관없이 타인에게 좌지우지되고 싶지 않습니다."

"아무리 다 큰 어른이라도 장님이면 할 수 없습니다. 장님이면 안내해줄 사람이 필요하지요."

스즈토미는 할 말이 없었다.

(1917. 8. 18.)

제41회

"어르신 지금까지 베풀어주신 친절에는 진심으로 감사드립니다."

스즈토미는 약이 오른 듯이 말했다.

"하지만 앞으로는 단연코 거절하겠습니다. 제가 명예 회복을 위해서 싸우고자 했던 것은 시오리 양이 다시 저한테 돌아올 것이라고 생각했기 때문입니다. 하지만 오늘 와서 보니 그런 가망이 없습니다. 저는 이제 어떻게 돼도 상관없습니다."

말할 필요도 없이 스즈토미는 자살할 각오를 하고 있었다. 노인도 이 지경이 되면 어쩔 수가 없었다.

"자네는 피가 머리끝까지 올라왔군."

던지듯 이렇게 한마디 할 뿐이다. 스즈토미는 특별히 화를 내지 않았다.

"피가 머리끝까지 올라왔어도 미치지는 않았습니다. 하지만 시오리 양하고 헤어져야 할 정도라면 이제 어떻게 돼도 상관없습니다."

"사카에 씨."

노인은 무겁게 말을 이었다.

"당신은 시오리 양이 한 말을 이해하지 못하고 있네."

스즈토미는 노인이 둘의 대화를 엿들었다는 사실을 알고 얼굴이 빨개졌다.

"무례합니다. 저희 이야기를 엿들었군요."

"미안하네. 실은 방 밖에서 듣고 있었네. 목적은 수단을 고르지 않는다고 하지 않는가. 이런 상황에서는 어쩔 수가 없지. 사카에 씨, 정신을 똑바로 차리세요. 시오리 양은 분명히 당신을 사랑하고 있습니다."

흥분하던 스즈토미는 갑자기 조용해졌다.

"그렇다면 다행이지만. 그렇다면 왜 갑자기 그런 행동을……."

"그건 아가씨에게 생각이 있기 때문입니다. 사카에 씨, 당신은 지금 눈이 멀어서 보이지 않는 겁니다. 하지만 시오리 양은 지금 분명히 자기를 희생하고 있습니다. 누구 때문인지를 알면 이번 사건을 계획한 자가 누구인지도 알게 되겠지요. 어쨌든, 제 조사에 의하면 아가씨는 분명히 이번 도난 사건을 알고 있었습니다. 하지만 시오리 양 본인이 그 이름을 말할 수는 없는 거지요."

스즈토미는 그저 '아, 아' 하고 듣고만 있었으나 지금까지 자기가 이 수상한 노인한테 갖고 있던 반감이 점점 사라지고 있는 걸 느꼈다. 그리고 갑자기 기쁜 감정이 들었다.

"당신이 말씀한 대로라면 좋겠습니다."

노인은 웃었다.

"바보 같긴. 의심의 여지가 없지 않은가. 어떻게 보든 증거가 나왔는데."

스즈토미는 노인의 말에 감탄하기보다는 오히려 희망을 품으려 했다. 그리고 노인을 향해서,

"그럼 어르신께서 생각하시는 대로 해주세요."

라고 말하고는 잠시 어깨의 힘을 빼고

"하지만 당신은 저 같은 경험을 해 보신 적이 없으셔서 제가 참 어리석게 보이시겠죠."

라고 말했다. 이 말에 노인은 신기하게도 안절부절못하면서 대답했다.

"아니, 사실 나도 자네 같은 경험이 있다네. 물론 내 사랑의 대상은

시오리 양처럼 순결한 아가씨가 아닌, 비천한 장사하는 여자였지만. 어쨌든 3년이나 그녀를 사랑하고 또 함께 살면서부터는 소위 말하는 애처가처럼 진짜 잘해주었지. 하지만 여자는 역시 나로는 부족했는지 어느 날 나를 버리고 다른 남자에게로 가버렸다네. 그 남자한테는 제대로 대우도 받지 못했는데 말이지. 아니, 사카에 씨, 사실대로 말하자면 나도 그때는 죽어버릴 생각을 했었지."

"어르신은 그 상대방 남자를 알고 있나요?"

노인은 고개를 끄덕거렸다.

"그럼. 알다마다."

"알고 있다면 그 사람을 어떻게 했나요?"

"아무것도 하지 않았지. 하지만."

노인은 이상하게 목소리에 힘을 주면서 말했다.

"무엇이듯 운명이지. 운명의 하느님이 그 사람에게 벌을 주셨으니까."

(1917. 8. 19.)

제42회

스즈토미는 노인의 조언대로 그날 모든 가재도구를 팔아버리고 미국에 가겠다고 친구들에게 작별 인사를 한 다음 노인을 따라 다이부쓰야 여관에 숨었다. 그날 밤, 잠자리에 들기 전 창문을 열자 바람이 세게 불어와서 커튼 뒤에 놓여 있던 종잇조각이 떨어졌다. 스즈토미는 아무 없이 생각 종이를 주워보았고, 이윽고 깜짝 놀랐다. 그것은 의심의 여지없이 미나코의 필적이었다. 종잇조각은 쓰다가 찢어 버린 편지 조각이었다.

'야지마 씨에 관해서 중요한 --- 나쁜 계략의 함정에 ---스즈토미 씨까지도 ---말씀드리고 싶어서 ---친구라고 생각하신다면 ---실은 ---.'

＊　＊　＊　＊　＊　＊

차야(茶屋)마을에는 카페 마코토라는 멋진 찻집이 있다. 석방된 다음 날, 스즈토미는 마코토에서 노인과 만나기 위해서 오후 4시 조금 전부터 기다리고 있었다. 커피 마실 시간은 지났고 압생트를 마시기에는 너무 일렀다. 어중간한 시간이어서 손님도 별로 없고, 가게는 비어 있었다. 4시를 알리는 시계 종이 울리기 시작했고, 종소리가 끝나기도 전에 노인이 나타나 스즈토미 옆에 서 있었다. 그리고 그의 어깨를 두드리면서 말을 걸었다.

"어떤가. 사카에 군. 내가 주문한 대로 했나?"

스즈토미는 깍듯하게 대답했다.

"네 했습니다."

"옷가지들은 어떻게 했나?"

"말씀하신 대로 내일까지 다이부쓰야에 도착하도록 해놨습니다."

"그거 잘 됐군요. 그런데 사카에 군, 이제 본격적으로 조사를 시작해볼까 합니다. 오늘 여기서 누군가를 만날 겁니다. 그 사람이 도착할 때까지 야지마 뭐시기라는 자네의 그 소중한 친구, 그 야지마 군에 대해서 조금 물어보고 싶은 게 있습니다."

야지마 뭐시기 라고 일부러 바보 취급하면서 부른 것에 대해서 스즈토미는 아무 말도 하지 않았다. 실은 스즈토미도 마음속으로 야지마에 대한 의심이 조금씩 싹트기 시작했기 때문이다.

"야지마는 야스베 사모님과 동향입니다. 상레미(Saint-Remy) 출신이죠."

"그게 틀림없나?"

"틀림없습니다. 저도 본인 입으로 그렇게 말하는 걸 들었습니다. 그리고 야스베 씨한테도 그렇게 말했고요. 야지마 씨의 어머니가 야스베 사모님의 사촌 동생이라는 거 같습니다."

"잘못 알고 있거나 잘못 기억하고 있는 건 아니지요?"

"그럴 리 없습니다."

"흠, 그렇다면 이거 아주 이상한 일이 구만."

노인은 일부러 당황스럽다는 표정을 지으면서 물건 팔이 흉내를 내기 시작했다.

"동서고금 이것이 상레미 시장의 풍경입니다. 여기는 인구 약 6000명. 명물이라면 분천(噴泉)과 석탄거래소, 면사 제조소가 있지만, 어느 쪽도 돈 내고 볼만한 건 아닙니다. 그 외에 개선문, 그리스박물관도 있지요. 하지만 없는 것은 야지마 뭐시기라는 성씨. 샅샅이 찾아 봐도 없습니다."

스즈토미가 어이없다는 듯한 표정을 지었고, 그걸 본 노인은 방긋 웃었다.

"어떤가? 사카에 씨, 내 장기자랑은. 이삼일 후에는 변사(辯士)로 변신해볼까 하네. 이런 취미도 조금 있어서. 그건 그렇고 실제로 그 동네에는 야지마라는 가문은 없다네."

"그런가요? 하지만 어르신 저에게는 증거가 있습니다."

"증거? 증거라는 것은 얼마든지 만들려면 만들 수 있는 거라네. 사카에 군."

노인은 안주머니에서 뭔가 종이에 쓴 것을 꺼내서 읽기 시작했다.

"야지마라는 가문은 100년 전 메일랑(Meylan)에서 상레미로 이주하여 살기 시작했다."

(1917. 8. 20.)

제43회

"잠시만요."

사카에가 뭔가 반문하려는 것을 노인은 손짓으로 저지시키고 말을 이었다.

"야지마 가의 마지막 당주, 야스토시(安利)는 1875년 타라스콩(Tarascon)시의 가자타니 사기코(風谷鷺子)와 결혼해서 1894년 사망. 아들은 없고 딸 두 명을 남겼다. 그 지방 사무소에 등록된 거주인 명부에는 야지마라는 성을 가진 자는 아무도 없음. ─어떤가? 사카에 군."

"그렇군요. 그러면 야스베 부인은 왜 라이타로를 자기 조카라고 했을까요?"

노인은 이 질문에도 대답하지 않고 계속 읽어나갔다.

"야스토시는 1894년 12월 29일 상레미에서 빈곤으로 인해 사망. 처음에는 상당한 재산이 있고 백작이라고 자칭하고 다녔으나, 양잠업을 시작했다가 실패해서 가산을 탕진해 버린 후 몰락함. 현재 야지마라는 성을 가진 자는 상레미 시는 물론이거니와 주변 도시에도 한 명도 없음이 확실함."

끝까지 들은 사카에는 이상한 표정을 지었다.

"과연, 정말 이상하네요. 그럼 그 라이타로라는 자는 도대체 누구죠?"

"그걸 알고 있는 자가 현재 단 한 명 있지."

"구라베 말인가요?"

"그렇다네. 구라베에 관해서도 내가 조금 조사를 해놨지. 그 사람에 관해서는 자네 아버지가 잘 알고 있을 거요. 그의 경력도 참 수상하지. 잘 들어보게. ―구라베 리스케, 구라베 마을 태생. 그의 형, 가즈토시는 1888년 사람과 말다툼이 일어나 상대방을 살상하고 고향을 도망 나와 행방불명이 됨. 동생 리스케는 원래 평판이 좋은 사람이 아님. 아버지 사후 그 재산을 물려받고 몇 년 있다가 이를 전부 탕진하고 형 몫의 재산까지도 다 써버림. 리스케는 병역 복역 중에도 소행이 바르지 못해 여러 차례 처형을 받은 적이 있음. 한때 행방불명이 되었다가 영국을 떠돌고 다닌다는 소문도 있었음. 독일에 거주할 때는 그 방탕함으로 유명했음. 1911년 파리로 돌아와 불량배들과 어울려 그쪽 세계에서 주목받게 됨. 당시 형 가즈토시는 멕시코에서 재산을 만들고 갑자기 본국으로 돌아와 올로롱에 거주를 점하고 철공소를 매입했고, 가즈토시가 6개월 전에 사망했을 때 그 재산은 자연스럽게 아우 리스케가 물려받게 됨."

"하하, 과연 그러네요. 저랑 처음 알게 되었을 때, 구라베는 아직 가난했어요."

"당연히 그랬겠지요."

"야지마 씨가 상미레에서 온 것도 그쯤이었을 겁니다."

"그렇겠지요."

"야지마가 오고 한 달 정도 지나서 시오리 양이 약혼을 취소하자고 했어요."

사카에는 점점 생각에 빠져들기 시작했다. 노인은 그 모습을 보고 기쁜 듯이 말했다.

"그래, 사카에 군. 이제 조금씩 자네도 보이기 시작한 거 같군. 이 두 사건을 연결할 정도로 자네도 보이기 시작한 거야."

이 말이 끝나기도 전에 둘에게 다가오는 남자가 있었다.

그는 깔끔하게 차려입은 젊은 남자였다. 노인은 그를 보자마자 물었다.

"어이, 쓰보야 왔나. 그래, 어떤 가 뭔가 나왔나?"

노인의 말에 젊은이는 대답 않고 파란색 술부터 주문하더니, 술이 나오자마자 물 주전자를 높이 들어 올려 컵에 물을 가득 따르면서 입을 열었다.

"말도 마세요. 정말 피곤해 죽겠습니다. 어젯밤에 주인이 다른 집 부인을 만나러 가겠다고 나가서 제가 바로 뒤를 밟았죠. 그랬더니 다이부쓰야 여관으로 가는 거예요. 물론 부인이라는 사람은 없었습니다. 그래서 기분이 아주 언짢은 채로 집으로 돌아왔더니, 야지마가 기다리고 있는 거예요. 게다가 이 사람이 어울리지 않게 말은 많고 태도도 거친 사람이잖아요. 그래서 주인한테 '어이, 어떻게 됐나?' 하고 묻자, 제 주인이 '놓쳐버렸네. 여자는 이제 그 숙소에는 없어. 거의 다 잡았는데 쥐새끼처럼 손가락 사이를 빠져나갔네.', '어디로 갔나.', '내가 그걸 어떻게 아나.' 하며 서로 노려보더니 야지마가 '혹시 우리 쪽 계획이 들통 난 건 아닌가.'라고 말하자 주인이 '아니 들통 난 건 아니지만, 이렇게 됐으니 이제 손을 쓸 수 있을지도 모르지.'라고 말하는 겁니다."

"네 주인은 대단하네! 꽤 눈치가 빠른 놈이야."

"아니요. 그 말을 들은 야지마는 창백해져서 '깜짝 놀랐네. 벌써 그렇게 됐나. 그럼 이참에 아예 보석을 처리해버리면 어떨까.'라고 하는 거예요. 그러자 주인 녀석이 '당연하지. 하지만 처분하려면 계획이 있어야지.'라고 말하더라고요."

쓰보야의 보고를 들은 주레이 노인은 '흥' 하고 코웃음을 치더니 태평한 얼굴로 말했다.

"안 됐지만, 이미 늦었네. 이쪽 계획은 이미 시작했다고."

(1917. 8. 21.)

제44회

옆에 있던 스즈토미는 처음에는 어이가 없다는 식으로 듣고 있다가 점점 이야기의 내용이 이해되기 시작했다. 그러자 지금까지 몰랐던 여러 가지 상황들이 갑자기 구름이 걷히고 달이 나타난 순간처럼 명확히 마음에 비치기 시작했다. 바로 어제 주웠던 미나코의 찢어진 편지의 의미도 이해가 됐다. 또한, 동시에 야지마가 엄청난 악한이라는 사실도 알았다. 지금까지 아무 의미가 없어 보였던 여러 가지 사실들이 하나하나 의미 있는 진실로 비치기 시작했다.

쓰보야는 이야기를 계속했다.

"어젯밤 저녁 식사를 마치고 갑자기 선이라도 보듯 치장을 하더니 주인은 야스베 사모님 댁으로 갔습니다."

스즈토미는 놀라서 끼어들었다.

"뻔뻔하기도 하지. 그렇게 은행장님과 다퉈놓고선."

쓰보야는 아랑곳하지 않고 이야기를 이어갔다.

"그리고는 밤늦게까지 있었어요. 덕분에 저는 비에 흠뻑 젖었지요. 거기서도 주인은 딱히 좋은 일이 있었던 건 아닌 거 같습니다. 돌아와서 말을 마구간에 넣고는 제가 주인 방에 가서 시키실 일은 없습니까, 하고 물어보니까, 주인 녀석 험악한 표정으로 마치 내가 도둑놈이라도 된 양 소리를 지르는 거예요. 오늘도 여전히 기분이 안 좋으십니다. 또 점심에는 야지마 녀석이 화를 내는 겁니다. 야지마는 씩씩거리며 주인 방에 들어갔고, 둘은 서로 엄청나게 싸우기 시작했죠. 주인이 야지마의 목덜미를 쥐어 잡으니 야지마 녀석이 안주머니에서 단도를 꺼내서 휘두르기까지 했다고요. 뭐, 싸움은 그걸로 끝났지만요."

"뭐 때문에 싸웠는데?"

노인네가 물으니 쓰보야는 억울하다는 듯이 대답했다.

"그게 재미없게도 영어로 말하는 거예요. 제가 알아들을 수 있을 리가 없죠. 하지만 뭔가 돈 때문에 싸운 거 같습니다."

"어째서?"

"뭐, '머니(Money), 머니'라고 하는 게 몇 번이나 들렸어요. '마니'

정도는 저도 알아듣습니다. 그리고 잠시 둘이서 영어를 쓰지는 않았지만, 그때는 이미 화해를 하고 언제 싸웠냐는 식으로 계속 야회무도회 이야기를 하더라고요. 야지마가 돌아가려고 하자 주인이 '알겠냐. 이제 어쩔 수 없으니까, 너는 오늘 밤 집에 있어.'라고 말했어요. 야지마는 끄덕거리면서 '있을게.'라고 대답하더라고요."

가게는 이때부터 점점 손님이 많아지기 시작했다. 적당할 때 쓰보야가 돌아가자 교대하듯이 가베오가 들어왔다. 그는 매우 흥분해 보였다. 먼저 스즈토미에게 눈인사를 하고 서둘러 안주머니에서 책을 한 권을 꺼내서 노인에게 건넸다.

"아가씨가 찬장에서 찾아주셨습니다."

노인은 책을 들고 안을 살펴보니, 어머나, 글자를 잘라낸 흔적이 있었다. 엊그제 스즈토미 앞으로 온 수상한 편지는 이 책의 글자를 오려다 붙인 것이 틀림없다. 노인은 혼자 고개를 끄덕거리면서 말했다.

"아마 이럴 거라고 예상했네. 이걸로 증거는 다 갖춰진 셈이지."

노인은 스즈토미 앞으로 책을 내밀었다. 스즈토미는 책을 보자마자 창백해졌다. 그것은 예전에 본 적이 있는 시오리 양의 찬미가집이었다. 게다가 자신이 선물한 기념품으로 표지 뒷면에 시오리 양이 붓으로 아름답게 '1914년 1월 17일 시오리'라고 쓴 거까지 확인할 수 있다. 스즈토미는 몹시 놀라서 자기도 모르게 소리 질렀다.

"뭐야, 이건 시오리 씨 거잖아."

(1917. 8. 22.)

제45회

하지만 노인은 아무 반응을 보이지 않았다. 그는 조금 전에 어떤 남자가 갖고 온 쪽지를 읽고 있었다. 한 번 쓱 읽더니 노인은 평상시와 달리 다급하게 일어서서 계산대에 1엔짜리 지폐를 내던지고 갑자기 스즈토미의 손을 잡고 가게에서 뛰쳐나갔다. 그리고 정류장을 가리키면서 열심히 달렸다.

"놓치면 안 돼. 생제르맹(Saint-Germain)행의 기차를 탈 수 있을까."

"어디 가는데요?"

"빨리빨리."

사람들의 시선도 신경 쓰지 않고 뛰어가서 자동차 가게 앞까지 와서는 다급하게 운전사에게 물었다.

"어이, 르비지네(Le Vésinet)까지 얼마면 가오?"

"죄송합니다. 손님, 길을 잘 몰라서요."

스즈토미는 이때 목적지가 어디인지 알았다.

"길은 내가 알고 있소."

"손님, 시간이 많이 늦어서 5엔은 주셔야 합니다."

"서둘러 준다면 얼마면 되오?"

"손님께서 말씀하시는 대로 따르겠습니다만, 8엔은 받아야 할 거 같습니다."

"그래, 그럼 30분 전에 출발한 자동차가 있을 거요. 그 차를 따라잡게."

"그럼죠. 자 빨리 타세요."

* * * * * * *

르비지네 정류장서부터 길은 두 갈래로 나눠진다. 왼쪽으로 가면 마을 어귀로 들어가고 오른쪽으로 가면 산이 나온다. 오른편 길에는 별장들이 즐비하여 여름에는 사람들로 붐비지만, 겨울에는 한산한 가옥들이 몇 개 나란히 있을 뿐이다. 노인과 스즈토미는 그날 밤 아홉 시경 십자로에서 차를 내렸다. 5분 정도 전에 세 블록 정도 떨어진 앞쪽에서 달리는 자동차의 램프를 본 것이다. 노인은 약속한 금액을 운전수에게 주고는 부탁을 했다.

"너는 이 근처 어딘가 찻집이라도 가서 쉬고 있게. 30분이 지나도 우리가 돌아오지 않으며 그대로 파리로 돌아가게."

그렇게 말하고 둘은 진흙 길도 마다하지 않고 5분 정도 전에 본 앞차를 뒤쫓아서 달렸다. 그러자 어느 집 앞에서 스즈토미가 멈춰 섰다.

"여기예요. 야지마 집은."

보아하니 문 앞에 조금 전에 본 자동차가 서 있다. 노인은 스즈토미의 소매를 잡고 물었다.

"여기서부터는 들어갈 수가 없네. 어딘가 다른 입구가 없을까?"

그리고 스즈토미를 재촉해서 까치발이 돼서 담 주변을 빙빙 돌았다. 이윽고 노인은 잠시 담의 높이를 어림하는가 싶더니, 불현듯 살찐 사람에게는 어울리지 않는 모양새로 훌쩍 담을 뛰어 넘어갔다. 스즈토미도 어쩔 수 없이 담을 넘으려고 시도했으나, 나이에 비해 몸이 가뿐하지 않았다. 결국 노인이 다시 되돌아와서 스즈토미를 밀어 올렸다. 담에서 내려갈 때도 스즈토미는 노인의 도움을 필요로 했다.

(1917. 8. 23.)

제46회

마당으로 나오자, 노인은 우선 사방을 살폈다. 집은 커다란 정원 한가운데에 있었고, 전체적인 모양새가 좁고 옆으로 긴 이층집이었다. 몇 개씩 나란히 붙어있는 창문은 모두 까맣게 닫혀있었고 단지 2층의 한 창문에서만 불빛이 새어 나왔다. 노인은 그 방을 가리키며 물었다.

"저 방은 무슨 방이지?"

"야지마의 침실입니다."

"아래층에는 뭐가 있나?"

"부엌에다가 당구 방, 그리고 식당이 있습니다."

"2층은?"

"미닫이문으로 이어진 응접실이 두 개에다 도서실, 그리고 침실이 있습니다."

"하인들의 방은 어디에 있나?"

"하인들은 없습니다. 동네에 사는 부부를 고용했는데 밤에는 자기 집으로 돌아갑니다."

"그거 잘 됐군. 그럼 바로 쳐들어가세."

"네? 쳐들어간다고요?"

"그럼, 그러려고 일부러 여기까지 오지 않았나."

"하지만 그러다 걸리면."

"걸려도 상관없네. 들키면 자네는 아무렇지 않게 안으로 쑥 들어가 버리게. '여어, 야지만 군 놀러 왔네. 문이 열려 있어서 그냥 조용히 들어왔네. 미안하네.' 뭐 이런 식으로 둘러대면 그만이지."

하지만 일은 그렇게 되지는 않았다. 현관은 단단한 열쇠로 조심스럽게 잠겨있었다. 노인이 힘으로 흔들어 봐도 아무 소용이 없었다.

"이런, 아쉽게도 오늘은 도구를 가지고 오질 못했네."

노인은 혀를 찼다. 근처의 새장 주변에서는 여우가 어슬렁어슬렁 걸어 다녔다. 그 어디에도 몰래 숨어 들어갈 만한 곳이 보이지 않았다. 그들은 어쩔 수 없이 마당 한구석으로 돌아간 다음, 2층의 불빛이 가장 잘 보이는 곳에 진을 쳤다.

"안을 볼 수만 있다면……."

노인이 발을 구르고 있으니, 스즈토미는 갑자기 뭔가 생각났다는 듯 펄쩍 뛰어오르더니 "사다리, 사다리" 하고 외쳤다.

"그렇군. 사다리가 어디 있나?"

"저기 구석에 있을 겁니다."

둘은 미친 듯이 달려갔다. 어렵지 않게 사다리를 찾아내고는 둘이 달려들어 사다리를 창가 가까이로 가지고 갔다. 아쉽게도 사다리는 2층 방까지 1미터 80센치 정도가 모자랐다.

"제기랄, 안 됩니다."

스즈토미는 낙담하고 발을 굴렀지만, 노인은 쉽게 포기하지 않았다.

"잠깐, 기다려 보게 뭔가 방법이 있겠지."

노인은 팔짱을 끼면서 생각하더니 이윽고 입을 열었다.

"그래 이렇게 해 보지."

노인은 놀라운 힘으로 사다리를 들어 올려 사다리의 다리를 자기 어깨 위로 받쳐 들었다. 그 상태로 사다리를 2층 창가의 벽 쪽으로 가져다 대자 길이가 딱 맞아떨어졌다.

"자, 사카에 군, 올라가 보게."

스즈토미는 망설일 틈도 없이 사다리를 올라갔다. 그리고 창문에서 살짝 실내를 엿봤는데 무엇을 봤는지, "아, 이런!"이라고 외마디를 내지르더니 쿵하고 아래로 굴러 떨어졌다.

이걸 보자마자 노인은 재빨리 사다리를 어깨에서 내리고 그를 향해서 뛰어갔는데, 스즈토미는 몸이 아픈 것도 잊은 채 다시 벌떡 일어서더니 미치광이처럼 외쳤다.

"시오리 양이예요. 시오리 양이 있어요. 시오리 양이 야지마랑 마주 보고 있어요."

이 사실에 노인도 당황하기는 마찬가지였다. 실은 노인은 오늘 밤 야지마 집에 여자 손님이 있을 거라는 건 알고 있었다. 하지만 그 손님이 시오리 양이라는 건 뭔가 잘못된 거다. 미나코가 조금 전 카페 마코토에 보낸 쪽지에는 야스베 부인이라고 적혀있었다.

"혹시 잘못 본 건 아닌가?"

노인이 되물으니 스즈토미는 흥분한 채로 대답했다.

"제가 어떻게 시오리 양을 못 알아보겠습니까. 시오리 양이 이런 시간에 혼자서 야지마 집에 와 있는 겁니다."

노인은 잠시 어떡할지 망설였지만 바로 그 특유의 지혜를 활용해서 잘못의 원인을 찾으려고 했다.

(1917. 8. 24.)

제47회

그러는 사이에 스즈토미는 발을 동동 굴리면서 혼잣말을 했다.

"하하, 그러고 보니 이것이 미나코의 편지에 쓰여 있던 비밀이구나. 시오리 양은 야지마와 서로 사랑하고 있는 거야. 야지마 녀석 시오리를 훔쳤어. 그것도 모르고 나는 둘을 신뢰하고 무슨 일이든 둘한테 상담했어. 그런데 둘은 뒤에서 손뼉을 치면서 웃었겠지. 아이, 분해라. 하지만 비웃음을 당하는 것도 오늘로 마지막이다. 내가 어떻게 할지 두고 봐라."

스즈토미가 혈안이 돼서 뛰쳐나가려는 것을 노인이 붙잡았다.

"잠깐, 어디 가려고?"

"2층에 올라가겠습니다."

"안 되네. 그만두게."

"놔주세요. 저놈들 앞에 가서 마음껏 말해줄 겁니다. 그리고 죽겠습니다. 이제 누가 뭐라 해도 그만두지 않겠습니다."

스즈토미는 미친 듯이 날뛰었다. 미친 듯한 분노로 문을 부수려고 했다. 하지만 노인의 괴력도 만만치 않았다. 힘이 어찌나 센지, 나이에 어울리지 않을 정도이다. 흥분한 스즈토미는 노인에게 팔뚝을 꽉 잡혀서 뿌리칠 수도 없었다. 노인은 작은 목소리에 힘을 주고 말했다.

"조용히 하게. 목소리를 내거나, 소리를 내면 우리 목적은 실패하게 되네."

"저한테는 이제 목적 같은 건 없습니다. 희망도 없습니다."

"이러면 야지마가 도망가 버리네. 그러면 자네 누명은 천년이 지나도 벗을 수가 없을 걸세."

"누명 같은 건 이제 아무래도 좋습니다."

"그렇게 자포자기해서는 안 되네. 자네가 상관없다고 해도 내가 가만두지 않겠네. 자네는 아직 젊으니까 애인은 앞으로 다시 만들면 돼. 하지만 한 번 잃은 명예는 영원히 돌아오지 못한다네."

아무리 설득시키려 해도 스즈토미는 들을 생각이 없었다.

"복수할 겁니다. 원한을 풀 겁니다."

그렇게 읊조릴 뿐이었다. 그런 바보 같은 고집에는 노인도 질렸는지,

"그래. 이왕 복수 할 거면 제대로 하게. 하지만 어른스럽게 복수하는 걸세. 어린아이 같은 복수라면 그만두게."

라고 내뱉듯이 말하니까, 스즈토미는 화를 냈다.

"바보 취급하시는 거죠."

"바보 취급이 아니라 지금 자네가 하는 짓이 어린아이 같지 않나. 2층에 올라가겠다고 하는데 올라가서 어쩔 셈인가. 자네는 힘이 없지 않은가. 야지마와 몸싸움이라도 벌이면 그사이에 시오리 양은 도망가 버릴 걸세."

스즈토미는 조금 곤란해졌다.

"힘이 있다고 해도 무슨 소용이 있나. 조용히 하고 있으면 정부의 손으로 교수대에 올라갈 놈인데, 구태여 자진해서 하수인이 될 필요는 없지 않은가."

"그럼 어떡하라는 말씀입니까."

스즈토미가 한풀 꺾인 걸 확인하고 노인은 망설이지 않고 말했다.

"기다리는 걸세. 조금만 더 기다리면 내가 멋지게 복수할 수 있도록 해주겠네."

스즈토미는 뭐라 대답할 말도 없었다. 망막해지자 지금까지 미치

광이처럼 흥분하며 가졌던 다짐도 흔들렸다.

"그리고 자네는 다짜고짜 시오리 양한테 화내고 있는데 시오리 양이 어떤 이유에서 여기에 왔는지 그것도 모르지 않는가. 시오리 양이 자기 한 몸을 희생하고 있다는 것에 자네도 이의는 없겠지. 시오리 양이 오늘 밤 여기에 온 것은 억지로 자네랑 멀어진 것과 같은 이유라고 생각되네."

(1917. 8. 25.)

제48회

인간은 자신이 그럴지도 모른다고 생각하는 것에 대해 다른 사람이 설득하면 어쩔 수 없이 따를 수밖에 없는 법이다. 스즈토미도 지금 이 노인의 말을 듣고 설득 당했다.

"과연 그럴지도 모르겠네요."

스즈토미의 말에 노인은 바로 대답했다.

"내가 저 방을 엿보면 바로 알 수 있다네."

스즈토미는 한동안 아무 대답도 하지 않고 생각에 잠겨 있다가 결심한 듯 말했다.

"어르신, 당신이 저 방에서 본 것을 하나도 빠짐없이 제게 말해줄 수 있겠습니까? 설령 제가 고통스러울 수도 있는 사실마저도."

"그럼 다 얘기해주지."

"알겠습니다."

스즈토미는 자신도 놀랄 정도의 힘을 내서 두 팔에 힘을 주고 사다리를 들어 올려 자기 어깨 위로 걸쳤다. 그리고 사다리 한쪽 끝을 벽에 기대자 노인은 바로 사다리를 타고 올라갔다.

스즈토미가 잘못 본 것은 아니었다. 실내에 있는 여자는 분명 시오리 양이었다. 하지만 야밤에 남자와 마주 앉을 정도로 다정한 분위기는 아니었다. 부인용 코드의 단추도 풀지 않고 입은 채 한가운데 서서 말하는 모습은 어딘지 단호한 태도였다. 상대방인 야지마는 난로 근처에 경직되어 화를 참으려는 듯 불쏘시개로 석탄을 쑤시고 있다. 물론 밀회라고 하면 밀회이지만 달콤함이 넘쳐흐르는 그런 밀회가 아니다. 뭔가 어려운 담판을 짓고 있는 것처럼 보인다. 무슨 일이지. 노인은 귀 기울였지만 물론 목소리가 들릴 리가 없다. 그래도 계속 보고 있으니 시오리 양은 굳은 표정으로는 효과가 없다는 사실을 깨달았는지 이번에는 두 손을 모으고 무릎을 꿇은 다음에 야지마의 정에 호소하려는 것 같았다. 야지마는 '흥' 하고 얼굴을 돌렸다. 시오리 양은 더는 가망이 없다고 체념하고 돌아가려 하다가도 포기하지 못하고 다시 돌아서서 애원하길 반복했다. 그러다 무슨 말을 했는지 야지마는 결국 고집을 꺾고 책상 서랍에서 서류 같은 걸 한 다발 꺼냈다. 야지마는 서류를 탁하고 책상 위에 던지고는 시오리 양의 눈치를 살폈다.

'글쎄, 설마 연애편지를 되돌려 받으려고 온 것은 아닐 테고.' 노인이 무슨 일인지 추측도 못 하고 있을 때, 시오리 양은 그것 외에도 다른 뭔가를 부탁하고 있는 것 같았다. 하지만 야지마도 그렇게 호락호락하지는 않았다. 더는 안 되겠다고 시오리 양도 포기한 듯 이번에는 그 서류뭉치를 풀어서 살펴보기 시작했다. 하나씩 하나씩 골라냈지만 별로 시간도 들이지 않고 그중에서 세 장을 골라내더니 작게 접어 안

주머니 속으로 집어넣었다. 자초지종을 지켜보고 있던 노인은 이때 '하하' 하고 고개를 끄덕거리고, '알았다. 저건 전당포 전표이다. 그렇다면 어떤 비밀이 저기에 있을까.' 하고 고개를 기울이고 있을 때 시오리 양은 작별 인사를 하고 방 밖으로 나가려는 것 같았다. 노인은 재빨리 사다리에서 내려왔다. 그리고 스즈토미와 둘이서 서둘러 사다리를 원래 장소로 갖다 놓고 나무 그늘에 몸을 숨기며 현관문을 지켜봤다.

조금 있다 나온 것은 시오리 양이다. 뒤에서부터 야지마가 램프를 들고 따라 나왔다. 그리고 시오리 양이 문밖으로 나가려고 할 때 야지마는 작별 인사를 할 생각으로 손을 내밀었지만, 그녀는 고개를 돌린 것으로 그 손을 무시했다. 엿보고 있던 스즈토미는 가슴을 쓸어내렸다. 야지마는 무안한 지 마지못해 웃었고, 약한 모습을 보이지 않으려고 애써 담담한 척 출입구까지 시오리 양을 배웅했다. 그리고 시오리 양의 자동차가 어둠 속을 달려가는 것을 확인한 끝에 문을 닫고 방으로 돌아갔다.

"방안 상황은 어땠습니까?"

참지 못하고 물어보는 스즈토미를 가볍게 저지하고 노인은 씩 웃으면서 말했다.

"운이 좋구먼. 자네는 뭐 별로 걱정할 일은 없네. 저 아가씨를 의심해서는 한 달도 안 돼서 분명 창피해질 걸세."

"하지만 보시기에는……."

"그야 물론 표면만 봐서는 의심스럽기는 하겠지. 하지만……. 아니 지금 우리가 여기서 이러고 있을 때가 아니지. 자, 돌아가세. 이야기는 나중에."

둘은 다시 담을 넘어서 밖으로 나왔다. 50보도 가지 않았을 때, 대문을 여는 소리가 들려서 둘은 가까이에 있는 그늘로 서둘러 몸을 숨겼는데, 둘 앞을 지나쳐서 정류장으로 걸어가는 남자가 있었다.

"야지마가 집으로 돌아가는구먼."

노인이 작은 목소리로 말했다.

"녀석은 어째서 이런 쓸쓸한 곳에 별장을 두었지."

"야스베 씨의 별장이 바로 근처니까요."

"여름은 괜찮지만 겨울은."

"뭐 겨울은 파리에서 지내니까요."

둘은 기다리게 했던 자동차를 타고 돌아갔다. 돌아가는 길 내내 스즈토미가 침울해 해서 노인이 기운을 북돋아 주려고 이것저것 말을 걸었지만, 스즈토미는 관심 없다는 듯이 퉁명스럽게 대답할 뿐이었다. 결국 노인도 포기했는지 조용히 한쪽 구석에 몸을 기댄 채 눈을 감아버렸다. 그리고 그 비범한 사고력을 야스베 노인, 시오리 양, 야지마, 구라베, 이 네 명에게 쏟아 붓고 그들 사이의 관계를 밝히고자 노력했다. 그러다 문득 지쳐서 한숨을 내쉬자마자 배가 고프다는 사실을 깨달았다. 그러고 보니 오늘은 저녁을 아직 먹지 않았다.

(1917. 8. 26.)

제49회

한 시가 지나서 둘은 무사히 다이부쓰야에 돌아왔다. 다행히 주인이 깨어 있어서 바로 저녁을 먹을 수 있었다. 몹시 시장했던 모양으로 노인을 허겁지겁 밥을 많이 먹었고, 주인은 놀란 듯이 눈을 동그랗게 뜨고 그런 노인을 바라보았다. 식사를 마치고 노인은 스즈토미를 향해서 말했다.

"내일은 자네를 볼 수 없네. 하지만 내일모레 저녁은 같이 먹읍시다. 내일 무도회에 가보면 단서를 찾을 수 있을 거 같아서 그러네."

스즈토미는 눈을 크게 뜨고 물었다.

"어르신한테도 초대장이 왔나요?"

"아니, 오지 않았지만, 뭐 걱정할 건 없네."

노인이 너무 아무렇지 않게 대답해서 스즈토미는 어이가 없었다.

경성이었다면 아카몬(赤門)*거리라고 할 수 있는 파리에서도 명당자리를 차지하고, 사방이 몇 백 미터나 되는 커다란 구조물로 지나가는 사람들의 발길을 멈추게 한 것은 유명한 소후에(祖父江) 집안의 저택이었다. 오늘 밤 그곳에서 가면무도회가 열린다는 소식은 벌써 세간에 소문이 퍼져서 시작 전부터 동네는 무도회에 참석하는 손님들은 물론이고 구경꾼들로 도로 양쪽에 담을 이룰 정도였다. 오후 8시 전에 이미 저택의 큰 객실은 손님들로 가득 찼다. 모두 정성을 들인 의상을 뽐냈다. 비싼 옷으로 뽐내는 사람도 있었고, 아찔한 취향으로 주목을 받으려는 사람도 있었다. 혹은 얼마나 옷과 몸이 딱 달라붙는지를 자랑하는 사람도 드문드문 보였다. 모두 우스꽝스럽지 않았고 또 터무니없는 복장을 한 사람도 없었다. 하지만 그 중에서 더러운 복장으로 사람들의 이목을 끈 자가 한 명 있었다. 그는 촌극을 하는 각

---

* 오늘날의 서울특별시 중구에 위치한 저동.

설이의 복장을 한 남자였는데, 자세히 보니 이해가 갔다. 얼굴 생김새에 맞게 이런 복장을 선택한 것에 감복하게 된다. 눈꼬리는 내려가 있고 입술은 두꺼우며 양쪽 광대 볼은 높게 솟아있고 게다가 더러운 붉은 수염이 여기저기 나 있는 모습은 정말이지 꾸민 게 아니라 있는 그대로라고밖에 말할 수 없었다. 구두를 좌우 거꾸로 신고 구겨진 모자를 머리에 얹고 찢어진 셔츠를 늘어트린, 그 더러운 모습은 아무리 봐도 오늘 밤의 손님 같지는 않았다. 그리고 왼손에는 화폭 몇 장을 괘도(掛図)처럼 이어서 시골 촌극 간판 같은 그림을 들고 오른손에 쥔 지팡이로 가끔 그것을 두드려서 사람들의 이목을 모았다. 무도회에 흥미가 없는 손님들 대여섯 명이 아까서부터 이 남자를 둘러싸서 연극을 언제 시작할 건지 기다리고 있었는데 이 남자는 시작할 기미가 전혀 없어 보인다. 그러던 와중, 그는 야스베 씨 부부와 시오리 양이 도착한 것을 확인하고는 순식간에 사람들 틈에 섞여서 사라졌다.

열흘 전에 일어난 그 야스베은행의 도난 사건은 그 후 파리에서 소문이 자자했다. 그렇기에 은행 주인인 야스베 씨가 도착했을 때, 사람들이 몰려와서 그에게 위로의 인사를 건넸다. 그중에는 상업상의 경쟁자도 있었는데, 그들은 위로하는 척하면서 이상한 야유를 하는 등 배짱 있으면서도 심보 나쁜 사람들이었다. 야스베 씨는 특별히 꾸미지 않았다. 얌전한 평상복에 오래된 가운 같은 걸 어깨에 걸쳤을 뿐이다. 부인은 일부러 보석을 달지 않은 대신 감각이 돋보이는 눈에 띄는 복장으로 루이 14세 시대의 궁녀로 분장했다.

(1917. 8. 27.)

제50회

그 청초한 복장이 부인의 날씬한 모습과 잘 어울려 누구라도 되돌아볼 정도였다. 부인의 모습은 올해 마흔여덟 살이 된 사람으로는 보이지 않았다. 하지만 그보다 더 아름다웠던 것은 시오리 양이었다. 그녀는 스페인 궁녀로 변장했다. 천성의 미모에 재단사가 특별히 신경을 써서 만든 의복이 잘 어울려 그녀가 오늘 밤의 압권이었다.

무도회가 한창 무르익었다. 두 팀으로 나누어진 음악대가 저택 안을 음악의 바다로 만들었다. 왕래하는 사람들, 부채를 든 손의 옷소매에서 반짝이는 보석들. 사람은 사람에 취하고 향은 향에 취했다. 이렇게 화려한 곳에서 누가 그 더러운 각설이를 기억하겠는가. 그는 입구 구석에 숨어서 객실의 모습을 엿보고 있었다. 그의 눈은 특히 시오리 양을 쫓고 있었다. 시오리 양은 이때 베네치아 귀족으로 변장한 구라베 리스케랑 손에 손을 맞잡고 춤추고 있었다. 구라베는 기쁜 듯이 시오리 양의 손을 잡고 동작 하나하나 그녀의 사심을 사려고 한다. 각설이는 이 모습을 보고 '역시 생각했던 대로군. 그는 시오리 양을 좋아하고 있는 거야. 하지만 구라베는 그렇다 치고 시오리 양은 어떤가. 특별히 싫어하는 내색도 안 하고 저런 녀석의 상대가 되어주고 있네. 저 모습을 스즈토미가 봤다면.' 하고 생각했다.

이때 전면에 있던 이탈리아 고대 귀족으로 변장한 연배 있는 신사가 농담인지 진담인지 모르는 목소리로 각설이를 향해서 말했다.

"주레이 씨, 약속은 잊지 않으셨죠?"

각설이는 황송하다는 듯이 머리를 숙이며 인사했다.

"걱정하지 마세요. 잊지 않았습니다."

"하지만 너무 무모한 짓을 하시면 안 됩니다."

"걱정하지 마십시오. 잘 알고 있습니다."

두세 마디의 짧은 대화였지만 그 사이 주레이 노인은 시오리 양과 구라베의 모습을 놓치고 말았다. 사람들이 나왔다 들어갔다 요동치면서 움직이고 있었다. 그런 데서 사람을 찾는 건 쉬운 일이 아니다. 하지만 노인은 당황하지 않았다. 조용히 눈을 움직이면서 야스베 부인이 있는 곳을 찾았다. 부인은 분명히 어딘가 사람들을 피해서 앉아 있을 것이다. 시오리 양은 분명 그녀 곁에 있지 않을까, 주레이는 그렇게 추측했다.

(1917. 8. 28.)

제51회

이때 방의 장식이 변해서 장미, 백합, 라일락 등 그 외 사계절 가지각색의 꽃들이 흐드러지게 핀 정원 풍경이 되었다. 자세히 보니 노인한테서 멀지 않는 곳, 여름 기운이 물씬 풍기는 야자수 나뭇잎 그늘에 야스베 부인이 앉아 있었고, 그 오른쪽으로 야지마 라이타로가 마치 헤이케(平家)의 귀족 같은 복장을 한 채 앉아 있었다. 주레이는 라이타로의 모습을 찬찬히 바라보더니 조용히 혼잣말을 했다.

'악인한테는 쓸모없는 용모군. 녀석 꽤 만족스러운 표정이야.'

야스베 부인의 왼쪽에는 시오리 양이 마음 내키지 않는 얼굴로 고개를 숙이고 있다. 그녀는 옆에 있는 장미꽃 가지에서 꽃봉오리를 하나 꺾더니 아무 생각 없이 꽃잎을 쥐어뜯었다. 무슨 이야기를 나누는지 야스베 부인과 야지마는 개의치 않고 대화에 열중하고 있다. 노인은 야자수 나뭇잎 그늘로 몰래 다가갔다. 하지만 아쉽게도 노인이 겨우 그곳에 다다르자, 때마침 그녀의 춤 상대가 사람을 보내서 시오리 양을 모시러 왔고 야지마는 그걸 계기로 대화를 마치고 흡연실로 구라베를 찾으러 가버렸다.

얼마 후 무도는 중간 휴식 시간을 가졌다. 손님은 대부분 흡연실이나 식당으로 들어갔다. 야스베 부인은 여전히 나뭇잎 그늘 자리를 떠나지 않았다. 주변에 사람이 없는 걸 확인하고 각설이로 변장한 주레이 노인은 그 대충 만든 그림판을 들고 부인 옆에 모습을 나타냈다. 그리고는 그림판을 거기 세워놓고 지팡이를 들고 몸 매무시를 가다듬었고, '에헴' 하고 헛기침을 한 번 하더니 일인 촌극을 시작했다.

아직 객실에 남아 있던 손님들이 하나둘 그의 주변으로 모여 그를 에워쌌다. 각설이는 득의양양해져서 먼저 우스꽝스러운 몸짓으로 손님들을 웃게 만든 후 쥐고 있던 지팡이로 그림판을 한 번 '탁' 쳤다.

"각설이가 왔어요. 각설이가 왔어요. 오늘 보여드릴 촌극은 '예기치 못한 죄', '예기치 못한 죄'입니다. 이건 원래 중국 활극입니다. 올봄 베이징에서 상연한 후 대박이 난 고금의 작품과 비교할 수 없는 걸작입니다. 금번 이 각설이가 고생 고생한 끝에 프랑스어로 번역해서 단돈 6전이라는 기록에 남을만한 염가로 여러분께 선보이려고 갖고 왔습니다."

다 말하고는 탁탁 하고 스틱을 두드리는 흉내를 냈다. 그러자 그 모습에 주위 사람들은 박장대소했다.

(1917. 8. 29.)

제52회

각설이는 타령을 이어갔다.

"비평은 다 듣고 해주시고 우선 줄거리부터 소개해 드리겠습니다."

각설이는 오른손에 쥐고 있던 지팡이로 그림판을 '탁' 치고선 변사 흉내를 내기 시작했다.

"이 그림에 보이시는 것은 중국의 귀족 이불(李仏) 씨네 집과 정원입니다. 중앙에 서 있는 사람은 통통하게 살이 쪄서 복스럽게 생긴 주인님, 즉 이불 일가의 주인입니다. 그리고 그 옆에 공작새처럼 치장하고 녹아내릴 듯한 눈빛으로 주인을 쳐다보고 있는 여인이 그의 아내입니다. 슬하에는 도련님과 따님이 다섯 명. 모두 둘 사이에서 태어난 정(情) 덩어리이자 사랑의 씨앗. 가정은 원만하고 천하는 태평하고 이게 모두 남편이 아내를 사랑하고 아내는 남편을 잘 섬기는, 이른바 부부가 서로 사랑한 결과입니다. 다음으로 보실 이 그림은 아리따움을 잃은 한 부인이 거울 앞에 앉아 흰머리를 뽑고 있습니다. 이게 누군지 아십니까? 이 여인이 조금 전 그림에 나온 이씨 일가의 사모님. 어떤 악마에게 홀렸는지 요즘 금지된 사랑으로 죄 아닌 죄를 거듭하면서 마음속 악귀에 병을 앓아 어느 샌가 얼굴도 여위고 나날이 흰머리만 늘어갑니다. 게다가 상대는 부인보다 나이도 훨씬 어린 연하에다가 실로 못된 악한이었습니다."

"자네, 저 사람은 누군가?"

"나도 모르겠네."

"이상한 얘기를 시작했는데 무슨 꿍꿍이가 있나?"

"글쎄."

이런 대화가 구경꾼들 사이에서 나오기 시작했다. 굳이 말할 필요도 없겠지만 각설이로 변장한 주레이 노인은 야스베 부인에게 이 이야기를 들려주는 게 목적이다. 그의 고심은 결실을 보았다. 시끄러운 변사의 목소리와 구경꾼들의 웃는 소리는 가까이에서 쉬던 야스베 부인의 주의를 끌었다. 부인은 우스운 각설이의 이야기에 귀 기울이면서 때때로 미소를 짓기도 했다. 각설이는 이런 부인의 모습을 보고 조금 불안했다.

'어라, 내가 잘못 짚었나?'

그는 마음속으로 이렇게 생각했지만 일단 하는 데까지 해 보기로 하고 설명을 이어갔다.

"자, 그럼 다음은 제3막입니다. 사랑에 눈이 먼 부인은 자신이 나이 먹어가는 게 억울해서, 늙은 외모 때문에 버림받는 게 불안해서, 돈으로 상대방의 마음을 잡아두려 했습니다. 불륜 상대에게 돈으로 가문을 사주어 높은 신분으로 만들고 그를 사교계에 소개했습니다. 그러자 불륜 상대는 점차 본 모습을 드러내서 돈을 요구하기 시작했고 가진 돈이 모자라게 된 부인은 점차 작은 물건들을 돈으로 바꿨죠. 목걸이, 반지, 팔찌, 보석, 진주 등이 점점 전당포 창고 안으로 사라졌습니다. 게다가 이 남자가 원래 지독한 악당이었기 때문에 전당포 전표를 돌려주지 않겠다는 겁니다."

이때 구라베도 흡연실에서 나와 구경하기 시작했다. 야스베 부인은 쓱 일어서서 나가려고 했다. 그러자 노인은 쉬지 않고 바로 이야기를 이어갔다.

"결국, 이 불쌍한 부인은 더는 줄 수 있는 것이 없었습니다. 하지만

가차 없는 남자는 이번에 이불 일가의 귀중한 보물인 에메랄드를 내
놓으라고 합니다. 보석은 궤짝 깊숙이 보관해서 밤에도 낮에도 병사들
이 엄숙하게 지키고 있어 웬만해서는 꺼낼 엄두 초자 낼 수 없습니다.
부인은 물론 이 악당의 요구를 오랫동안 거절해 왔습니다만, 너무 집
요하게 요구하는 바람에 자기가 도와줘서 그걸 훔치게 되었습니다. 이
번 그림은 두 도둑놈이 긴 사다리를 타고 도망가는 모습입니다."

그때, 각설이는 갑자기 이야기를 멈췄다. 구경꾼 두세 명이 야스베
부인을 부축하기 위해서 황급히 달려갔다. 부인이 기절해서 쓰러졌
기 때문이다.

(1917. 8. 30.)

제53회

이때 뒤에서 각설이의 팔을 잡고 거칠게 흔드는 이가 있었다. 뒤돌
아보니 구라베랑 야지마가 각설이를 잡아먹을 듯이 험악한 표정으로
노려보면서 서 있었다. 각설이는 어디까지나 각설이인 척하는 걸 잊
지 않고 일부러 정중히 머리를 숙였다.

"아이고 어르신들 무슨 일이십니까."

"그래, 잠시 얘기하고 싶은 일이 있다네."

둘은 이구동성으로 말했다.

"그렇습니까. 알겠습니다. 저야 어디든 따라가겠습니다."

셋은 누군가에게 잡아당겨지듯 방구석 창가로 이동했다. 각설이는

여전히 송구하다는 식으로 입을 열었다.

"어르신들 용건을 말씀하십시오."

"그래, 도대체 자네는 누구인가?"

각설이는 이런 업종에 종사는 자가 경찰한테 심문받을 때 하듯이 머리를 읊조리면서 대답했다.

"헤헤헤, 감찰 단속을 나오셨군요. 죄송합니다. 감찰은 짐 보따리랑 같이 저쪽에 두고 와서 지금은 갖고 있지 않습니다."

"어이, 놀리지 말게."

구라베는 성질을 내면서 소리 질렀다.

"일부러 사람을 모욕하러 온 주제에."

"제가요?"

"그래. 네 놈 말이다. 네 놈이 조금 전에 한 그 이야기는 뭔가?"

각설이는 어이없다는 표정을 지었다.

"이거 깜짝 놀랐습니다. 그 이야기로 말씀드리자면 그건 어르신 송구하게도 제가 만든 이야기……."

"시끄러워. 그럼 왜 일부러 야스베 부인 들으라고 그랬냐?"

"일부러 들으라고요?"

각설이는 황당하다는 듯이 혼잣말을 했다.

"이거 참 묘한 말씀을 하시네. 저는 중국의 이불 씨네 얘기를 했는데 이 양반들은 뭐시기 부인 들으라고 일부러 그런 이야기를 했다고 하시고. 아니 어떻게 그런 일이 있을 수 있지. 그게 아니라면 혹시 그 부인이……. 아이고, 아니지. 아니지. 그렇게 생각하면 죄를 짓는 거지."

"뭘 아직도 모른 척하고 있냐. 네 이놈, 야스베은행의 도난 사건도 모르느냐?"

"아, 그 금고털이범 말씀입니까? 네네. 그 이야기는 알고 있습죠. 뭐라고 하는 출납 담당자가 14만 엔 들고 도망갔다는 그 사건 말씀이시죠. 그런 일은 살다 보면 얼마든지 일어나니까요. 그런데 그 사건이랑 제 이야기랑 어디가 닮았나요? 어르신."

야지마는 이때 조용히 구라베 팔꿈치를 치면서 눈짓을 줬다. 구라베도 자신의 실수를 눈치 채고는 갑자기 부드러운 표정으로 말했다.

"그래, 그래. 내가 잘못했네. 의심은 풀렸네."

이렇게 말하고 이제 물러나려 했지만, 이번에는 각설이가 세게 나왔다.

"아니, 그게 나랑 무슨 상관인데 이러시냐고요. 저는 아무것도 몰랐어요."

"하지만, 자네……."

"아니, 내가 한 얘기가 그 뭐시기 부인을 모욕했다면 그 서방이라는 놈이 나오거나, 서방이 나올 수 없으면 아들이라도 나와야지. 왜 당신들이 그 야스베라는 부인을 감싸려고 이렇게 날뛰는 건데, 그 부인과 어떤 사이기에 그래?"

구라베와 야지마는 자기네들이 실수했다고 생각했지만 인제 와서 돌이킬 수 없었다. 구라베는 어쩔 수 없이 조심스럽게 대답했다.

"아니, 뭐 내가 야스베 군의 친구라서 말일세. 친구가 아니라면 조만간 친척이 될 몸이라고 해두지."

"네?"

"일주일 뒤에 난 그 양반 조카분하고 결혼할 거라네."

(1917. 8. 31.)

제54회

각설이는 벼락 맞은 것처럼 놀라서 잠시 아무 말도 못 하다가 이윽고 용기 내서 다시 입을 열었다.

"아이고, 축하드립니다. 그 아름다운 아가씨한테 40만 엔이라는 지참금이 있다고 하던데요."

야지마는 귀찮다는 듯이 대답했다.

"거기까지. 구라베 군, 이런 놈하고 수다 그만 떨자고. 어이, 각설이. 너 너무 수다스럽군."

"네. 제가 조금 수다스럽긴 합니다, 도련님. 저는 힘보다 혀를 더 잘 쓰니까요."

구라베는 아주 짜증난다는 표정으로 말했다.

"알았네. 알았어. 어이, 야지마. 이렇게 자기 신분을 감추려는 놈한테서는 아무것도 알아낼 수 없어."

각설이는 냉소적으로 말했다.

"제 신분이 궁금하시다면 이 댁 주인님한테 물어보시면 됩니다."

"입 다물어. 물어볼 필요도 없어. 이봐, 너는 그 뭐냐, 경……."

야지마가 구라베의 말을 막았다.

"어이, 구라베 군. 이제 됐어."

각설이는 둘을 비웃듯이 아무렇지도 않게 옆에 서 있었다가 조용히 말했다.

"하하하, 꽤 걱정이 되나 보는군. 그럼 말해주지. 자네, 구라베 군. 실은 나는 자네 형님의 친구라네. 자네 형의 고문변호사를 하던 사람일세. 형님의 유언은 내가 확실히 보관하고 있네."

이 말을 들은 구라베의 얼굴이 갑자기 새파랗게 질려서 이 화려한 무도회장에서 유령을 보는 것 같았다. 야지마는 구라베를 힘으로 잡아당겨 저쪽으로 끌고 갔다.

그때 이탈리아 귀족 복장을 한 사내가 나타나 각설이에게 물었다.

"어떻습니까? 주레이 씨. 일은 잘 풀렸습니까?"

"오오, 백작 각하. 덕분에 순조롭게 잘됐습니다. 일이 계획대로 진행됐습니다. 역시 예상했던 대로 놈들이 악당이라는 걸 확인했습니다. 어쨌든 오늘 밤 초대장을 마련해주셔서 감사드립니다."

그러는 사이 다시 손님들이 들어오기 시작해서 둘은 헤어졌다. 노인은 만약을 위해서 야스베 부인의 상태를 확인해 보니 이젠 괜찮아져서 옆에 있던 시오리 양도 안심하는 것 같았다. 구라베와 야지마는 시 사람들 사이에 머물러 있다가 바로 현관에서 밖으로 빠져나갔다. 그 모습을 지켜본 주레이 노인은 더는 이곳에 용건이 없었다. 분장한 복장 위에다 코트를 걸치고 무도회장을 나와서 집으로 돌아가려 했다.

(1917. 9. 2.)

제55회

하지만 집으로 돌아가는 길이 순탄하지는 않았다. 큰 거리를 빠져나와 어두운 밤의 골목길로 접어들자 처마 밑 어두컴컴한 곳에 쭈그려 앉은 남자가 있었다. 주레이 노인이 부엉이 같은 눈으로 어둠 속에서도 그 모습을 확인한 바로 그 순간 수상한 남자는 단도를 휘날리며 노인에게 달려들었다. 눈은 물론이고 힘과 기술도 노인한테는 흠이 전혀 없었다. 순간 몸을 피하고 팔을 올려서 단도를 비꼈다. 하지만 너무나도 갑작스러운 기습이었다. 칼은 주레이 노인의 팔뚝에 깊은 상처를 내고 말았다. 상대는 첫 공격이 실패하자 다시 덤벼들 용기가 없었는지 몸을 돌려 뒤도 돌아보지 않고 도망갔다. 놈의 도망가는 발걸음이 빠르기도 했고 길도 잘 아는지 순식간에 어디론가 사라져 버렸다.

노인은 당황하지 않고 손수건을 꺼내서 외과의도 이보다 더 잘할 수 없을 만큼 상처 부위를 감쌌다.

"제기랄, 야지마의 짓이군. 어디 두고 봐라."

주레이는 혼잣말을 하면서 유유히 집으로 돌아갔다. 아까부터 자신을 미행하는 자가 있다는 것도 알고 있었다.

'성가신 놈이네. 이번엔 나를 죽이려는 건 아니겠지. 아마 내 정체를 알아내려고 그러는 거지. 르코크 탐정이라는 사실까지 알게 되면 조금은 놀라겠지.'

노인은 여유롭게 자문자답했다. 역시 이런 일에는 익숙하다. 이미 숙지하고 있는 쥐구멍 같은 좁은 도로로 뛰어 들어가 다시 뒷문으로 나오는 사이에 가짜 수염도 안경도 벗어버리고 가발도 모자도 바꿔 썼다. 그는 뒤쫓아 오던 놈들이 "아, 이런 놓쳐버렸네." 하고 당황하는 걸 등 뒤로 흘려듣고는 새침한 표정을 지으며 집으로 돌아갔다.

다이부쓰야에 돌아가자 기다리던 스즈토미가 그를 마중하러 뛰어나왔다.

"알아냈습니까? 시오리 양은 있었습니까? 야지마와 구라베는 어땠습니까?"

쏟아지는 질문 공세에 노인은 가볍게 응대하면서 방으로 들어갔다.

"미안하지만, 사카에 군. 대야에 따뜻한 물을 받아와 줄래요. 상처를 씻고 싶으니까."

스즈토미는 깜짝 놀라서 물었다.

"아니, 다치셨어요?"

"그렇다네. 자네 친구 야지마 군이 이런 선물을 다 주었지 뭔가. 녀석 내가 어떻게 갚을지 두고 봐라."

노인은 스즈토미를 거들게 해서 어떻게든 상처를 씻어내고 붕대를 감았다. 일을 마치고 노인이 입을 열었다.

"이제 저쪽도 조심하기 시작할걸세. 우리도 서두르지 않으면 안 되네. 실은 사카에 군. 내가 지금까지 착각하고 있었네. 아니, 그렇게 놀랄 필요는 없네."

노인은 미소 지었다.

"나는 지금까지 원인과 결과를 잘못 짚고 있었다네. 실은 야스베 부인과 야지마의 불륜을 추측하고 거기서부터 모든 일이 시작되었다고 생각했지. 지금 돌이켜 보니 내 생각은 너무 단순했네."

"그럼 은행장님 사모님은 결백하신 건가요?"

"아니, 그건 그렇지 않네. 그렇다고 해서 야지마랑 부인의 관계가 이렇고 저렇다는 의미가 아닐세. 실은 처음 내가 생각한 것은 그 부인이 야지마에게 빠졌다는 가설에서부터 시작하네. 그래서 남편에게는 조카라고 둘러대고 집에 쉽사리 들락거릴 수 있는 길을 마련해 준 거지. 그 후 부인은 야지마를 위해 가진 돈을 다 쓰고 갖고 있던 보석마저도 전당포에 잡혀서 더는 줄 수 있는 것이 없어지자 은행 돈을 훔치는 걸 도왔다. ― 뭐, 이렇게 생각했었네."

"하지만 그게 사실 아닙니까?"

"아니네. 그게 아니었네."

"그런가요?"

"만약에 그게 사실이라면 구라베가 공범이라는 해석이 맞지 않네."

"그야, 구라베한테 계획이 들통 나서 그런 거 아닌가요?"

"그렇게 생각한 게 오판의 원인이었네. 이번 사건은 그렇게 단순하지 않다네. 실은 더 깊숙한 곳에서 엉켜있어. 어쨌든 내가 야지마를 이번 사건의 주역이라고 생각했던 게 잘못이고 실은 그는 앞잡이 노릇을 하고 있었던 뿐일세. 구라베는 야지마를 협박해서 거짓말하고 있는 걸세. 그게 아니라면 무엇보다 시오리 양의 태도가 설명이 안 돼."

(1917. 9. 3.)

제56회

스즈토미는 아직도 이해가 안 간다는 표정을 지었지만, 노인은 굳이 설명해주려고 하지 않았다. 실은 오늘 밤 구라베한테 들은 시오리 양과의 결혼 소식을 말하기만 하면 그것으로 이야기는 끝나겠지만, 노인에게는 그 사실을 스즈토미에게 전달할 용기가 없었다. 잠시 후에 노인은 다시 말을 이었다.

"어쨌든 야스베 부인을 손에 쥐고 있는 건 구라베야. 그렇다면 도대체 어떻게? 자, 그게 문제란 말일세. 내 생각에는 구라베랑 부인은 분명히 젊었을 때 알고 지냈을 거야. 그러다 한동안 연락을 끊다가

15개월 전에 우연히 만났다. —이것만은 분명한 증거가 있으니까 틀림없네. 아무래도 둘의 악연은 젊었을 때부터 시작되었을 걸세. 그걸 한 번 알아봐야겠네."

"알아낼 수 있을까요?"

"그럼 알아낼 수 있고말고. 구라베의 이력을 알면 모든 게 분명해질 걸세. 실은 오늘 밤 구라베 앞에서 그의 형 이야기를 꺼내 봤는데 구라베 녀석 놀랄 정도로 얼굴색이 변했다네. 그래서 깨달은 건데 그의 형, 가즈토시는 어느 날 동생을 만나고 얼마 후 죽었지."

"그럼 독살이라도 한 걸까요?"

"독살하고도 남을 놈이지. 나를 죽이려고 할 정도였는데. 어이, 사카에 군. 이렇게 되고 보니 은행 도난 사건은 아무것도 아니었어. 그 정도 사건이라면 내 일은 이미 끝났을 걸세. 검사한테 달려가서 체포장을 받아오기만 하면 되니까."

스즈토미는 기뻐서 펄쩍 뛰면서 소리 질렀다.

"그래요. 벌써 다 알아내신 거예요?"

"그럼. 도둑놈도 알았고, 열쇠를 꺼낸 사람도 알았고, 암호를 알려준 사람도 알고 있다네. 열쇠를 건네준 건 은행장 부인이지만, 그 암호를 알려준 건……."

"알려준 건?"

노인은 스즈토미를 살짝 봤다.

"사카에 군, 자네가 알려준 거라네."

사카에가 말이 안 된다는 표정을 짓자 노인은 미소 지으며 말했다.

"사카에 군, 그런 표정 짓지 말게. 암호를 알려준 건은 정말로 자네라네. 자네는 벌써 잊어버렸나? 도난 사건이 일어나기 이틀 전, 자네는 미나코, 야지마 그리고 다른 몇 명 친구하고 함께 식사한 적이 있지?"

"네, 했습니다. 그건 기억이 납니다."

"그때 자네가 무슨 말을 했는지 기억이 나나?"

스즈토미는 난처해했다. 아무리 고개를 기우뚱거려도 생각이 나지 않는다. 그는 포기하고,

"기억나지 않습니다."

스즈토미가 말하자 노인은 눈으로는 웃으면서 입으로는 나무라듯이 말했다.

"안 되겠군. 이렇게 칠칠찮아서. 다행히 미나코 씨가 기억하고 있어서 다행이지. 그때 자네는 이삼일 미나코네 집에 들르지 않아서 미나코가 자기한테 정떨어졌냐고 원망했지. 그러자 자네는 미나코에게 그런 말 하지 말라고 하면서 나는 너의 이름으로 은행의 금고를 지키고 있다고 말했다고 하네."

스즈토미는 악몽에서 깨어난 것처럼 "앗!" 소리를 냈다.

"이런, 그러고 보니 정말로 제가 그랬습니다."

"그다음 일은 상상만으로도 알 수 있지. 구라베, 혹은 야지마 둘 중 한 명이 야스베 부인을 협박해서 열쇠를 훔치게 한 거지. 그리고 암호를 맞춰 금고를 열고 돈을 훔친 거라네. 물론 야스베 부인은 망설였지. 어쩔 수 없이 그들을 도왔지만, 양심의 가책으로 그 뒤로 마음이 편하지 않았던 거야. 지난번에 자네한테 4천 엔을 보낸 것도 그 부인일세."

(1917. 9. 4.)

제57회

"그래서 진짜 금고털이는 누구인가요? 야지마? 아니면 구라베? 그리고 시오리 양이 이번 사건에 연루된 것은 언제부터인가요?"

"거기까지는 나도 모르네. 그래서 검사한테 달려가는 걸 잠시 미루는 것도 괜찮다고 생각하네. 오늘부터 열흘이 지나도 모르면 어쩔 수 없지. 그때 가서 지금까지 알아낸 사실을 모두 검사한테 얘기하도록 하지. 그런데 사카에 군, 나는 잠깐 집을 비우겠네."

"어디 여행을 다녀오시게요?"

"보케르에 다녀오겠네. 거기가 구라베랑 야스베 부인의 고향이니까. 내가 없는 동안 구라베랑 야지마의 감시를 경찰에 부탁해 놓겠네. 그리고 사카에 군, 이건 중요한 일인데 내가 없는 동안 자네는 조용히 지내야만 하네."

"네 알겠습니다. 그런데 어르신."

스즈토미는 목소리를 가다듬고 말했다.

"떠나기 전에 어르신의 이름을 알려주실 수 없을까요. 그리고 왜 이렇게까지 저를 돌봐주는지 그 이유도 말씀해주실 수 없을까요?"

노인은 쓸쓸히 웃었다가 조용히 말했다.

"그건, 사카에 군. 당분간 기다려주었으면 하네. 이윽고 자네와 시오리 양의 결혼이 성사되면 미나코랑 함께한 자리에서 내가 말해주겠네."

노인이 떠난 후, 스즈토미는 노인의 빈자리를 쓸쓸히 느끼고 있었다. 겉보기에는 터무니없이 무뚝뚝해 보이지만 실은 더할 나위 없이 자상하고 친절한 그 노인의 정체는 무엇일까? 그리고 무엇을 조사하고 언제 돌아올 것인가. 스즈토미는 어린아이가 보모의 귀가를 기다리는 것처럼 노인을 그리워했다. 떠난 후 연락이 두 번 정도 왔는데, 그 중 하나는 편지로 스즈토미의 아버지를 만났다는 연락이었다. 두 번째는 구라베의 집에 숙식하고 있는 쓰보야를 통해서 모든 일이 순조롭게 진행되고 있다는 소식이었다. 이런 쓸쓸한 날이 계속되다 9일이 지난 어느 날 아침, 스즈토미는 무심코 신문을 보다 다음과 같은 기사를 읽었다.

'도내 유수의 유력자인 야스베은행 은행장 야스베 야스토시 씨의 영양(令孃) 시오리 양이 금번 구라베 백작 구라베 리스케 씨와 약혼이 성사되어 조만간 성대한 식을 올릴 예정이다.'

기사를 읽은 스즈토미는 벼락 맞은 듯이 놀랐다. 그리고 순식간에 화가 머리끝까지 올랐고 너무나도 큰 충격을 받아서 그는 노인과의 약속도, 익명의 편지가 비열하다는 사실도, 모두 잊고 말았다. 갑자기 책상을 향하더니 급하게 다음과 같은 편지를 쓰기 시작했다.

'야스베 야스토시 족하,
당신은 당신의 출납 담당자를 경찰에 건넸습니다. 당신은 그의 유죄를 믿고 한 행동이기 때문에 이 점에 관해서는 뭐라고 하지 않겠습니다. 하지만, 은행의 돈을 훔친 이가 동시에 당신 집안의 보석을 훔쳐서 전당포에 맡긴 사람과 같다고 추정하면 어떨까요? 내가 만약 당신이라면 나는 당신 같은 그런 실수는 하지 않을 것입니다. 오늘부터 당신의 아름다운 부인을 감시하는 것이 좋을 겁니다. 반드시 조심할 필요가 있습니다. 그리고 아가씨의 결혼을 서두를 필요는 없습니다. 우선 경찰에 부탁해서 구라베 리스케에 관한 조사를 의뢰하길 바랍니다. ---족하의 친구로부터.'

다 쓰고는 마을 어귀까지 가서 우편함에 투하했다. 우편함에 넣자마자 때마침 우체부가 와서 편지를 갖고 갔다. 편지를 갖고 간 다음에 스즈토미는 조금 전에 자기가 대단한 실수를 저질렀다는 걸 깨달았다. 후회하면서 집으로 돌아온 스즈토미는 자신이 저지른 짓이 신경 쓰여서 안절부절 못하고 있었다.

그 시각, 주레이 노인은 모든 조사를 마치고 돌아오는 기차를 타고 있었다. 노인이 조사해서 알아낸 결과는 실로 귀중한 사실이었다. 노인은 지금까지 사실과 사실을 이어주는 중간 중간에 공백을 상상으로 메꿨었는데, 이제 모든 사실을 사실로서 연결할 수 있었다. 그의 조사 결과는 다음과 같다.

(1917. 9. 5.)

제58회

이야기는 20년 전으로 거슬러 올라간다. 1891년경, 타라스콩이라는 마을에서 로스강 왼쪽 강변을 따라 16킬로미터 정도 가면, 구라베 후작이라는 다이묘의 자손이 있었다. 예전에는 이 일대의 영주로서 마을 사람이나 백성들을 상대로 권세를 떨쳤지만, 왕정이 무너지고 공화정부가 들어선 후에 다이묘라는 신분이 없어지자 후작이라는 지위도 자연히 몰수되어 유위전변(有爲轉變), 그러니까 어쩔 수 없이 외국을 방랑하여 이십 수년간 그 행방을 감췄다. 그러다 최근에 형세가 다시 변해서 후작은 가족을 거닐고 이 마을로 옮겨왔다. 가족이라고 해도 사람이 많은 게 아니다. 부인은 이미 사별했고 지금은 가즈토시, 리스케 라는 두 아들뿐. 그래도 역시 다이묘까지 지낸 사람답게 예전의 하인들이 꽤 많았다. 후작의 수입이라고 해봤자, 땅에서 거두는 1년에 2천 엔 정도의 연공밖에 없는데, 이미 돈은 두 배나 사용했다. 그리고는 술을 마시면서 옛날을 그리워하며 평민들이 세상을 지배하고 있는 꼴이 마음에 안 들어 욕지거리나 해댔다.

원체 시골이기 때문에 저택과 지붕을 나란히 하는 이웃도 없었다. 가장 가까운 이웃이라고 해도 로스강 유역이 조금 좁아진 곳을 경계로 강 맞은편에 땅을 조금 가진 치부리(千振) 백작 정도였다. 치부리 백작도 마찬가지로 몰락한 다이묘 집안이었다. 이웃사촌이라고는 하지만 후작과 백작, 특히 백작 부인과는 사이가 아주 나빴다. 누군가는 두 집안이 원수지간이 된 것은 오늘날의 일이 아니라 몇 백 년 전 선조 때부터 전해져 온 원한이 지금까지 풀리지 않은 거라고도 말했다. 어쨌든 후작이 고집 센 다이묘 기질을 가졌다면 백작 부인도 호락호락한 여자가 아니었다. 후작이 백작 부인을 입버릇처럼 '못난 할망구'라고 부르면, 백작 부인도 지지 않고 후작을 '고집불통 영감탱이'라고 맞받아쳤다.

백작 부인에게는 쓰요시(毅) 라는 공주가 있었다. 공주는 생김새도 기질도 차갑고 까칠한 제 어미를 닮지 않고 기질도 순하고, 품격도 있고, 용모도 눈부실 정도로 아름다웠다. 그리고 그 일은 공주가 열여덟 살 때의 일이었다. 후작의 장남 가즈토시는 우연한 기회에 공주와 동석을 하게 되었다. 그때 카즈토시는 공주에게 한눈에 반한 것이다. 공주도 가즈토시를 밉지 않다고 생각했다. 가즈토시는 같은 형제라고 해도 동생 리스케 같은 망나니와는 달리 신체적으로도 심적으로도 어디 하나 흠잡을 곳이 없는 훌륭한 청년이었음으로 공주가 그를 마음에 들었던 것도 당연하다. 그로부터 일 년, 두 사람의 사랑은 서로 각자의 가슴 속에 숨긴 채 싹틀 기회도 없이 지나갔다. 그러다 또다시 둘은 다른 모임에서 우연히 동석하게 되었고, 그곳에서 둘은 서로의 마음을 주고받게 되었다. 어느 순간부터 벽이 허물어진 둘은 백년을 가약한 연인처럼 사이좋게 이야기꽃을 피웠다. 그러나 그 후 3개월 동안은 다시 만날 기회가 오지 않았다. 하지만 마음이 통해서 일지, 어느 날 둘은 약속도 하지 않았는데 우연히 강가에 나갔다. 강을 사이에 두고 서로의 모습을 그리워했다. 이 날을 시작으로 다음 날도 그리고 또 다음 날도 같은 일이 되풀이됐다. 결국, 나흘 째가 되자 가즈토시는 더는 참을 수 없어 역류하는 로스강을 거슬러 공주가 있는 강가까지 헤엄쳐갔다. 그리고 이 두 연인은 초원에 나란히 앉아 서로의 속내를 마음껏 나누었다. 이러한 밀회는 앞으로도 며칠씩 계속되었다. 둘이 아직 어리숙한 건, 둘의 비밀을 아무도 모를 줄 알았다는 사실이다.

(1917. 9. 6.)

제59회

하지만 비밀이란 자연히 하늘이 알고 사람이 알게 되는 법이다. 얼마 후 젊은 연인들은 자신들의 안이함이 틀렸다는 걸 알게 되었다. 어느 날 가즈토시가 친구들이랑 타라스콩 마을의 요릿집에서 당구를 치고 있을 때, 옆 테이블에서 십 수 명이 화투 놀이를 하고 있었다. 가즈토시는 일부러 들으려고 했던 건 아닌데 우연히 그들의 이야기 소리를 듣고는 갑자기 정색하며 당구대를 내던지더니 성큼성큼 화투 놀이하는 사람한테 다가갔다.

"어이, 자네. 조금 전에 뭐라고 했나? 다시 한 번 말해보게."

상대방은 마치 기다렸다는 듯이 일부러 침착한 태도로 얼굴에 냉소를 띄운 채 말했다.

"몇 번이건 말해주겠네. 내가 한 말은 다이묘 화족의 딸이라고 평민과 다르지 않다고 했네. 무슨 무슨 공주라고 이름만 거창하지, 뭐가 다르단 말인가."

가즈토시는 한 발짝 더 가까이 다가갔다.

"아니, 그보다 자네는 누구라고 이름을 말하지 않았나? 그 이름을 말해보게."

"그래, 말해주겠네."

상대방은 싸움을 각오한 듯이 일어섰다.

"듣고 싶다면 내가 몇 번이든 얘기해주지. 치부리 백작의 따님 말일세."

듣자마자 가즈토시는 얼굴이 새파래졌다.

"무례하군. 자네들은 비겁하지 않은가. 홀어머니밖에 없는 가여운 공주를 모욕하고 말이야. 여자 한 명을 두고 다 큰 남자가 열 명이나 모여서.”

“흥.”

상대방은 콧방귀를 끼었다.

“아버지는 없어도 정부는 몇 명이나 있는 거 같던데.”

정부가 몇 명이라는 소리를 듣고 가즈토시는 더 창백해졌다. 아무 말도 하지 않고 쥐고 있던 주목으로 상대방 볼을 후려 때리자 상대방도 덤벼들었다. 역시 무리의 대장이라서 그런지 힘이 아주 셌다. 나이도 한참 젊고 아버지의 피를 물려받아서 무술에 뛰어난 가즈토시에게 전혀 뒤지지 않아 둘은 서로 엉켜 싸웠다. 나이 어린 부하들이 대장을 도우려고 두셋 모여들었지만, 대장은

“너네는 끼어들지 마. 나한테 맡겨.”

라고 외치고 다시 가즈토시랑 맞붙었다. 가즈토시의 친구들은 갑작스러운 싸움에 당황하면서 도우러 왔지만 상대방의 머릿수가 많아서 바로 테이블 밑으로 밀려나 버렸다. 가즈토시는 상대방이 백 명이건 간에 이렇게 된 이상 물러설 마음은 없었다. 사방에서 메뚜기처럼 달려드는 놈들을 밀쳐내고 발로 차면서 싸웠다. 그러다 누군가가 외쳤다.

“멍석말이를 해라.”

모포를 찾아낸 일당은 그것을 펴들고 한 발짝 한 발짝 가즈토시에게 다가갔다. 가즈토시는 멍석에 말리면 이길 방법이 없으므로 활로를 열려고 혈안이 되었다. 다행인지 불행인지 가즈토시의 손에 테이블 밑에 떨어져 있던 커다란 칼의 손잡이 부분이 만져졌다. 가즈토시는 무심결에 그 칼을 아래로 쥐고는 눈 깜짝할 사이에 자신에게 달려든 사

람의 가슴팍을 두 번이나 찔렀다. 찔린 것은 대장인 내세(禰瀬)였다.

동시에 "앗!" 하는 소리가 사람들의 입에서 튀어나왔다. 어느 부인은 비명을 지르면서 부엌으로 뛰어 들어갔다. 나머지 사람들은 하수인 가즈토시를 붙잡으려고 끈질기게 그에게 다가갔다. 가즈토시는 이제 절체절명의 상황이다. 오른편에 있던 키 높이만 한 창문을 향해 뛰어올라 몸으로 유리창을 깨고 건물 밖 자갈돌 위에 몸을 던졌다. 얼굴이나 팔다리는 유리로 상처가 났다. 하지만 그런 걸 신경 쓸 겨를이 없었다. 그는 집을 향해서 전속력으로 달렸다. 가즈토시는 지금 상황으로 봐서 이 동네 젊은이들이 한 명도 빠짐없이 자신의 적이라는 사실을 알았다. 하나는 자기와 쓰요시 공주와의 사이를 질투해서, 또 하나는 아버지 후작이 옛날과 다른 신분임에도 불구하고 지금도 여전히 다이묘 기분으로 동네 사람들이나 농민들을 괴롭히는 것에 대한 반감 때문에……. 한 번 밉보이기 시작하니 어디를 둘러보아도 아군이 없었다. 가즈토시는 몸의 상처도 개의치 않고 뒤에서부터 사람들이 쫓아오고 있어서 밭을 건너뛰고 숲을 가로질러 집으로 향했다.

(1917. 9. 7.)

제60회

도중에 따라 잡혔을 때는 꽤 위험했지만 제일 처음 다가온 상대를 찔러 눕히고 겨우 벗어났다. 그리고 나서부터는 쫓아오는 편에서 기가 죽었는지 추적도 조금 느슨해졌다. 그 틈을 놓치지 않고 가즈토시는 열심히 뛰어서 아픈 몸을 달래고 달래서 겨우 집으로 돌아왔다. 놀란 하인들을 제치고 아버지 방으로 뛰어 들어가니 때마침 차남을 상대로 바둑을 두고 계시던 아버지가 그를 째려보았다.

"소란스럽구나. 무슨 일이냐?"

가즈토시는 급하게 인사를 드렸다.

"작별 인사를 드리러 왔습니다. 이럴 시간이 없습니다."

"무슨 일이냐?"

"사람을 둘이나 죽였습니다. 지금 저를 쫓고 있습니다."

"자세히 얘기해 보아라."

"오늘 타라스콩 마을에 갔는데 동네 불량배들이 제가 듣는 데서 불쌍한 아가씨를 모욕했습니다. 그냥 듣고만 있을 수 없어서 싸웠습니다."

"흠, 그랬군. 그래그래, 사내대장부로서 잘했다. 그런 비겁한 짓을 가만히 보고 있으면 안 되지. 가즈토시, 네가 한 일은 옳았다. 내 칭찬해주마. 하지만 그 모욕을 받았다는 아가씨는 누구냐?"

"치부리의 아가씨, 쓰요시 공주입니다."

"뭐라고! 치부리의 딸이라고. 저 망할 할망구 같으니. 어디까지 우리 가문을 저주하는 건가. 하지만 가즈토시 상대가 치부리의 딸이었다고 하더라도 네가 한 행동은 무사도를 벗어나진 않았다. 이 아비가 칭찬하마."

그 사이 가즈토시는 상처 부위를 씻고 붕대를 감았다. 그리고는 술을 한 모금 마셨다. 한참 젊은 그의 기력은 이런 간단한 조치로 회복했다. 아버지 후작은 그 모습을 지켜보다 물었다.

"가즈토시야, 어떤가 견딜 만한가?"

"네 괜찮습니다."

"그럼 빨리 준비하세요."

아우 리스케가 끼어들었다.

"사람들이 쫓아오면 일이 번거로워지니까요."

늙은 후작은 언성을 높였다.

"그렇지. 잡히면 재판소에 끌려가서 처형을 당할 거다. 생각할수록 마음에 안 드는 시대가 됐어. 예전이었다면 백성 이삼백 명 정도는 내가 직접 손쓸 필요도 없이 밑에 놈들을 시켜서 혼내줄 수 있었는데."

후작은 유감스럽기 짝이 없다는 식이다. 리스케가 웃었다.

"또 아버님의 이야기가 시작됐군요. 아무리 그러셔도 이제는 시대가 바뀌었습니다."

"그래 시대는 바뀌었지. 생각할수록 분하구나. 아니 가즈토시, 이런 이야기를 할 때가 아니지! 어서 서두르거라."

"아버지 여비가."

늙은 후작은 다시 화를 냈다.

"여비 말이지. 여비는 지금 나한테도 없다."

"아버지."

"아니 거짓말이 아니다. 정말로 지금 한 푼도 없구나. 정말 생각할수록 분하구나! 이렇게 비자금도 모자란 신분이 되어 버렸다니. 하지만 인제 와서 이런 말을 해봐야 무슨 소용이 있겠나. 아아, 뭔가 좋은 수가 없을까."

노 후작은 잠시 선 채로 신음했지만 조금 있다 생각났다는 듯이 서재 책장에서 훌륭하지만, 색이 바란 작은 상자 하나를 가지고 왔다. 그리고 목에 걸어 둔 끈이 달린 작은 열쇠로 상자를 열자 보석이 여기저기 박혀있는 목걸이, 팔지, 반지 류가 가득 들어있었다.

"자, 가즈토시야. 이걸 네게 주마. 이건 돌아가신 너희 어머니의 유품이다. 나는 이십 년간 단 하루도 이걸 손에서 놓은 적이 없다. 나한테 이 물건들은 매우 소중한 것이지만, 네 어미가 살아있었다면 아마너에게 이걸 주었을 것이 틀림없다. 자, 이걸 들고 빨리 가거라."

가즈토시는 눈물을 흘리면서 그 작은 상자를 받았다. 둘은 서로 강하게 손을 마주 잡았고 애틋한 감정에 휩싸여 잠시 현재의 위급한 상황을 잊고 있었다.

"서두르세요."

아우 리스케의 재촉으로 가즈토시는 다시 정신을 차렸다. 그리고 서둘러 방에서 나가려고 하다 다시 멈춰 섰다.

"아버지, 제가 목숨을 걸고 지키려고 한 그 아가씨말이에요."

"그래."

"제가 그녀를 사랑합니다. 결혼하고 싶습니다. 결혼을 허락해주시는 게 제 소원입니다."

노 후작은 매정하게 말했다.

"그건 안 된다. 치부리 성을 가진 자를 어떻게 이 집안에 들일 수 있겠냐."

"그런 말씀 하시면 곤란합니다. 들일 수 없다고 하셔도 이제는 들일 수밖에 없습니다. 안 된다고 하셔도 물러설 수는 없습니다."

가즈토시가 미친 듯이 호소하여도 아버지 후작은 눈썹 하나 까딱이지 않고 듣고 있다가 의미심장하게 눈을 반짝이면서 말했다.

"흠, 그렇군. 이미 벌써 그렇게 되었단 말이지. 흠, 가즈토시. 치부리의 딸이 예쁘게 생겼다는 소문이던데."

가즈토시는 화를 냈다.

"그러니까요. 아버님, 제가 이렇게 부탁드립니다. 부디 허락해주십시오."

"그건 안 된다. 생각해봐라. 치부리 가문과 우리 가문은 100년 넘게 원수지간으로 살았다. 그런 집안하고 결혼할 거면 오히려 쫓아오는 놈들에게 잡혀서 죽어버려라."

"죽겠습니다. 이제 아무 데도 도망가지 않겠습니다. 이 보석도 돌려드리겠습니다."

가즈토시는 실제로 아버지에게 덤빌 기세였다. 아버지도 아우도 매우 당황했다. 그리고 때마침 방에 들어온 하인이 동네 사람들이 집 입구까지 가즈토시를 잡으러 왔다고 보고했다. 이 말을 들은 후작은 열화처럼 화를 냈다.

"이 못난 놈들, 어디 감히 내 집에 들어와. 이 바보 같은 놈들, 썩 물러가거라."

후작은 고함을 지르면서 벌떡 일어서더니 밖으로 뛰어나가려 했다.

(1917. 9. 8.)

제61회

그의 소매를 잡아당긴 차남 리스케는 재빨리 말했다.

"안 됩니다. 싸우시면 안 됩니다. 저쪽은 사람이 많습니다."

"흠, 그것도 그러네."

노 후작은 진저리난다는 식으로 혀를 찼다.

"시세가 바뀌었군. 그래, 그렇다면 전략이다."

셋은 서둘러 머리를 맞대고 전략을 짜기 시작했다. 리스케랑 하인이 마구간에서 좋은 말을 골라 타고 기다리고 있다가, 후작이 권총으로 신호를 보내서 저택 문이 열리면, 동시에 좌우로 달려 나간다. 사람들이 그들을 잡으려고 쫓아가 오히려 저택 주변에 사람들이 없어진 틈을 타서 가즈토시가 저택 뒤편 담을 넘어서 반대쪽으로 도망가기로 했다.

리스케랑 하인 유지(勇二)는 곧바로 준비하고 마당으로 뛰어내렸고 후작은 2층 창문의 한쪽 발을 걷어 올리고, 권총으로 신호를 보낼 기회를 엿보고 있었다. 이 계획이 성공하느냐 마느냐는 가즈토시에게는 생사가 걸린 문제였다. 그도 빈틈없이 준비하고 자기 차례가 오기를 기다리고 있었다. 그런데 생각해보니 느긋한 이야기 같았다. 어느새 그는 2층으로 올라 강이 보이는 방의 창문을 열고 창가에서 촛불을 켰다. 그리고 현재 벌어지고 있는 소동을 완전히 잊어버린 듯 일심불란 하게 강 건너를 바라봤다. 촛불은 애인인 쓰요시 공주를 불러내기 위한 신호였다. 그는 이런 위험한 상황에서 불쑥 애인과의 밀회를 생각해 낸 것이다.

기회를 엿보던 후작이 신호탄을 쐈다. '탕' 하는 엄청난 소리가 사방으로 울려 퍼져 사라지기도 전에 대문을 박차고 리스케랑 유지가 말을 타고 달려 나갔다. 그리고 계획대로 쫓아온 군중을 두 편으로 갈라놨다. 원래 둘 다 말을 잘 탔다. 보고 있으니 쫓아오는 자들을 제치고 일이 킬로미터나 잘 도망갔는데 무슨 일인지 리스케의 말이 넘어졌다. 앗, 하는 순간이었다. 말의 앞다리가 땅에 걸리며 리스케는 바닥으로 떨어졌고, 말 아래에 깔려버렸다. 쫓아오던 사람들은 '이때다'

하고 덤벼들었는데, 잡고 보니 리스케였다. 그들은 속았다며 서둘러 저택으로 되돌아갔다.

가즈토시는 하인들이 재촉해서 아래층으로 내려왔다. 그리고 아버지에게 마지막 작별 인사를 했다. 후작은 한 마디.

"몸조심하고 가명을 더럽히지 마라."

그렇게 주의를 시키고 미련의 눈물은 보이지 않았다. 가즈토시도 결심한 듯이 마당으로 뛰어내리고 그대로 뒤쪽 담을 넘으려고 했다. 그러나 실패했다. 이미 늦은 것이다. 가즈토시는 너무 여유를 부렸고, 또 리스케가 너무 빨리 잡히는 바람에 사람들은 이미 저택 뒤편에서 그를 기다리고 있었다. 가즈토시는 어쩔 수 없이 로스강을 면하고 있는 쪽의 벽을 뛰어넘었다. 담벼락 아래에는 키 작은 나무들이 무성하게 자란 언덕이 있었고 그 앞에서부터 정문까지 밤나무가 밀림처럼 빼곡하게 자라 있었다. 이런 곳을 말을 타고 지나갈 수는 없다. 사람들도 역시 걸어서 들어올 것이다. 원래 지리는 잘 알고 있다. 가즈토시는 숲속을 이쪽저쪽으로 왔다 갔다 하면서 사람들의 눈을 속였고 앞에 나타난 땅 구멍도 건너뛰면서 잘 도망쳤다. 쫓아오는 사람들을 떨쳐내서 몰래 강둑까지 도착했지만, 때마침 민물이라서 로스강은 물결이 험해지고 깊어져 도저히 건널 수 있는 상황이 아니었다. 그가 주저하고 있을 때 강가로 사람들의 모습이 나타나기 시작했다.

그는 실망하였지만 낙담하지는 않았다. 가즈토시는 순간 마음을 정하고 강둑을 사선으로 가로질러 강가를 따라 삼사 미터를 뛰었다. 그리고 파도가 넘실거리는 로스강에서도 가장 깊은 곳을 향해서 뛰어들었다.

(1917. 9. 9.)

제62회

로스강은 위험한 강이었다. 수면은 천천히 흐르지만, 수면 아래는 깊이를 알 수 없는 여울이어서, 한 번 강바닥으로 빨려 들어가면 마지막, 다시는 수면으로 떠오르지 못했다. 가즈토시가 강으로 뛰어내린 것을 보고 쫓아오던 자들은 일제히 "앗!" 하고 소리를 내고 그의 분별 없는 행동에 눈을 크게 떴다. 그리고 시체를 건져낼 생각도 하지 않고 그대로 돌아가 버렸다.

가즈토시는 운이 좋았다. 강에 뛰어들자마자 그는 힘없이 물살에 빨려 들어갔다. 태풍에 놀아나는 먼지처럼 빙글빙글 돌다가 쑥하고 강바닥으로 끌려들어 갔다. 그는 정신을 차리고 서둘러 수면으로 올라가려고 허우적거리지 않았다. 팔다리를 움직이지 않고 몸을 잠수시킨 채 숨을 참을 수 있는 한 최대한 삼아 강물의 흐름에 몸을 맡겼다. 한참을 흘러갔다고 생각되었을 때, 조금씩 팔다리를 움직여서 점점 수면 쪽으로 가까이 올라갔고 마지막에는 팔다리를 힘껏 움직여 무사히 물 위로 얼굴을 내밀었다.

원래 수영을 잘했고 강에 대해서도 잘 알고 있었다. 더는 쫓아올 사람들도 없었기 때문에 가즈토시는 서두르지 않고, 당황하지 않고 물의 힘을 이용해서 점점 수면이 얕은 곳까지 흘러갔다. 거기까지 와서는 갑자기 몸을 사선으로 틀어서 반대편 강가로 헤엄쳐가 수면을 덮고 있는 버드나무 가지를 잡고 어렵지 않게 강에서 올라왔다. 그는 젖은 옷도 신경 쓰지 않고 쓰요시 공주와 만나기로 한 장소로 뛰어갔다.

"어머 무슨 일이세요? 몸이 왜 그러세요?"

아까 보낸 신호를 보고 여기로 달려와 한참을 기다렸던 공주는 그를 보자마자 달려오면서 말했다. 가즈토시는 급한 마음을 잠시 진정시키고 공주의 손을 잡았다.

"쫓아오는 사람들이 많아서요. 지금 그들을 따돌리고 도망가는 중입니다."

"당신이?"

공주는 벌써 울먹이는 목소리다.

"어머 어쩌다가?"

"뭐 오늘 타라스콩 마을에서 싸우다가 실수로 사람을 두 명 죽였습니다. 공주님, 더는 숨길 수 없습니다. 사람들이 저희가 사귀는 걸 알고 있습니다."

"어머."

공주는 창백해졌다.

"어떡하죠. 당신, 어떡하죠."

가즈토시도 아무런 대책이 없었다. 하지만 아직 젊은 몸이라 분별보다는 공상이 먼저 싹을 틔웠다.

"어머님에게 사실대로 말씀드리고 힘들겠지만, 조금만 기다려주세요. 제가 아버님께 부탁드려서 당신을 데리러 올 테니까."

공주는 심하게 머리를 좌우로 흔들었다.

"안 됩니다. 그건 불가능해요. 어떻게 어머니가 허락하시겠어요."

"그렇다면 저랑 함께 갑시다. 앞으로의 계획은 없습니다. 하지만 다행히 몸은 건강합니다. 일하려면 얼마든지 일할 수 있습니다. 같이 갑시다."

(1917. 9. 10.)

제63회

가즈토시는 공주의 손을 잡고 함께 도망가길 권했지만, 공주는 이 말도 듣지 않았다.

"안 됩니다. 어머니가. 어머니가."

"하지만 그 어머님은."

"네, 아주 친절한 어머니는 아니십니다. 하지만 심술궂으셔도 제게는 어머니입니다."

"그럼 기다려주세요. 내가 반드시 당신을 데리러 오겠소."

"하지만 저 혼자 남는 건 싫어요. 저기 있잖아요. 저······."

공주는 뭔가를 말하려 하다가 주저했다. 평소의 가즈토시라면 이 모습을 보고 보통 일이 아니라는 걸 알아차렸을 것이다. 하지만 지금은 그럴 여유가 없었다. 가즈토시는 점점 애가 타서 말했다.

"그럼 어떡하실 건데요. 저도 당신을 남겨놓고 가는 건 싫습니다. 에이 이럴 거면 그냥 죽어버릴까."

공주는 당황해서 매달렸다.

"아니요. 당신은 미래가 있는 몸이세요. 그렇게 자포자기하다 안 됩니다."

그때, '미래'라는 말이 신기하게도 가즈토시의 마음을 움직였다.

"그래, 우리는 아직 나이도 어리고 앞길이 한참입니다. 저는 마음을 다잡고 떠나겠습니다. 지금서부터 3년. 3년은 기다려주세요. 3년 지나고 내가 성공해서 돌아오겠습니다. 그리고 멋지게 당신을 맞이할 겁니다."

가즈토시는 자신과 자신이 한 말에 감동했다. 그리고 주머니에서 아까 아버지한테서 받은 작은 상자를 꺼냈다.

"자, 이것은 제 어머니의 유품입니다. 당신한테 드릴 테니 소중히 보관해 주세요."

쓰요시 공주는 주저하면서 그것을 받았다.

"당신 이제서부터 어디로 가시게요?"

"우선 어딘가에 몸을 숨기겠습니다. 그리고 연락이 닿으면 스페인으로 건너가 돈을 벌겠습니다."

둘은 손을 맞잡고 서로의 눈을 응시했다. 그리고 흘러내리는 눈물을 닦지도 않고 가즈토시는 과감히 뛰어가다가 쓰요시 공주를 돌아보았다.

"내일 아침 수고스럽겠지만 우리 집에 가서 아버지에게 내가 무사하다는 걸 전해주세요. 부탁드립니다."

이렇게 말하고는 말리는 쓰요시 공주의 손을 독한 마음으로 뿌리치고 뒤도 돌아보지 않고 달려갔다.

가즈토시랑 헤어진 후 쓰요시 공주는 자기자신의 마음과 헤어진 것처럼 외로워졌다. 애인과 헤어졌다는 슬픔 외에도 공주에게는 아직 마음에 걸리는 일이 하나 더 있었다. 공주는 어느 새 가즈토시의 아이를 임신한 채였다. 최근에는 옷자락으로도 숨길 수 없을 정도로 커졌다. 공주는 아까서부터 이 사실을 가즈토시에게 말하려고 했으나, 부끄러움 때문에 기회를 놓치고 말았다. 오늘의 정신없는 이별 때문에 결국 이야기를 꺼내지 못하고 만 것이다.

공주는 마음도 다리도 무겁게 집에 돌아갔다. 어머니에게 들킬까봐 신경 써서 마음이 더 무거웠다. 다행히 어머니는 당신 방에서 뭔가 돈 계산에 여념이 없으셨다. 어머니의 마음은 얼굴만큼이나 까칠하셔서 자기 자식에 관해서는 별로 신경을 쓰지 않으셨다. 평상시라면 원망스러운 그런 어머니의 성격도 오늘만큼은 공주에게 오히려 다행으로 여겨졌다.

그날 밤은 잠을 이루지 못한 채 밤을 새우고 아침 일찍 아직 어둑한 시간에 일어났다. 그리고 어젯밤 가즈토시에게 부탁받은 일을 수행하기 위해서 구라베 저택에 가서 후작을 만날 생각이다. 집을 나올 구실에 찾느라 잠시 곤란해졌지만, 때마침 근처 교회의 아침 예배 종소리가 들렸다. 공주는 좋은 생각이 떠올라 아침 문안 인사를 온 하녀 미호조(美保女)를 향해서 이렇게 말했다.

"잠시 교회에 다녀올게요. 아침 식사 때 어머니가 날 찾거든 그렇게 말해줘. 아니, 너는 안 와도 돼."

그 후 공주는 바삐 문밖으로 나갔다. 강을 따라서 서로 마주 보고 있다고는 해도 헤엄쳐간다면 모를까, 상류에 있는 다리를 건너서 다시 강을 따라서 걸어가면 왕복 3킬로미터는 족히 걸리는 거리다. 3킬로미터의 거리를 아침 식사까지 걸어가는 건 여자의 다리로는 힘들었다. 그래도 공주는 굴하지 않았다. 애인의 부탁은 하늘보다 중요하다. 그 부탁은 반드시 지켜야 한다. 혼신을 쏟아 부은 공주는 다리가 아픈 것도 개의치 않고 앞만 보고 서둘렀다.

(1917. 9. 11.)

강도 건너고 언덕도 넘었다. 공주는 성큼성큼 걸어가서 어제 가즈토시가 지나간 밤나무 숲 입구에 다다랐다. 여기서부터 나뭇가지 그늘 밑을 따라가면 자연히 후작네 저택 정문이 나올 것이다. 공주는 용기를 내서 숲속을 걸어 들어가니 마침 후작네 저택에서 일하는 주고(戎五)와 딱 마주쳤다. 주고는 40년 넘게 후작을 모시고 귀족들의 행동 법규로 머리가 굳은 남자이다. 그래서 남들이 질릴 정도로 태도가 정중한 걸로 유명하다. 이때는 무슨 이유에서인지 공주의 모습을 보고는 성큼성큼 다가와 모자도 벗지 않고 인사했다.

"여어, 공주님, 저택에 오셨습니까?"

공주가 얌전히 "네." 하고 대답하자, 주고는 얼굴을 찡그리고 말했다.

"도련님을 보러 오셨다면 헛수고를 하셨습니다. 도련님은 돌아가셨습니다."

일부러 들으라고 한 소리였는데 공주는 이를 눈치 채지 못했다.

"아니요. 도련님을 보러 온 게 아니에요. 내가 만나 뵙고 싶은 건 후작님입니다."

"주인님도 나오시지 못합니다."

주고는 엄숙한 어조로 대답했다.

"어제 도련님이 사람들에게 쫓기는 바람에 강에 뛰어들어서 돌아가셨다며 굳이 알리지 않아도 될 일을 무슨 큰일이나 한 것처럼 주인님께 보고한 놈이 있어서요. 그 말을 듣자마자 주인님은 '앗!' 하고 부축할 틈도 없이 마치 참나무가 태풍에 뿌리째 뽑혀서 쓰러지듯 기절하셨습니다. 그래서 급하게 타라스콩에서 의사 선생님을 모시고 왔지만 손쓸 새도 없이 주인님은 '하루에 부자 둘이. 아, 이 소식을 들으면 치부리 놈들이 기뻐하겠지.'라고 말씀하시면서 숨을 거두셨습니다."

공주는 이 이야기를 듣고 가슴이 미어지는 것 같았다. 특히 후작의 마지막 말이 뭐라 말할 수 없을 정도로 슬펐다. 적어도 가즈토시가 신기하게도 살아있다는 것을 이 충성스러운 노인에게 알려주려고 했지만, 분별 있게 다시 생각해보고는 그 얘기는 꺼내지 않았다.

"그럼 동생분인 리스케 님을 뵙겠습니다."

공주가 말하자 주고는 커다란 눈을 부라렸다.

"말도 안 됩니다. 절대로 그럴 수 없습니다. 무엇보다 제가 용납하지 않습니다. 자, 여기서 이러고 있지 마시고 빨리 댁으로 돌아가세요. 만약 이 집 사람이 당신을 보게 되면 어떤 꼴을 당할지 장담할 수 없습니다."

공주는 울면서 돌아갔다.

돌아가는 길에 마을 사람들이 이상하게 쳐다보는 것도 창피해서 공주는 피로도 잊고 빠른 걸음으로 저택으로 돌아갔다. 저택에 도착하자 미호조는 걱정스러운 얼굴로 입구에서 그녀를 기다리고 있었다.

"공주님, 큰일 났습니다. 마님이 다 아시고 엄청 화를 내시고 계십니다. 몇 번이나 공주님을 찾으셨습니다."

예상했던 무서운 날이 이렇게 생각지도 않게 찾아왔다. 타라스콩 마을에서의 소동부터 구라베 가의 몰락, 가즈토시의 마지막까지……. 연극 같기도 한 이런 신기한 일은 당연히 조용한 시골 마을을 떠들썩하게 만들었다. 그 이야기가 식기 전에 일부러 보고하러 온 오지랖쟁이가 있어서 백작 부인은 바로 자초지종을 다 알게 된 것이다. 부인은 그 사건에 딸이 관여하고 있다는 사실을 알고 놀랐지만 한편으론, 딸의 소문을 신경 쓰기보다는 이 일 때문에 예전부터 신경 쓰고 있던 딸의 혼인에 지장이 생길 것을 걱정했다. 부인은 딸의 용모를 미끼로 부잣집에 딸을 비싸게 팔 생각이었기 때문이다.

(1917. 9. 12.)

제65회

풀이 죽어서 들어온 공주의 얼굴을 본 부인은 핏줄이 선 얼굴을 더 험악하게 일그러트리고,

"이 불효자식아!"

라고 소리 질렀다.

"이 일이 모두 사실이니? 이봐, 공주야, 내가 너를 오냐오냐 믿어 주니까, '옳거니 잘됐다.'라고 이런 수치스러운 일을 벌이고 다녀?"

"어머니 제가 뭐라고 사과를 드려야 좋을지 모르겠습니다."

"여봐라, 공주야. 어째서 사람들이 하는 말이 사실이 아니라고 말을 못 하니. 그 무서운 소문이 전부 거짓이라고 왜 말을 못 해!"

부인이 연거푸 공주를 나무라자 공주는 아무 말도 못 했다. 부인이 화를 내는 것도 당연하다. 공주는 태풍에 나부끼는 풀꽃처럼 그저 어머니 앞에서 고개를 숙이고 있을 뿐이다.

이런 모습을 보고 있던 부인은 더욱 화가 났다.

"그럼, 소문이 모두 사실이냐?"

"어머니, 용서해주세요."

공주는 더듬더듬 애원하듯 말했다.

"용서해달라고? 그럼, 사람들이 하는 말이 사실이었구나. 아아, 이를 어쩜담. 이봐, 공주야. 네 몸에는 누구의 피가 흐르니? 싫어도 아니라고 거짓이라도 해야 하지 않겠느냐. 어디, 아무렇지도 않게 고백을 해!"

"어머니 그렇게 말씀하시면 너무 매정하십니다."

"매정? 어어, 그래. 그럼 너는 얼마나 나를 생각했다고 그러느냐? 공주야, 네 창피는 내 창피인 것을. 내가 창피해서 죽고 싶을 지경인 것은 너도 알지? 그런데, 아…… 아…… 너는 뒤에서 나의 이런 정직한 마음을 비웃고 있었구나. 나는 지금까지 너를 옛날 같은 귀여운 아기처럼 생각하고 있었는데. 너는 이제 그런 당구장에서 싸움이나 하는 남자들의 입방아에 오를 정도로 타락해서 남자를 만나고 다니고. 만나다 보니까 잘 알지도 모르는 남자에게 몸을 맡기고……."

"어머니, 어머니."

공주는 더는 참기 힘들어서 어머니의 말을 막았다.

"어머, 그게 아니니? 만나다 보니까가 아니라 만나는 남자 모두에게 맡긴 거니? 어쨌든 너는 골라도 어쩜 그런 놈을 골랐니? 너도 알다시피 구라베랑 우리 집은 원수지간이지 않으냐. 적의 자식에게 몸을 맡기다니. 하, 하, 그 구라베 가즈토시 놈. 남자답지 못하게 비겁한 놈이구나. 정정당당하게 복수하는 게 아니라 내 딸에게 창피를 줘서 복수하려고 하다니."

공주는 진심으로 말했다.

"그렇지 않습니다. 그분은 진심으로 저를. 어머니가 허락만 해주신다면."

"왜, 너를 아내로 맞이하겠다는 거냐. 너를 구라베에 보낼 거라면 난 너를 거지에게 주고 말겠다."

"어머, 어머니."

"아니지. 게다가 지금은 가즈토시도 죽었다고 하고 그 아비인 후작마저 죽었다고 하지 않느냐. 히히히. 꼴좋다. 꼴 좋아. 어쨌든 이걸로 복수는 한 거네."

부인은 미치광이처럼 흰 이를 보이면서 웃었다.

(1917. 9. 13.)

제66회

후작이 예상했던 대로 치부리 가에서는 구라베 집안의 재난을 기뻐했다. 공주는 아까서부터 오만가지 생각으로 마음이 혼란스러웠다. 몸을 가누는 게 더는 힘들어서 빙글빙글 돌더니 "앗!" 하고 외마디 비명을 외치고 기절해버렸다. 이 모습에 부인마저도 놀라서 하인들을 부르자 아까서부터 두려움 반, 호기심 반으로 문밖에서 엿듣고 있던 하인들이 일제히 달려들어 공주를 부축해서 다른 방으로 데리고 갔다. 그리고부터 몇 주가 지났을 때이다.

부인은 공주와 미호조를 데리고 조용히 런던으로 떠났다. 그리고 우에기(植木) 뭐라는 이름으로 마을에서 조금 떨어진 시골에 집을 빌렸다. 그러는 와중에 막달이 된 5월 말에 공주는 아들을 낳았다. 부인은 아이의 이름을 라이타로라고 지었다.

태어난 아이에 대한 처치는 부인이 미리 생각해두었다. 미리 조치도 취해놔서 태어나자마자 바로 얼마간의 돈과 함께 짚에 싸서 근처 농부에게 주었다. 농부는 아무런 의심도 하지 않고 평생 찾아가지 않겠다는 약속을 한 뒤 라이타로를 받았다. 물론 공주는 어머니의 계획을 알자마자 열심히 싸웠다. 하지만 항상 어머니에게 꺾여서 도저히 자기주장을 펼칠 수가 없었다. 아이를 낳고서도 이미 자포자기해서 어렵게 낳은 애인의 자식과 눈물 날 정도로 슬픈 이별을 하고 말았다.

7월이 돼서 산후 조리도 다 마친 후, 모녀는 다시 미호조를 데리고 고향으로 돌아갔다. 다행히 런던으로의 긴 여행에 대해서 동네 사람들은 의심하지 않았다. 결국, 공주가 해임했다는 사실은 전혀 알려지지 않았다. 공주는 매일 우울하게 살았다.

공주를 미끼로 부자와 결혼을 시키려 했던 부인의 계획은 이 일로 틀어져 버렸다. 부인은 너무 실망한 나머지 자포자기에 빠져서 오히려 사치스러운 생활을 했다. 예전부터 기울기 시작한 재산을 이 일로 더 기울어 갔다. 아직 남아 있는 넓은 밭도 관리를 안 해서 수확은 보통 때의 반도 안 됐다. 그래도 부인은 소문을 신경 써서 그 밭을 내놓지 않았다. 그러면서도 전당포에서 받은 돈을 오른쪽에서 왼쪽으로 물이 흐르듯이 흘려버렸다. 엄마와 딸의 미래에 대한 아무런 희망 없는 난폭하고도 무기력한 생활은 그로부터 4년이나 계속되었다. 그러는 사이에 집의 빚은 점점 늘어나 지금은 1만 엔을 훨씬 넘는 금액이었다. 이자를 갚기도 쉽지 않았다. 가즈토시한테서는 아무런 연락이 없었다.

때마침 그때쯤의 일이다. 정부에서 로스강의 개수공사를 하게 되면서 젊은 토목기사 한 명이 조사를 위해 이 마을에 오게 되었다. 기사는 파리에 있는 부잣집 아들로, 이름이 야스베 야스토시라는 사람이었다. 파리 사람이기에 품격도 좋고, 돈 씀씀이도 깔끔하고, 게다가 인상도 좋은 청년이어서 그는 금방 동네의 인기남이 되었다. 그 야스베가 어느 날, 우연히 쓰요시 공주의 모습을 보고 그 아름다움에 한눈에 반했고, 반드시 자신의 아내로 삼겠다고 생각했다. 하지만 몰락했다고는 해도 상대는 다이묘 화족의 공주이다. 야스베는 처음에 신분 차이 때문에 고심했다. 혼자 고민만 할 수 없어서 어느 날 백작 부인과 사이가 좋은 어느 노부인에게 자신의 심정을 털어놨다. 그러자 노부인도 처음에는 신분 차이 때문에 결혼이 힘들 거라고 말렸다. 하지만 다시 생각해보고는 격려해주었다.

"아니, 어쩌면 가능할지도 모르겠네요. 원체 그 집안이 요즘 금전적으로 아주 힘들어서. 당신이 그 부분을 도와드리면 좋을 거 같은데."

하지만 노부인 자신이 직접 중매를 서겠다고 말하기는 역시 어려운 모양이었다. 야스베는 다시 한 번 마음을 굳히고 기회만 주어진다면 자기가 직접 찾아가서 담판을 짓겠노라고, 그 기회를 노리고 있었다. 하지만 기회는 오히려 쉽게 찾아왔다.

(1917. 9. 14.)

제67회

어느 날 저녁, 야스베가 동네 요릿집에서 식사하고 있을 때, 우연히 바로 옆 테이블에 치부리 백작 부인이 앉았다. 둘은 자연히 대화를 나누었고 부인은 요즘 사람들 사는 게 인색해졌다고 이야기하면서 올해는 농작물이 흉작이라 세금을 내는 것도 어렵다고 말했다. 이대로라면 딸을 시집 보내기도 어렵게 될 거 같다고 탄식했을 때, 야스베는 기회를 놓치지 않고 말했다.

"뭐 따님 정도의 미모라면 시집을 보내든 사위를 얻든 원하시는 대로 가능하시지 않겠어요. 괜찮으시다면 제가 주선해드려도 좋습니다만."

야스베의 물음에 부인도 낚인 척하면서 대답했다.

"하지만, 부끄러운 이야기입니다만, 저희한테는 빚이 꽤 있습니다."

"물론 그 빚은 사위가 될 사람이 갚아 드려야겠지요."

"하지만 그 빚이 이것저것 다 합하면 1만 엔 정도 됩니다."

"그 정도는 얼마든지 갚아 드릴 수 있지요."

"그런가요? 하지만 1만 엔은 원금이고 거기다 이자가 꽤 되는데."

"뭐 이자라고 해봤자지요. 아마도 상대 쪽에서도 이견은 없을 겁니다."

"그런가요? 딸을 시집보내면 저도 양로금을 받아야 하는데요."

"아마 그것도 이견은 없을 겁니다. 양로금 명분으로 1년에 1500엔 정도 보내드리면 되겠지요."

부인은 재빨리 머릿속으로 계산했다.

"1500엔으로는 부족합니다."

그렇게 말하고 살짝 상대방의 얼굴을 살폈다.

"2천 엔은 받아야지요."

"네 알겠습니다."

야스베는 조금 당황했지만, 곧 대답했다.

"아가씨를 사랑하는·사람이라면 그 정도는 어렵지 않을 겁니다."

불언불어(不言不語) 하는 사이에 어느 정도 담판을 졌다. 부인은 야스베의 심중을 정확히 읽었다. 부인 쪽에서도 이견이 없었기 때문에 요릿집에서 돌아가는 길에 야스베를 자기 마차에 태우고 숙소까지 데려다주었다. 그러는 사이에 부인은 점점 이 청년이 마음에 들어서 결국 그다음 날 저녁 식사에 초대하기까지 했다. 부인의 마음은 이미 결정되었다.

집에 돌아가서 여느 때와 달리 밝은 얼굴로 딸을 불렀다.

"딸아, 드디어 너에게도 남편이 생기겠구나."

공주는 깜짝 놀랐다.

"저는 모르는 일입니다."

"네가 몰라도 어쩔 수가 없구나. 내일 그분이 집에 올 거다."

"어머니, 어머니."

공주는 갑자기 4년 전 밤이 생각났다. 가즈토시와 아기 생각이 번뜩 머리를 스쳤다. 공주는 견딜 수 없어 흐느껴 울며 어머니 무릎에 매달렸다.

"어머니, 그분에게 제 과거를 말씀하셨나요?"

"너의 어리석은 과거 말이냐? 누가 그런 말을 하겠느냐. 안심해라. 네 사위는 절대로 그 일을 모를 테니까."

공주는 진지한 표정으로 말했다.

"안 됩니다. 그건 안 됩니다. 어머니 그건 너무 합니다. 그러면 그분을 속이는 겁니다."

"바보 같긴."

부인은 고압적인 태도로 공주의 입을 막으려고 했으나 공주는 미치광이처럼 물러서지 않고 어머니의 말을 듣지 않았다. 어머니는 당황했다.

"그래, 알았다. 알았어. 내 그럼 사실대로 말하마. 하지만 만약 사실대로 말해서 이 혼담이 파혼되면 이제 우리는 더 이상 경제적으로 버틸 수가 없다. 나는 이 나이가 돼서 창피하게 거지처럼 구걸하러 다니겠지. 아아, 정말이지, 사는 게 너무 힘들구나."

"어머니, 어머니."

부인은 들리지 않는 척하고 더 크게 한숨을 내쉬면서 지친 시늉을 했다. 그러더니 공주의 마음이 다소 약해진 것을 확인하고 손을 모으고 무릎을 맞대어 딸을 설득했다. 그렇게 야스베에게 시집가는 일을 공주에게 억지로 납득시켰다.

(1917. 9. 15.)

제68회

공주는 야스베를 만나게 되면 말하기 힘든 걸 감수하더라도 자기 입으로 모든 걸 자백하려고 했다. 하지만 공주보다는 부인 쪽이 한 수 위였다. 야스베가 집에 올 때마다 부인은 처음부터 끝까지 반드시 둘과 같이 동석하였고 한시라도 야스베와 딸을 단둘이 남겨두지 않았다. 이런 식으로 결국 결혼 전날 밤이 되었다. 그날 밤 처음으로 약혼을 한 둘은 공주 방에서 단둘이서 얼굴을 마주 봤다. 야스베는 공주가 침울해하는 모습을 보고 따뜻하게 그 손을 잡아주면서 말했다.

"어째서 그런 내키지 않는 표정을 짓고 있는 거예요. 뭔가 걱정이 있다면 나한테 얘기하면 되잖아요."

공주는 자백하려고 했으나 막상 입을 열기가 힘들었다.

"무서워서요."

공주는 작은 목소리로 대답하고는 빨개진 얼굴을 숨기고 말았다. 그녀를 물끄러미 바라보던 야스베는 그녀의 어깨에 손을 얹고 말했다.

"무서워하지 말아요. 나를 믿으세요. 나는 꼭 당신을 행복하게 해 주려고 최선을 다할 거예요."

공주는 남자다운 남편의 손을 붙잡고 주르르 눈물을 흘렸다. 그렇게 자백할 기회를 영원히 놓치고 말았다.

구라베의 차남 리스케는 형과 달리 음침한 성격이었다. 완고한 아버지나 올곧은 형하고는 물론 잘 안 맞았다. 아버지나 형하고 함께 이런 촌구석에서 젊은 혈기를 썩혀버리는 게 스스로 생각해도 아까웠고 도시의 화려하고 방탕한 생활을 동경하며 밤마다 꿈에서 파리로 날아갔다. 그는 아버지를 존경하지 않았고, 형에 대한 형제애도 없었을 뿐 아니라 오히려 증오마저 하고 있었다. 그래서 차마 눈 뜨고 보기 힘든 행동들도 많이 했었고 하인들은 그가 형을 음해하고 있다며 서로 소곤댈 정도였다. 그래서 이번에 리스케의 말이 의외로 빨리 넘어진 것도 그들은 자연스럽게 의심했다. 리스케가 형이 도망갈 기회를 없애려고 일부러 말을 쓰러트린 거다, 형 죽이기다, 라고 난리를 피웠다. 구라베 집안의 충신인 주고 같은 경우는 노골적으로 리스케에게 이렇게 물고 늘어진 적도 있었다.

"아무리 그래도 참 신기하네요, 도련님. 평상시에는 그렇게 말을 잘 타시는데 왜 하필 그날은 넘어지셨을까요?”

리스케도 못 들은 척할 수가 없었다.

“뭐라고 주고? 이상하게 석연치 않은 말을 하는구나.”

“헤헤헤, 참 안되셨군요.”

“뭐라고?!”

리스케는 눈을 부라리고 주고의 멱살을 잡으려 했다. 다행히 다른 하인들이 재빨리 달려들어서 말리는 바람에 큰일은 일어나지 않았지만 리스케는 지금 하인들하고도 서먹서먹한 사이가 됐다.

가즈토시의 시체는 다음 날이 되어도 떠오르지 않았다. 하지만 마음 사람들은 모두 그가 죽은 것으로 생각하고 전혀 의심하지 않았다. 로스강에 말려들어서 이제껏 살아 돌아온 사람이 있는가. 정부에서도 사망으로 인정했다. 하지만 직접적인 증거가 없다. 그래서 어쩔 수 없이 형식뿐인 결석 재판을 열어서 몇 년간의 징역을 선고하고 이 사건에 대해서는 낙착시켰다. 죄인의 도주를 도왔던 구라베는 어영부영하게 아무런 죄 없이 넘어갔다.

아버지 후작은 평소 예의 주도한 사람이라 유언장을 이미 써놨기 때문에 갑자기 돌아가셔도 유산 처리는 그리 힘들지 않았다. 행방불명으로 되어있는 형의 지분을 빼고 리스케는 유산 대부분을 차지했다. 유산을 손에 넣자 바로 집을 정리하고 하인들도 모두 내쫓고 가재도구도 모두 팔아버려서 5천 엔이라는 돈을 들고 신나서 도시로 향했다.

파리에 정착하자 바로 술집에서 살았다. 그곳에서 어렵지 않게 죽이 맞는 악당들하고 의기투합했다. 악당들은 리스케가 불량소년이라도 도시에 익숙지 않은 점을 노려서 친절하게 대해주고 그의 돈을 모두 탕진시켰다. 리스케는 술 마시는 법, 화투 놀이를 하는 법, 자진해서 여자 놀이하는 법을 배웠다. 5천 엔이라는 돈은 해협에 빨려 들어가는 물살처럼 한순간에 사라졌다.

(1917. 9. 16.)

제69회

돈이 궁해지자 고향에 있는 부동산을 관리하는 변호사에게 편지를 써서 점점 그것들을 팔게 했다. 산림과 밭이 하나둘 리스케의 손에서 빠져나가 지금 남아 있는 거라곤 커다란 저택 하나밖에 없다. 리스케는 때때로 변호사에게 편지를 써서 그 저택을 팔아달라고 요구했다. 하지만 아무리 낙후되었다고 해도 다이묘 저택이었기 때문에 매우 광대하다. 시골에서 바로 그런 저택을 사겠다는 부자는 찾아보기 힘들다. 저택은 계속해서 팔리지 않았고 그대로 황폐해지며 세월을 맞았다. 리스케의 경제 사정도 나날이 힘들어 가졌다. 늘 그렇듯 먼저 외상부터 시작해서 나중에는 친구들의 집을 기숙하면서 다녔다. 그것도 계속하기 힘들어졌을 땐 어쩔 수 없이 뭔가 먹고 살기 위해서 일을 해야 했다. 그러나 제대로 된 일자리를 구하려는 목적도 없어 어쩔 수 없이 어느 샌가 불량배들 친구들과 어울려 얼굴이 알려진 걸 빌미로 나쁜 짓을 하고 돌아다녔다. 이렇게 여기저기를 떠돌고 다니다 25년이 지난 어느 날, 문득 돈이 조금 생겨서 고향으로 돌아갈 생각이 들었다. 리스케는 몸가짐을 가꾸고 고향을 향했다.

25년이라는 세월은 시골도 변화시켰다. 리스케는 변한 동네 모습을 바라보면서 여기서 지냈던 젊었던 날을 회상했다. 그때는 자기가 말을 타고 여기를 지나갈 때마다 마주치는 사람들 모두가 모자를 벗고 머리를 숙였다. 그렇지 않으면 뭔가 친근한 인사말을 건네고 지나갔다. 오늘은 갈색 말을 타고 이 거리를 지나갈 때 아는 사람이 한 사람도 없었다. 지나가는 사람들은 모두 의심스러운 표정으로 그의 뒷모습을 훔쳐보고 지나갔다. 리스케는 이런 감회에 빠지면서 지금도 여전히 나무 그늘에 세워져 있는 옛 하인 주고의 집을 찾아갔다.

안내를 받고 나온 남자의 얼굴은 처음 보는 얼굴이었다. 리스케는 조금 경계를 하면서 물었다.

"주고는 어디 있느냐? 옛 구라베 가의 하인이었다."

남자는 이상한 표정을 지었다.

"주고는 죽었습니다. 벌써 5년이 지났습니다."

"아, 아, 죽었구나. 안타깝게도. 나는 구라베 리스케다"

"아, 후작님."

성실한 남자는 당황해하면서 불현듯 엎드려 절을 했다.

"주인님이셨군요. 제가 아무리 얼굴을 모른다고 해도 큰 실례를 저질렀습니다. 저는 주고의 아들 무쓰다(六太)입니다. 아, 아. 아버지가 살아계셨다면 얼마나 기뻐하셨을까요. 하지만 걱정하지 마십시오. 제가 있으니까 불편하시지 않게 모시겠습니다."

정직한 이 청년은 주인이 긴 방랑의 여행에서 돌아와서 이 영토에 다시 안주하리라 생각한 거 같다. 그는 이미 신이 나서,

"후작님, 주인님. 잘 돌아오셨습니다. 그리고 이런 누추한 곳에 일부러 찾아와주셔서 송구스럽습니다. 자, 애들아, 어서 빨리 와서 후작

님께 인사드리지 못할까."

아내와 자식들을 불러 인사를 시키는 둥 난리를 쳤다. 리스케도 정상적인 주인님 노릇을 했다. 구 영주님이 돌아오셨다는 소문이 전광처럼 온 동네에 퍼졌다.

"저택은 어떻게 됐느냐?"

리스케가 묻자 무쓰타는 머리를 여러 번 조아렸다.

"네, 네. 그건 저희가 관리하고 있었습니다만, 많이 파손돼서 지금은 많이 관리할 수 없는 상태입니다. 안을 보시려 해도 대문 이외에는 열쇠가 들어가지도 않습니다."

그렇게 말하면서 허리에 찬 주머니에서 조심스럽게 대문 열쇠를 꺼내더니 옛 주인 손에 넘겼다.

(1917. 9. 17.)

제70회

가서 보니 실로 시간이 물건을 파괴하는 힘은 놀라웠다. 그렇게나 웅장했던 다이묘의 저택도 지금은 지붕이 기울고 벽이 무너져 있었고, 방은 모두 먼지와 짐승들의 배설물로 차 있었다.

"이런 폐가를 살 사람이 있을까."

리스케의 혼잣말을 들은 무쓰타는 자기 귀를 의심할 정도로 놀라고 어이없어했다. 시골 사람의 순박한 마음에는 주인이 대대로 물려받은 집을 팔려는 것이 마치 가문을 더럽히려는 것처럼 느껴졌기 때문이다. 무쓰타는 괘씸하다며 분노했지만, 그렇다고 아버지 주고와 달리 주인한테 자기가 생각한 걸 직언할 용기는 없었다.

"네, 그건 가격에 달려있습니다. 사겠다는 사람이 없는 건 아닙니다."

"사겠다는 사람을 지금 바로 찾을 수 있을까?"

"한 명 그런 사람이 있긴 있습니다. 가자지로(風次郎)라는 남자인데 어디 외지에서 온 사람입니다만, 주인님 혹시 아십니까? 저기 치부리 님의, 이름이 뭐라 했더라, 그래, 그래 쓰요시 공주. 그분을 모시던 미호조라는 여자의 남편입니다."

리스케에게 그런 여자에 대한 기억에 없었다. 하지만 어쨌든 그 남자를 한 번 만나보기로 하고 그 집으로 찾아갔다.

가면서 이야기를 들어보니 무쓰타는 가자지로에 대해서 좋게 생각하고 있지 않았다. 가자지로가 미호조랑 부부가 된 것은 12년 전이었고, 미호조는 그때 거의 쉰에 가까운 나이였는데 가자지로는 겨우 서른이었다. 이 결혼이 사랑 때문이 아니라 돈 때문인 것은 명백했다. 그리고 과연 그는 부부가 되고 1주일도 채 지나지 않아 어디선가 정부를 데리고 왔다. 그리고 둘이서 미호조를 하녀처럼 부려 먹었다. 그래도 악운에 강한 남자인지 미호조의 비자금으로 도박을 친 것이 대박 나서 지금은 벼락부자 반열에 올랐다. 즉, 구라베의 저택을 살 정도의 돈이 생긴 것이다.

옛 영주인 후작이 방문해주었다는 것은 벼락부자인 가자지로에게는 명예로웠다. 그는 갑자기 들이닥친 손님에 당황하면서도 고분고분 손님을 맞이하고, 부엌에서 일하고 있던 미호조는 구라베의 도련님이라는 말을 듣고 놀라 일어섰다. 그리고 넋을 잃은 것처럼 거실로 뛰어나왔는데 남편이 가차 없이 노려보자 목까지 나온 말을 삼켰다. 그래도 아쉬운 듯 망설이고 있으니 가자지로는 못마땅한 듯이 혀를 찼다.

"어이, 어서 영주님께 한 잔 마실 거라도 준비해야지. 이 눈치 없는 멍텅구리 여편네 같으니라고."

남편한테 더러운 욕을 들은 미호조는 놀라 부엌으로 돌아갔다가 얼마 후 포도주병에 술잔 두 잔을 엉거주춤 갖고 왔다. 그리고 여전히 뭔가 말하고 싶은지 빤히 후작의 옆얼굴을 쳐다보고 있었다. 둘은 그런 미호조는 상관하지 않고 한잔하면서 저택의 매매에 관한 담판을 시작했다.

(1917. 9. 18.)

제71회

여러 가지 흥정과 속셈이 난무하다가 결국 리스케는 이천육백 엔으로 저택과 토지를 가자지로에게 넘기기로 약속했다. 드디어 거래가 성사되자 가자지로는 축하하기 위해서 한 잔 더하자고 하고 부엌으로 술상을 가지러 갔다. 그 틈을 이용해서 미호소는 서둘러 리스케 곁으로 몰래 다가갔다.

"저기, 도련님. 오늘 밤 부디 마당에 있는 밤나무 아래로 와주세요. 정말 중요한 사실을 말씀드려야 합니다."

리스케는 수상하게 여겼지만 되물을 틈도 없었다. 미호조는 남편

발소리가 들리기 시작하자마자 황급히 옆방으로 숨어버렸다.

돈의 수수도 아무 문제없이 끝나자 리스케는 작별 인사를 하고 그 집을 나갔다. 하지만 그는 오늘 밤 밤나무 밑에서 볼 밀회에 이상하게 마음이 끌렸다. 무엇보다 그는 한밤중에 나무 밑에서 누군가를 만나는 걸 꺼림칙하게 생각할 그런 남자가 아니다. 그는 그날 밤 약속대로 나무 밑에 도착했고, 기다리다 지친 미호조는 그에게 다가가서 목소리를 낮추고 말했다.

"무엇보다 도련님, 형님은 어떻게 지내시나요?"

'바보같이 시시한 소리나 하고 있네.' 하고 리스케는 일부러 거기까지 간 것을 후회했다.

"어떻게 지내시다니, 형님은 돌아가셨는데."

"아니요."

미호조는 반박했다.

"당신은 분명히 형님이 살아계신 걸 알고 계시죠. 정말로 형님 같은 사람은 없습니다. 그때 그분은 강을 헤엄쳐 건너셨어요."

"바보 같은 소리 하지 마. 그건 네 꿈에서나 그러겠지."

"아니요. 사실입니다. 그리고 어쨌든, 형님에게는 아드님도 한 분 계십니다."

"말도 안 돼. 네놈이 머리가 어떻게 된 모양이구나."

"아니요. 머리는 멀쩡합니다. 정말로 형님에게는 아드님이 한 분 계셔요. 그 아드님의 어머니는 저희 쓰요시 공주입니다. 네, 제가 출산 때부터 줄곧 함께 있었기 때문에 틀림없습니다."

리스케가 생각지도 못한 놀라운 사실에 망연 질색하고 있으니 미호조는 기운을 내서 지난날의 자초지종을 말하기 시작했다. 가즈토시가 사람들을 피해 강을 헤엄쳐 건넌 것과 공주와의 이별한 것, 어머니 백작의 분노와 런던에서 출산을 한 것, 그렇게 태어난 아이는 남자아이고 라이타로라고 이름 붙였지만 곧 바로 다른 사람에게 줘버리고 그 후로는 연락이 끊겼다는 것과 그 양부모는 런던 외곽 시골 마을의 농부이고 성이 무엇이라는 사실까지도……. 미호조는 순서도 헷갈리지 않고 날짜도 어렵지 않게 기억해서 이야기했다. 이런 일에 관해서는 배우지 못한 아녀자의 기억이 오히려 무서울 정도이다.

　이십 몇 년간 주인한테 일어난 이 중요한 사실들을 자기 가슴 하나에 숨겨온 것은 미호조에게 여간 힘든 일이 아니었다. 출산 때 백작 부인한테 엄중히 입단속을 당해서 자기도 절대로 입 밖에 내지 않겠다고 하느님께 맹세했기 때문에 지금까지 아무한테도 말하지 않고 입 다물고 있었다. 하지만 그 소중한 공주님이 낳은 아이에 대해서는 하루라도 잊은 적이 없었다. 그러나 오늘 가즈토시의 아우 리스케의 모습을 보자 더는 참기 힘들어서 미호조는 그 자초지종을 단숨에 쏟아냈다. 그리고 무거운 짐을 내려놓은 것처럼 마음이 편해졌다. 처음 형의 비밀을 듣고 놀란 리스케가 뭐라고 말대꾸를 해야 할지 좋은 생각이 떠오르기도 전에 집 안에서, 어이 할망구, 하고 남편의 쉰 목소리가 우렁차게 들렸고, 젊은 여자 목소리가 들렸다. 미호조는 서둘러서 리스케를 그곳에 내버려둔 채 부엌으로 뛰어 들어갔다.

(1917. 9. 19.)

제72회

　겨우 미호조의 이야기를 이해한 리스케는 집으로 돌아가는 길 내내 깊은 생각에 잠겼다. 형이 예기치 못한 비밀을 남기고 갔다. 듣자 하니 형과 약속한 쓰요시 공주는 그 뒤 은행가인 야스베라는 부자한테 시집가서 호강하며 살고 있다고 한다. 그 형의 사생아라는 애를 찾아서 그놈을 잘 이용하면 또 재미있는 일이 벌어질 거 같군. 하지만 잠깐 기다려봐. 형의 사생아를 그런 일에 이용하는 건 너무 죄짓는 일인가. 에이, 뭐 어때. 모처럼 하늘에서 내려주신 돈줄인데, 상관있겠어. 해버리자. 그렇게 결심하고 리스케는 그날 밤 바로 준비를 마치고 런던으로 갔다.

＊　＊　＊　＊　＊　＊　＊

　쓰요시 공주가 야스베 가에 시집을 와서 올해로 23년이 된다. 23년 동안 쓰요시 공주는 더할 나위 없이 행복하게 살았다. 옛사랑을 떠올리면 어쩔 수 없지만, 그것만 잊고 지내면 남편은 사랑해 주고 집에는 돈이 있고 류사쿠, 도시오 라는 두 아이마저 낳고 가정은 남부러울 만큼 화목하였다. 그사이에 단 한 번 공주가 눈물을 흘린 것은 이 집에 시집을 와서 4년째 되는 해의 겨울, 어머니 백작 부인이 돌아가셨기 때문이다. 어머니는 딸을 야스베한테 시집 보낸 것이 자랑이어서 항상 자신이 보는 눈이 있다고 자랑스럽게 생각하고 죽을 때도 그 자랑을 하셨다.

　"여봐, 이 어미 말 듣길 잘했지? 뭐든지 엄마 말만 잘 들으면 문제

가 없단다. 라이타로 일도 앞으로 조심해서 절대로 남편한테 들켜서
는 안 된다."

쓰요시 공주가 나이 먹어도 남편의 사랑은 식지 않았다. 때때로 남
편이나 아이들이 집에 없을 때도 있지만 그럴 때는 곁에 남편의 조카
이자 고아라서 어릴 때부터 데리고 자식처럼 키운 시오리라는 아가
씨가 있었다. 이런 가족에 둘러싸여서 쓰요시 공주는 지금까지 단 한
번도 외롭다고 느낀 적이 없었다.

쓰요시 공주는 하루하루 현재 상황에 만족하며 살았다. 그리고 옛
날 일은 꿈에서 본 것처럼 아련하게 가슴속 깊이 남아 있을 뿐이었다.
그런 평화로운 나날이 어느 날 불쑥 무참하게 깨지고 만 것이다.

어느 날 남편이 중요한 용건으로 시골로 출장을 간 다음이었다. 우
편 한 통이 공주에게, 아니 이제는 젊고 아리따운 공주가 아니니까 중
년이 된 야스베 부인 손에 도착했다. 아무 생각 없이 봉투를 열어보니
다음과 같은 내용이 적혀 있었다.

'전략. 내일 오후 두 시부터 세 시 사이에 댁으로 방문하겠습니다.
시간을 많이 뺏지는 않겠으니 잠시 만나주시면 감사하겠습니다. 자세
한 내용은 만나 뵙고 말씀드리겠습니다.'

부인은 무슨 일인가 싶으면서 보낸 이의 이름을 보고 '어머' 하면
서 가슴이 쿵 하고 가라앉는 느낌이 들었다. 구라베 후작이라고 쓰
여 있지 않은가. 너무나 예기치 못한 상황에 부인은 두세 번 아니 열
번이나 그 편지를 다시 읽어봤다. 어떨 때는 이게 꿈이 아닌가 싶어
서 작은 목소리로 소리 내서 읽어보면서 미친 듯이 구라베, 구라베하

누구   187

고 반복했다. 조금 지나자 심란했던 마음도 가라앉고 부인은 '구라베라고 쓴 걸 보면 분명히 가즈토시님이 틀림없을 거야. 그분이라면 그 친절한 가즈토시님이라면 지금 만나 뵈어도 걱정할 일은 없을 거야. 가즈토시님이라면 사정을 잘 말씀드리고 그때 주신 유품인 작은 상자를 돌려드리면 돼. 사정을 알면 그분이라면 절대 화내시지 않을 거야.' 이렇게 말하고 자기 자신의 불안감을 가라앉히려 했다.

(1917. 9. 20.)

제73회

하나 곤란한 것은 그의 아들인 라이타로의 일이다. 그 아이가 태어난 사실을 가즈토시 님에게 말해야 할까. 말씀드리면 나 뿐 아니라 지금의 남편이나 자식들한테까지 영향을 미친다. 그런 생각을 하면 말 못 할 거 같다. 그렇다면 말하지 말고 숨길까. 하지만 숨긴다면 그건 죄를 짓는 일이다. 모처럼 태어난 귀한 애를 낳자마자 남한테 줘버리고 엄마다운 일은 무엇 하나 해준 적이 없는데, 게다가 진짜 아버지의 이름과 사랑마저 앗아간다니 너무 불쌍하지 않겠는가. 이를 어쩜 좋담. 부인은 밤새 생각에 잠겼다. 하지만 결국 아무런 해결책을 찾지 못하고 다음 날이 되었다.

다음 날이 되자 진짜로 구라베 후작이라는 손님이 찾아왔다. 응접실로 향하는 사이 부인은 20년 전 그렇게 서로의 훗날을 기약하고 헤어진 애인을 20년이라는 세월 속에서 변한 모습으로 만날 걸 생각하니 가슴이 꽤 동요했다. 드디어 그를 만나고 그녀는 또 다시 놀랐다. 응접실에서 기다리고 있는 손님, 그러니까 머리에도 수염에도 흰털이 섞여 희끗희끗한 이 손님의 그 어디에도 그리웠던 가즈토시의 모습을 찾을 수 없었다. 아무리 세월이 지나 변했다 하더라도 가즈토시다운 모습이 전혀 없는 것이다. 손님은 부인의 생각을 읽었는지, 자기가 먼저 입을 열었다.

"사모님, 저는 가즈토시가 아닙니다. 동생 리스케입니다."

부인은 '하' 하고 가슴을 쓸어내렸다. 리스케라면 도대체 어떤 용건으로 갑자기 나를 찾아온 거지, 고민할 틈도 없이 손님은 의자를 바짝 가까이 가져왔다.

"무엇보다 사모님, 여기서 얘기를 나누면 누가 엿듣지는 않을까요?"

부인은 일부러 약한 모습을 보이지 않으려고 했다.

"왜요? 어떤 일이든 하늘이 알고 땅이 안다고 하지 않습니까."

"사모님, 용건이 있는 건 제가 아닙니다. 당신이지요."

험악한 말에 부인은 뜨끔 했지만, 여전히 약한 모습은 보이지 않았다.

"그런 일이라면 걱정하실 필요 없습니다. 자, 어서 말씀해보세요."

부인이 재촉하자 리스케는 목소리를 가다듬었다.

"사모님, 제 형은 돌아가셨습니다. 돌아가시면서 모든 일을 저에게 고백했습니다."

리스케는 여기서 말을 끊고 부인의 얼굴을 쳐다봤지만, 부인은 움직이지 않고 아무렇지 않게,

"네, 그래서요."

라며 이야기를 재촉했다. 리스케는 뭔가 아쉽다고 느꼈다.

"사모님, 저는 뭐 이제 와서 형이 그렇게 방랑하면서 살게 된 원인

까지 들춰내려는 생각은 없습니다. 하지만 사모님, 당신은 당신의 명예를 지키기 위해서 자신의 명예를 희생한 제 형을 벌써 잊으셨나요?"

이런 협박조의 말에도 부인은 동요하지 않았다. 리스케는 계속했다.

"잊으셨나요? 사모님. 그렇다면 어쩔 수 없군요. 옛날 일부터 시작하지 않으면 안 되겠군요. 사모님, 제 형은 당신과 사랑하는 사이이지 않았습니까."

부인은 엄한 표정을 지었다.

"실례지만 당신. 말씀이 너무 지나치시군요."

"하하하."

리스케가 웃었다.

"이러셔 봤자 입니다. 사모님. 저는 형한테 전부 들었으니까요."

'전부'라고 말해봤자 가즈토시는 그때 내가 임신한 줄 모른다. 리스케도 물론 그걸 알 리가 없다. 그렇게 생각한 부인의 태도는 여전히 강했다. 부인은 쓱 자리에서 일어섰다.

"실례지만 저한테는 남편도 있고 다 큰 자식도 있는 몸입니다. 설령 제가 과거에 댁의 형님하고 어떤 관계가 있었다고 하더라도 그건 이미 20년 전에 서로 젊었을 때의 옛날 꿈같은 얘기입니다. 저는 그런 일은 20년 전에 이미 싹 나 잊어버렸습니다."

"정말 잊으셨나요?"

"네, 잊었습니다."

"네, 알겠습니다. 그럼 사모님 그때 배 속에 있던 아이도 잊으셨나요?"

부인은 움찔했다.

(1917. 9. 21.)

'안 되겠네. 다 알고 있는 거야.'

부인은 당황하기 시작했다. 리스케는 옳거니 하고 다가와서 말을 이었다.

"그 아이도 잊으셨습니까? 당신과 제 형 사이에서 낳은 아이도."

부인은 겨우 용기를 되찾고 입을 열었다.

"아이라니요. 모두 거짓말이에요."

"거짓말이 아닙니다. 그 라이타로, 라이타로 말입니다. 당신과 당신 어머니가 잘 꾸며서 사람 눈을 속이려고 하셨죠. 하지만 사모님, 하늘은 당신들보다 한 수 위입니다. 하늘의 배제라는 말을 아시는지요. 형은 오랜 방랑의 여행에서 돌아왔습니다. 그리고 런던으로 흘러가더니 어디에나 있을 법한 청년을 만났습니다. 둘은 이야기를 나눴고 그 청년이 라이타로였습니다. 그리고 자기와 당신 사이에서 생긴 아이라는 걸 알았습니다."

부인은 숨도 못 쉬었다. 리스케는 점점 세를 몰아갔다.

"형은 그 사실을 알고 바로 라이타로를 양부모한테서 데리고 왔습니다. 그러나 형은 병에 걸렸습니다. 돈이 없으니까 물론 먹을 수가 없었습니다. 동생인 저도 부끄럽습니다만, 몇 푼 안 되는 연금으로 살고 있습니다. 둘 다 어찌할 수가 없었습니다. 형은 자기가 죽은 후 홀로 남겨질 라이타로가 걱정돼서 견딜 수가 없었던 거 같습니다. 어느 날 밤 저를 부르더니 당신과의 사이를 자백했습니다. 그리고 당신이 지금 파리에 있는 부자한테 시집을 갔다, 본성이 착한 여자니까 설마 나나 자기 자식을 잊지는 않겠지, 그녀를 만나서 자식을 부탁한다고 잘 전해 다오, 그 녀석이 불쌍해서 안 되겠다, 라며 병으로 야윈 손으로 저를 붙잡고 몇 번이고 라이타로를 당부하고 부탁했던 겁니다."

긴 이야기를 늘어트린 다음 리스케는 부인의 얼굴을 살폈다.

"사모님, 제가 그래서 오늘 아침 이렇게 찾아뵙게 된 것입니다."

보통이면 부인은 리스케 앞에 무릎 꿇고 솔직하게 마음의 무게를 고백하고 어떻게든 응급처치를 했을 텐데, 이때는 너무나도 갑작스러운 이야기라서 정신을 못 차렸고, 무엇보다 남편이나 아이들에게 숨겨야 한다는 것만 신경 썼다. 부인은 어디까지나 시치미를 뗄 생각으로 있었다.

"모처럼 이렇게 와주셨지만, 제가 해드릴 수 있는 일은 없는 거 같습니다. 네, 이십 수년 전 형님과 저 사이에는 다소의 일은 있었습니다. 하지만 현재는 아무런 인연이 없습니다. 그때 형님한테서 받은 작은 상자는 지금까지 소중히 잘 간직하고 있습니다만, 당신이 와주셔서 다행히 지금 여기서 당신께 그걸 드릴 수 있게 됐네요. 실은 지금까지 형님께서 왜 그걸 받으러 오지 않는지 신기하게 여기고 있었습니다."

그렇게 말하고 리스케가 뭐라고 말하기 전에 주머니에서 유품인 작은 상자를 꺼내서 리스케 앞으로 밀었다. 리스케는 조금 당황했다.

"잠시만요. 상자는 형님께서 다 생각이 있으셔서 그러셨겠죠."

대답을 기다리지 않고 부인은 의자에서 일어섰다. 리스케는 부인이 그렇게 나가려는 모습을 보고 화가 나서,

"쓰요시 님, 아니 야스베 사모님."

이라고 불렀지만, 부인 귀에는 아무 소리도 들리지 않는 듯했다. 리스케는 눈을 부리나케 뜨고 그녀를 저주했다.

'어디 두고 보자. 대가는 톡톡히 치르도록 하지.'

(1917. 9. 22.)

제75회

리스케를 화나게 했다고 생각하니 부인은 느낌이 안 좋았다. 그리고 이 십 몇 년간 잊으려고 한 것도 아니지만 잊고 지냈던 라이타로의 소식을 듣고는 그 처지가 한없이 가여워서 '어떻게든 도와주고 싶다'라는 생각이 가슴에 차올랐지만, 방법이 없었다. 아예 남편한테 사실대로 말하고 도와달라고 해 볼까. 남편이라면 분명 부탁을 어렵지 않게 들어줄 거다. 하지만 이십 몇 년간 믿고 사랑한 부인한테 이런 과거가 있다는 사실을 알면 얼마나 실망할까. 집안 식구들이 알게 되면 어떻게 생각할까. 만약 아이들이 알게 된다면 당연히 엄마를 부끄럽게 생각하지 않을까. 이런 생각을 하면서 며칠을 지새웠다.

부인의 모습은 그 후로 많이 변했다. 예전의 얌전하고 상냥한 부인의 모습은 어디론가 사라지고 요즘에는 현관의 초인종 소리만 들려도, 복도를 걷는 발걸음 소리만 들려도 벌벌 떨면서 최근에는 방문을 걸어 잠그고 방에서 나오질 않았다.

쓸데없이 사람들 눈치를 보고 사람만 보면 침울해하고 혹시나 자신이 없는 사이에 구라베가 오면 어쩌나 하는 걱정에 일체 외출을 삼갔다.

하지만 그 후로 구라베는 한 번도 나타나지 않았다. 무슨 일인가 싶어서 신경이 쓰이기 시작할 때쯤에 편지가 왔다. 보통 사람이라면 절대로 읽을 수 없을 정도로 심하게 휘갈겨 쓴 글씨로 자기가 아파서 못가니까, 제발 부탁인데 숙소까지 와달라는 내용이 쓰여 있었다. 어떤 상황인지 몰라서 혼자 끙끙 걱정하는 것보다 이렇게라도 소식을 알고 있는 편이 고마웠다. 부인은 그를 찾아가기로 했다. 그리고 상대방이 보낸 편지는 태워버렸다.

다음 날은 상황이 좋지 않았다. 부인의 마음은 급했지만, 하루 연기하기로 했다. 그리고 최대한 사람들 눈에 띄지 않는 옷을 고르고 가능한 얼굴을 가릴 수 있는 모자를 골라 깊게 눌러쓰고 옷깃을 세워서 나갔다. 부인이 야스베 가에 시집온 이후 남몰래 밖에 나가는 건 이번이 처음이다. 집에서 몇 블록이나 떨어진 넓은 도로에서 마차를 주워타고 알려준 곳으로 갔다. 가는 도중에도 사람들을 만날까 걱정이었고 도착해서도 가능한 사람들 눈을 피하도록 하면서 겨우 리스케의 방으로 안내받았다. 정신을 차리고 보니 어느 새가 온몸에서 식은땀이 흐르고 있었다.

(1917. 9. 23.)

제76회

방으로 들어온 부인은 다시 움찔했다. 방의 주인은 리스케가 아니라 나이가 스물여섯, 일곱 정도로 보이는 청년이었다. 부인은 방을 잘못 들어온 줄 알고 멋쩍게,

"실례했습니다. 구라베 씨가 여기 계신 줄 알고."

라며 사과하자 청년은 정중하게 머리를 숙였다.

"아니요. 여기가 맞습니다. 자, 앉으세요."

부인이 어떡할까 망설이는 모습을 보고 청년은 망설일 틈도 주지 않고 말을 이었다.

"실례지만, 당신은 야스베 사모님이시죠?"

부인은 가볍게 고개를 끄덕였다. 그리고 자기 이름이 이미 구라베를 통해서 다른 사람한테 알려진 것을 알고 깜짝 놀랐다.

청년은 더 친절한 목소리로 말했다.

"사모님, 괜찮습니다. 정말로 마음 놓으셔도 됩니다. 구라베가 마중을 나오려고 했습니다만, 일이 생겨서……."

"그래도 그분이 저를 꼭 만나서 할 이야기가 있으신 거 같았는데,"

"아니요. 그 편지를 쓸 때는 다른 생각이 있었는데 그게 오늘 바뀌게 되어서요."

"어머, 그럼 그분 생각이 바뀐 건가요?"

"그렇습니다. 처음 생각을 접으신 겁니다. 사모님도 알다시피 구라베는 처음부터 당신을 곤란하게 할 생각이 있었던 건 아닙니다. 전에 당신이 너무 고집을 부리셔서 그렇습니다. 구라베 쪽에는 확고한 증거가 있는데 당신이 모른 척을 하셔서 그랬습니다."

그렇게 말하고 청년은 손을 뻗어서 책장에서 뭔가 서류 같은 걸 꺼냈다.

"사모님, 이처럼 증거를 갖고 있습니다. 이것은 사모님이 출산하셨을 때의 산파와 의사의 편지, 이것은 양부모의 편지, 수수료 영수증. 이보세요. 모두 갖추고 있잖아요. 이건 내가 구라베한테 부탁해서 받아 온 거예요. 제가 이것을 받아 온 이유는, 아니······. 사모님, 제가 이런 말씀을 드리면 구라베가 화낼지도 모르겠지만······."

이렇게 말하고 청년은 갑자기 그 서류 뭉치들을 꺼내서 눈 깜짝할 사이에 난로에 던져서 태웠다. 그리고 꼬챙이로 서류뭉치들이 잘 타도록 꾹꾹 눌러서 순식간에 잿더미가 되었다.

(1917. 9. 24.)

제77회

"이걸로 이젠 증거는 없어졌습니다. 라이타로를 모르신다고 말씀하실 셈이면 얼마든지 그러실 수 있습니다."

부인은 청년이 말하고자 하는 말을 이해했다. 그와 동시에 가슴을 치고 올라온 감정 때문에 자기도 모르게 말을 걸었다.

"라이타로, 네가 라이타로지?"

이렇게까지 자기를 위해주는 청년은 라이타로가 아니면 안 된다. 부인의 목소리에 응해서 청년은 맞은 것처럼 부인에게 달려가 말했다.

"라이타로입니다. 어머니 라이타로예요."

청년은 말하면서 부인에게 매달렸다.

생각해보면 27년간 억지로 떨어져 지냈던 모자가 지금 이상한 재회를 한 것이다. 서로 얼굴은 몰라도 정은 통한다. 모자는 서로 꼭 껴안고 그사이에 아무 말도 없었지만 잠시 후 라이타로는 어머니를 향해서 입을 열었습니다.

"어머니, 며칠 전 삼촌이 어머니 댁에 갔었다고 그러시던데요. 저는 어제 처음 그 이야기를 듣고 놀랐습니다. 저는 가난하지만, 어머니를 곤란하게 할 생각은 전혀 없습니다. 돌아가신 아버지도 그럴 생각은 전혀 없으셨습니다. 아버지가 가끔 제 손을 이끌고 어머니 집 앞을 지나갔습니다. 그러면서 '라이타로 저게 너희 어머니가 사는 집이야.'라고 알려주셨습니다. 가끔 거리 모퉁이에 숨어서 어머니가 훌륭한 의상을 입고 자동차를 타시는 걸 훔쳐보곤 했습니다. 아버지는 우리가 이런 모습으로 어머니 앞에 나타나면 어머니가 곤란하실 거라고 어머니 앞에 나타나지 않으신 겁니다. 저와 아버지는 뒤에서 어머니가 너무 그리워서 견딜 수 없었습니다만, 앞에 나타나서 어머니를 곤란하게 할 생각은 전혀 없었습니다. 삼촌이 그렇게 찾아가셔서 결국 어머니와 이렇게 됐습니다."

야스베 부인은 지금까지 느껴보지 못한 그리운 감정으로 가슴이 벅차 계속 눈물을 흘렸다. 그동안 잊고 지냈던 오래 전의 일들이 옛 영화처럼 다시 회상되었다. 지금까지 그렇게 소중하게 여겼던 남편과 시오리 양, 그리고 두 아들도 지금은 전혀 떠오르지 않고 마침 천국에서 흘러나오는 목소리인 양 라이타로의 이야기를 듣고 있었다.

라이타로는 계속했다.

"어머니, 삼촌이 지금 경제적으로 너무 힘드셔서 어쩔 수 없이 어머니를 찾아가신 거예요. 실은 아버지도 저도 가난했습니다. 어머니는 부자라고 들었습니다. 하지만 저는 어머니한테서 돈을 받을 생각은 없습니다. 그 대신 어머니, 저는 어머니한테 조금 응석을 부리고 싶습니다. 어머니 그래도 괜찮죠? 앞으로는 어머니를 볼 수 없는 일은 없었으면 좋겠어요. 저는 그거 말고는 바라는 게 아무것도 없습니다."

부인은 처음에 라이타로를 만나는 걸 두려워했다. 지금 와서 돌이켜보면 그렇게 두려워했던 자기가 원망스러워 죽을 것 같았다. 부인은 라이타로를 꼭 안고 눈물을 흘렸다.

부인은 그리고 나서 라이타로가 지금까지 어떻게 살아왔는지 물었다. 라이타로도 숨기지 않고 자신의 이야기를 풀어놓았다. 어렸을 때는 자기도 세상의 다른 가난한 집 아이들과 똑같이 자랐다고, 양부모가 예뻐해 주신 덕분에 교육도 가난한 집에서 받을 수 있는 데까지 받았다고, 열여섯 살 때 수습생으로 간 곳에서 우연히 아버지를 만나 아버지가 자신을 양부모로부터 데리고 왔다고, 아버지의 사랑에 부족함은 없었지만 항상 어머니가 없어서 외롭게 살았다고, 무엇보다 아버지가 돌아가시고 나서 사무치게 쓸쓸했다고.

(1917. 9. 26.)

제78회

이야기를 어느 정도 마치자 라이타로는 목소리에 힘을 주고 덧붙였다.

"하지만 이것도 다 지난 일입니다. 지금까지 어땠든지 간에 이렇게 어머니를 만나고 힘든 건 다 잊어버렸습니다."

이야기에 집중하던 야스베 부인은 시간이 지나는 것도 잊어버린 듯, 벌써 일곱 시네요, 라는 라이타로의 말에 깜짝 놀랐다. 이렇게 집을 오래 비워두면 가족들이 이상하게 생각할 것이다. 부인은 급하게 떠날 준비를 했다.

라이타로는 매달리듯이 말했다.

"어머니, 어머니, 또 뵐 수 있을까요?"

"그럼요. 몇 번이라도 만나요. 매일. 내일이라도."

그렇게는 말했지만, 현재 자신의 처지로는 마음대로 하기 힘들다는 얘기도 했다. 지금까지 자유롭지 못하다고 생각한 적은 없지만, 지금은 자유롭지 못한 자신의 처지가 아쉬웠다. 부인은 라이타로에게 마음을 남긴 채 집으로 돌아갔다. 집안사람들은 부인이 돌아올 때까지 저녁 식사를 기다리고 있었다.

야스베 부인의 행동은 그날을 계기로 점점 변하기 시작했다. 지금은 이미 남편을 잊은 지 오래고 아이들 신경은 안 쓰고 하루라도 라이타로네 집에 가지 않는 날이 없었고, 그때마다 항상 그의 처지를 동정했다. 자신이 낳은 아이들이지만 야스베의 두 아이가 풍족하게 생활하고 있는데 반해, 소중하고 귀여운 라이타로는 이렇게나 가난하게 생활하고 있구나. 그렇게 생각하자, 부인은 야스베의 두 아들이 얄밉기까지 했다. 그만큼 부인은 라이타로를 어여뻐했다. 그리고 자기가 야스베라는 부자의 아내인 걸 원망했다. 그렇지 않고 자신이 자유로운 몸이었다면 바로 라이타로네 집으로 달려가 함께 가난한 생활을 살 수 있을 텐데. 부인은 그런 생각도 했다.

이처럼 생각이 바뀌자 행동도 바뀌었다. 남편이나 아이들은 아직 아무 눈치를 채지 못한 것 같았다. 조금이라도 그녀의 변화를 눈치 챈 것은 시오리 양뿐이었다. 시오리 양은 부인이 처음 라이타로네 집에 갔다 돌아온 밤부터 이상하다고 느꼈는지, 매일 부인을 따라다니면서 때로는 쓴 소리를 하기도 했다.

부인은 곤란해졌다. 그리고 지금까지 눈에 넣어도 아프지 않을 정도로 귀여워했던 시오리 양이 얄밉기보다는 귀찮고 걸리적거렸다. 어떻게든 그녀를 멀리 보내려고 고심한 부인은 문득 좋은 생각을 떠올렸다. 그녀를 빨리 시집을 보내버리면 어떨까.

다행히 아가씨와 남편 은행의 출납 담당인 스즈토미는 최근 2년간 서로 좋아해서 교제하고 있었다. 저 둘을 빨리 결혼시켜서 시오리를 이 집에서 내보내는 것이다. 시오리만 없으면 이 집에서 누구도 내 비밀을 캐고 다닐 사람은 없을 것이다. 그게 좋겠다. 그렇게 생각한 부인은 곧바로 시오리를 불렀다.

"시오리야, 너는 스즈토미 씨한테 시집가고 싶니?"

갑작스러운 질문에 시오리는 얼굴을 붉혔다.

"숙모님……."

"아니, 솔직히 말해도 괜찮아. 스즈토미 씨라면, 큰아버지도 나도 반대하지 않아요. 너도 시집갈 나이도 됐고, 너만 괜찮다면 빨리 일을 진행하면 어떨까 싶어서. 이 일은 내가 큰아버지한테 말씀드려볼게. 알겠지. 큰아버지도 분명히 찬성하실 거야."

소녀는 붉어진 얼굴을 소매로 가린 채 살짝 눈에 감정을 싣고 말했다.

"숙모님, 감사합니다."

부인은 옳거니, 하고 용기를 냈다.

(1917. 9. 27.)

제79회

부인과 라이타로의 사이는 날이 갈수록 가까워졌다. 부인은 라이타로에게 아버지 가즈토시의 고귀한 모습이 엿보인다고 생각했다. 자기 자식이지만 결백한 이런 훌륭한 아이라면 만약 돈을 준다고 해도 결코 받으려고 하지 않을 것이다. 부인은 말을 꺼내기도 전부터 그 점을 걱정하고 라이타로의 일신에 대해서 구라베에게 의존하기 시작했다.

어느 날 구라베는 부인에게 말했다.

"이렇게 아무 일도 안 하고 지내는 것도 괜찮습니다만, 이제 슬슬 라이타로를 취직시키면 어떨까요?"

"왜 그러세요. 삼촌."

라이타로는 삼촌의 말을 막았다.

"그런 일로 어머니께 걱정 끼칠 필요 없잖아요."

"아니, 그게 내 재산이 있을 때는 아직 괜찮지만, 재산이 없어지면 이런 생활도 할 수 없게 되지."

"그때는 삼촌."

라이타로는 천진난만하게 목소리를 높였다.

"저 자원해서 군대에 들어갈 거예요. 그리고 전쟁터에도 나갈 거고요."

부인은 깜짝 놀랐다.

"어머, 얘야. 너 무슨 말을 하는 거니. 왜 그렇게 위험한 일을……."

"어머니, 저희 가문은 원래 무사 가문이잖아요. 저는 전쟁에 나가서 이름을 알리고 싶어요. 지금 같은 형세라면 언젠가 큰 전쟁이 일어날 테니까요."

"어머 그런 일이."

부인은 자기 자식의 용맹함을 기뻐하면서 그런 날이 오게 돼서 맞이할 이별이 괴롭게 느껴졌다. 부인은 구라베랑 상담해서 무엇보다 빨리 직업을 찾아줄 것을, 그때까지 조금 더 라이타로의 취미와 교육을 위해서 매달 얼마간의 돈을 구라베에게 맡기고 라이타로를 위해서 쓰기로 약속했다.

구라베는 이제 부인한테 있어서 매사에 필요한 인간이 되었다. 그렇게 되자 부인은 어떻게 해서든지 구라베가 자유롭게 집안을 들락날락할 수 있게 하고 싶었다. 부인은 구라베랑 상의해서 어느 날 드디어 그를 친구라는 명목으로 공식적으로 소개했다. 구라베는 오랫동안 사회의 여러 계층을 드나들던 사람이기에 세상사의 쓴맛도 단맛도 다 아는 인간이었다. 야스베 노인의 비위를 맞추는 것 정도는 아무 일도 아니었다. 그는 쉽게 노인의 신뢰를 얻어서 며칠 만에 마음 편히 야스베 집안을 들락날락할 수 있는 인간이 되었다.

구라베는 그로부터 매일 같이 부인을 방문했고 그때마다 라이타로에 관한 소식을 전했다. 구라베는 라이타로에 관한 일을 전할 때마다 이런 말을 했다.

"정말로 피는 못 속이나 봅니다. 라이타로에게는 어딘가 형을 닮은 데가 있어서 도가 넘치는 구석이 있습니다. 그러니까 마음 내키는 대로 하려고 합니다. 돈 씀씀이도 그래서 소위 일확천금(一攫千金)을 노리려고 합니다. 어쨌든 요즘 돈을 너무 허투루 써서 큰일입니다. 저래서는 도저히 제가 감독을 못 하겠습니다."

부인은 자식 편을 들을 좋은 기회가 생겨서 오히려 기쁜 마음으로 엄마의 처지에서 말했다.

"어머, 그 애가 폐를 많이 끼쳐서 죄송해서 어떡하죠. 아직 어려서 그래요. 어쩔 수 없죠. 당분간은 그렇겠지만 조금 지나면 얌전해지겠지요."

(1917. 9. 28.)

제80회

"그야 그렇겠죠. 조만간 고쳐지긴 하겠지요. 하지만 이대로라면 전 많이 걱정스럽습니다. 제 감독 부족이라고 보이는 게 괴롭습니다. 이러면 어떨까요. 사모님. 한 번 당신이 그 아이를 데리고 있으면."

"그건 말도 안 돼요. 어떻게 그게 가능하겠어요."

"못할 건 또 뭐 있겠습니까. 한 번 방법을 생각해보시죠. 당신의 귀여운 자식 일입니다. 집에 데리고 있어서 가까이서 지켜보시는 게 더 좋지 않겠습니까."

"어머, 그러기에는 너무 남편한테 미안해서 어떡해요."

"아니, 이제 와서 미안하다느니, 미안하지 않다느니 그런 말은 해서 뭐합니까. 사모님 그런 걸 따지기에는 너무 늦은 거 같습니다. 이제야 남편에 대한 의리 같은 소리를 하시면. 하하하. 아무리 그래도 당신의 죄는 없어지지 않습니다. 그런 말 하지 마시고, 어디 한 번 제가 하라는 대로 한 번 해 보세요. 그러는 편이 결국 양쪽에 다 좋을 수 있습니다."

아무리 라이타로를 예뻐해도 부인은 그렇게까지 남편을 속이는 게 미안했다. 어디까지나 완고하게 구라베의 권유를 거부하니까 구라베는 결국 화를 냈지만, 그날은 단념하고 그냥 돌아갔다.

그는 다음 날 다시 찾아왔다.

"사모님, 라이타로는 사모님이 꼭 데리고 계시지 않으면 곤란합니다. 아니 뭐, 돈 씀씀이가 이러쿵저러쿵하는 사소한 문제랑 다릅니다. 녀석 때때로 미친놈처럼 굴어서 자칫 잘못하면 외국으로 떠나고 싶어 합니다. 어쩌면 지난번에 들으신 거처럼 자원병이 돼서 먼 타국으로 가버릴지도 모릅니다."

부인은 이 말을 듣고 그건 곤란하다고 생각했다. 소중한 아들에게 그런 일이 일어나서는 안 된다. 부인은 더는 버티지 못했다.

"그럼 어떻게든 해 보죠. 하루라도 빨리 제가 데리고 있지요. 하지만 좋은 방법이 없어 곤란하네요."

"방법은 뭐, 어렵지 않습니다. 제가 친척에게 부탁한 일이라고 하고."

"하지만, 그러기에는 너무."

"안 될까요. 그럼 잠깐. 오, 사모님 좋은 생각이 떠올랐습니다. 이건 신의 한 수 같은 수법입니다. 이건 분명 하늘도 당신이 라이타로를 데리고 있으라는 뜻인가 봅니다. 이런 좋은 생각을 떠올리게 하시다니."

(1917. 9. 29.)

제81회

부인은 어이가 없어서 대답도 않고 듣고 있으니 구라베는 득의양양하게 말했다.

"사모님, 상레미에 당신의 친척분이 계시지요? 그 딸이랑 셋이 사는 과부분."

"하, 야지마 말입니까."

"그래, 그래. 야지마, 야지마. 그 집은 최근 어떤 상황인가요?"

"여전히 가난해서 힘든 상황이지요."

"그렇지요. 당신이 돈을 보태주지 않으면 구빈원(救貧院)에 들어갈 수밖에 없지요."

"어머."

부인은 놀랐다. 이 남자는 자기가 먼 가난한 친척한테 돈을 보내주고 있는 것까지 알고 있다. 그 모습을 보고 있던 구라베는 득의양양한 미소를 띠었다.

"사모님. 죄송하지만 저는 당신에 대해서는 하나부터 열까지 다 알고 있습니다. 그런 줄 알고 앞으로는 제게 거짓말은 안 하시는 게 좋을 겁니다. 그런 친척이 있는 건 야스베 씨도 물론 알고 계시지요? 자세한 가족관계까지는 모르겠지요. 그 점을 이용해서 라이타로를 야지마 성(姓)으로 만들어 버리는 겁니다. 이삼일 후에 상레미로부터 라이타로를 잘 부탁한다는 편지가 올 겁니다. 당신은 그걸 야스베 씨에게 가져다주기만 하면 됩니다."

"하지만 야지마가 그런 일을 승낙할 리가 없습니다."

"사모님, 당신은 어쩌면 그렇게 어리석을 정도로 정직하십니까. 누가 야지마한테 그런 부탁 하겠습니까. 야지마한테서 온 것처럼 보이는 편지를 제가 쓸 겁니다. 그리고 사람한테 부탁해서 상레미에서 부치면 됩니다."

"어머."

"괜찮지 않겠습니까. 당신은 그저 그 편지를 야스베 씨에게 보여주기만 하면 됩니다. 그렇게 하지 않으면 저 귀여운 라이타로가 어딘가에 가버릴지도 모릅니다."

부인은 처음에는 내켜 하지 않았지만 결국 어쩔 수 없이 계획대로 했다. 편지가 도착하고 오 일 후 라이타로는 야스베 집을 찾아왔다.

라이타로는 아무 어려움 없이 좋은 청년이 되었다. 야스베 집에 머물고 채 이틀도 안 돼서 노인의 마음에 쏙 들게 되었다. 류사쿠와 도쿠미 두 아들과 친해진 건 말할 필요도 없다. 게다가 시오리 양과의 약혼으로 매일 밤 놀러 오는 스즈토미와도 둘도 없는 친구가 되었다. 라이타로가 이렇게 집안사람들과 잘 어울리는 모습을 보고 부인은 마음을 놓았고 앞으로 함께 지내는 데 문제가 없으리라 생각했다. 하지만 얼마 후 이것이 섣부른 판단이라는 걸 깨닫는다. 라이타로는 그로부터 며칠 지나지 않아 이미 자기가 부호가 된 것처럼 요릿집 다니기, 도박, 경마에까지 손을 대서 돈을 물처럼 썼다. 그 뒤치다꺼리를 엄마한테 부탁한 건 말할 필요도 없다.

처음에는 부인도 달라는 대로 다 주었지만 이대로라면 도저히 감당할 수 없겠다는 생각이 들었다. 파리에서 제일 잘 나간다는 소리를 듣는 부자도 귀여운 자식한테 돈 뜯겨서 자식을 거절할 수밖에 없다니 꽤 비참한 이야기이다.

(1917. 9. 30.)

제82회

　남편 야스베 씨는 결혼 초부터 부인을 완전히 신용해서 일가의 경제를 그날부터 그녀에게 맡겼다. 부인은 식비서부터 자기 의류 게다가 자선사업에 내는 기부금까지 모두 남편한테 보고하지 않고 자기 마음대로 지출하였다. 더욱이 부인은 따로 비상금을 챙겨놓는 그런 비천한 성격도 아니다. 그래서 자기 개인 돈이라는 것은 하나도 마련하지 않았다. 이번에 이 라이타로라는 자가 나타나서 이렇게까지 돈을 요구하게 되자 그 돈은 역시 식비에서, 자기 의류비에서 어떻게든 마련할 수밖에 없었다. 이런 식이라면 자연스레 가계에 구멍이 생긴다. 그 구멍도 작을 때는 상관없지만 점점 커지면 아무리 온화한 야스베 씨라도 결국에는 눈치를 채고 만다. 부인은 그것을 괴로워했다.
　집에 들어와서 삼 개월이 채 지나지 않아 라이타로는 재산이라고 말할 수 있을 정도의 막대한 돈을 낭비했다. 부인은 점점 잔소리 하는 횟수가 늘어났다. 잔소리하면 라이타로는 갑자기 위축돼서 눈에 눈물을 잔뜩 머금고 자기 신세를 한탄한다.
　"아아 그렇지. 나는 부잣집 삼촌의 아들이 아니었지. 가난한 어머니의 아들이었지."
　항상 이렇게 말하고는 어깨를 축 늘어트리고 몸을 움츠렸다. 부인은 아들의 그런 모습을 보고 더 안쓰러워서 눈물이 앞서고 잔소리도 못 하게 된다. 게다가 라이타로의 그런 말 속에는 그 속에는 씨가 다른 동생들에 대한 부러움도 섞여 있어서 안쓰럽기도 하면서 동시에 쉽지 않다고 부인은 생각했다. 그런 어머니의 모습을 본 라이타로는 일부로 더욱더 질투하듯이 말했다.

"그렇지. 류사쿠나 도시오는 처음부터 부잣집에 태어났지. 나는 가난한 집 아이였고."

"무슨 소리를 하는 거니. 네가 뭐가 부족하다고."

"부족한 게 없다니요. 그렇게 말씀하시면 어머니. 저한테 진짜 내 것이라고 할 수 있는 게 뭐가 있는데요. 옷도 그렇고 뭐든지 전부 빌린 것이지 않습니까."

이런 소리를 들으면 부인은 할 말이 없었다. 듣고 보니 그것도 사실이었다. 어머니의 사랑마저도 다른 이의 나머지를 겨우 빌려서 얻고 게다가 감사를 표하지 않으면 안 되는 불행한 신분이었다. 라이타로가 동생들을 부러워하는 것도 무리는 아니다. 불쌍해서 적어도 돈만큼은 마음껏 쓰게 해주자, 그렇게 생각해서 부인은 그만 달라는 대로 매번 주게 되었다.

이런 식으로 석 달이 지나자 부인은 한 푼도 가진 돈이 없어졌고 또 마침 그때 라이타로가 경마 도박에서 200엔을 잃어서 시끄럽게 혼내지 않으면 안 될 정도에까지 이르게 되었다. 옆에서 듣고 있던 야스베 씨는 웃으면서 말했다.

"뭘 그렇게 야단스럽게 혼내지 않아도 돼요. 아직 젊으니까 그런 짓도 하지요. 자, 라이타로야, 이모님이 너무 잔소리가 많아서 힘들지. 하지만 여자니까 그렇단다. 사소한 것도 신경 쓰는 건 어쩔 수 없지. 앞으로 돈이 필요하거든 어려워하지 말고 나한테 말하거라."

라이타로는 구원의 손길을 얻었다고 기뻐하더니 그로부터 1주일 후에 대담하게도 야스베 씨를 직접 찾아가서 2천 엔을 받아냈다.

그 이야기를 들은 부인은 그의 철면피 같은 뻔뻔함에 어이없어하기보다는 2천 엔이라는 돈을 어디에 쓰려고 하는지 의심했다. 이 상황이 힘들어서 구라베에게 상의하려고 했는데 무슨 일인지 며칠 동안 구라베는 집에 들르지 않았다. 며칠 뒤 겨우 들린 구라베를 붙잡고 2천 엔에 대해서 말하자 구라베는 바로 상황을 파악했다.

"그거 버르장머리가 없군. 라이타로 자식 너무 염치가 없어. 알겠습니다. 제가 확실히 혼내놓겠습니다."

그렇게 말하고 매우 화를 내면서 라이타로를 불렀고, 그 결과 둘 사이에 싸움이 일어났다. 부인은 사람들이 들을까 봐 조마조마했지만 둘은 입으로는 큰 소리로 싸우면서 눈으로는 서로 끄덕거리고 있는 것처럼 보여서 어딘지 수상하다고 생각했다. 하지만 부인은 조심스럽게 그 사실을 입 밖으로는 내지 않았고 가슴속에 간직한 채 그 상황을 모면했지만 정작 라이타로의 행동은 그 뒤로도 전혀 개선되지 않아서 부인의 경제적 사정은 점점 힘들어지고 견디기 어려워져서 다시 구라베에게 상담했다. 구라베는 진지한 얼굴로 이번에는 터무니없는 이야기를 털어놓았다.

(1917. 10. 1.)

제83회

구라베는 사려 깊은 표정으로 부인의 불평을 조용히 다 듣고 팔짱을 풀더니 부인 근처에 놓인 의자에 앉았다.

"사모님, 라이타로의 행실이 좋아지지 않아서는 정말로 나중이 걱정입니다. 당신도 실제로 곤란하시지요. 알겠습니다. 그럼 라이타로

후견은 제가 다시 맡겠습니다. 다만 한 가지 조건이 있습니다. 다름 아니라 시오리 양을 제게 주십시오."

너무나도 터무니없는 이야기에 부인은 어이가 없었다.

"뭐라고요?"

"뭐 어려운 말은 안 했습니다. 시오리 양을 제 부인으로 맞이하고 싶다는 말입니다."

"말도 안 되는 소리 하지 마세요. 그게 어떻게 가능하겠어요."

"안된다니요. 싫든 좋든 간에 반드시 그렇게 해주시지 않으면 안 되겠는데요."

"리스케 씨, 당신은 나를 어떻게 할 작정이신가요? 네. 제가 젊어서 잘못을 저질렀습니다. 하지만 충분히 벌은 받았습니다. 당신은 어디까지 과거의 죄로 저를 괴롭힐 생각이신가요? 물론 저는 용기가 없습니다. 하지만 이렇게 상관없는 사람한테까지 폐를 끼쳐야 하는 일을 제가 들어드릴 수 없습니다."

"허허, 뭘 그렇게 서운한 소리를 하십니까. 사모님, 뭐 그렇게 어렵게 생각하실 필요 없습니다. 제 부인이 되면 시오리 양도 후작 집안의 부인이 되는 겁니다."

"아니요. 그 아이는 이미 좋아하는 사람이 있어요."

"하하하."

구라베는 비웃었다.

"뭐 그런 거 어린아이 소꿉놀이 같은 거지요. 당신이 한 마디 화내면 바로 사라질 겁니다."

"하지만, 그렇게 사라질 마음이 아니니까요."

"어이, 이보시오."

리스케는 점점 신경질을 냈다.

"이제 서로 시간 보내기는 그만합시다. 당신은 언제나 처음에는 이러쿵저러쿵 항의하지만 결국 내가 하라는 대로 할 겁니다. 이번 일도 결국 그렇게 될 겁니다."

부인은 화를 냈다.

"아니요. 이번 일만큼은 절대로 그렇게 하지 않겠습니다."

리스케는 아무렇지도 않은 듯이 말을 되받아서

"사모님, 저는 시오리 양을 제 부인으로 삼고 싶다고 했을 뿐입니다. 이걸로 모든 것을 끝내려고 합니다. 사모님, 당신이 모든 것을 없었던 일로 하고 싶어 하지 않았습니까. 앞으로 라이타로가 돈을 점점 더 요구할 건 뻔합니다. 그럼 어떻게 되겠습니까. 그럼 자연스럽게 남편분의 돈을 쓸 수밖에 없게 되겠지요. 어떻습니까, 사모님. 그렇지 않겠습니까."

부인은 소름이 돋았다. 듣고 보니 그런 날이 다가오는 것도 먼 이야기가 아니다. 리스케는 말을 이어갔다.

"그래서 내가 시오리 양을 내 아내로 삼는다. 네 그럼 시오리 양에게 막대한 지참금이 붙잖아요. 그 돈을 나는 내가 쓰려는 게 아닙니다. 라이타로에게 주겠다는 겁니다."

자랑스럽게 말하는 그 얼굴에 부인은 침이라도 뱉고 싶은 심정으로 말했다.

"아니요. 그런 일로 저는 살아남고 싶지 않습니다. 그러느니 차라리 내가 파멸해버리는 게 더 낫겠어요."

(1917. 10. 2.)

제84회

"하지만 당신은 그래도 괜찮을지 모르지만, 그 때문에 우리까지 파멸하는 건 거절하겠습니다. 사모님. 생각해보세요. 당신도 나도 원래 같은 목적을 위해서 일하고 있는 겁니다. 그렇죠. 귀여운 라이타로라는 아이를 어떻게든 도와주려고 이러는 거잖아요. 그렇고말고요. 당신이 어떻게 하든 그건 당신 마음대로지만, 그 때문에 저희 둘까지 끌려가는 건 싫습니다."

"무슨 말씀을 하셔도 리스케 씨. 그것만은 제가 들어드릴 수 없습니다. 저는 이미 결심했습니다."

"어떻게 결심하셨는데요?"

"당신 마음대로 생각하는 건 이제 그만해 달라고요. 이제는 당신이 하라는 대로 안 할 겁니다. 저는 남편한테 모든 걸 다 고백할 겁니다. 남편은 지금까지의 제 괴로움을 봐서라도 용서해 줄 겁니다."

구라베는 어리석다는 식으로 말했다.

"아, 그래요."

"만약 남편이 화를 내고 나를 내쫓는다면 저는 어쩔 수 없습니다. 당신한테 괴롭힘을 당하고 있는 걸 생각하면 남편한테 어떤 꼴을 당하더라고 그쪽이 훨씬 날 것입니다."

부인이 이렇게까지 결심할 걸 보고 구라베는 더는 가만히 있을 수 없었다.

구라베는 증오하듯이 부인을 노려보면서 쏴붙였다.

"흥, 남편한테 일러바친다고. 어이 사모님. 아니 누님, 형님. 일러바칠 생각이었으면 왜 더 일찍 말하지, 그랬어. 지금까지 3개월이

나 미적미적 남편을 속이고선 이제 와서 고백하면 용서받을 수 있다? 흥. 어디까지 제멋대로 생각하는 건가. 이봐, 자백할 생각이었으면 왜 진작 안 했냐고. 그야 물론 30년 넘게 정조를 지켜왔으니까 그걸 봐서라도 남편은 용서해줄 수 있지. 하지만 이제 와서 곤란해지니까 자백하겠다고? 흥. 아무리 사람 좋은 남편이라도 지금까지 아내의 조카라고 생각해서 집에 들여다 놓고 소중하게 대해왔던 청년이 실은 아내의 사생아라는 사실을 알면 그래도 좋은 기분은 들지 않을걸."

부인은 구라베가 아무리 악담해대도 눈 하나 깜빡이지 않았다. 부인은 실제로 그 정도로 마음을 굳힌 것이다. 구라베는 말을 이었다.

"당신은 그 스즈토미라는 녀석 편을 들고 있는 것이구먼. 남편한테는 쫓겨나고, 아이들한테도 버림받아 혼자되었을 때, 그래도 스즈토미가 행복하면 된다고 그런 생각을 할 거 같냐. 이 잘난 사람아."

부인은 그래도 동요하지 않았다.

"얼마든지 말하세요. 저는 내가 어떻게 되든 올바른 길을 걷기로 했습니다."

"사모님, 그렇게 당신 마음대로 할 수 없습니다. 싫든 좋든 간에 제가 하라는 대로 해주셔야겠습니다. 시오리 양은 어떻게 서든 내 아내로 삼을 겁니다. 뭐, 그 지참금이 갖고 싶어서 이러는 게 아니라 내가 처음부터 그녀한테 반했으니까."

(1917. 10. 3.)

제85회

이렇게 되자 부인은 대꾸할 수 없었다. 구라베는 이렇게까지 말해 놓으면 더는 이야기를 빙빙 돌려서 말 할 필요가 없었다. 이렇게 생각하니 보통 남자가 아니기에 기분 푸는 것도 빨랐다. 아무렇지 않게 원래의 친절한 모습으로 돌아와서 지금까지의 험악한 말투와 달리 친절하게 말을 이었다.

"사모님. 제가 지금 말씀드린 것은 당신을 위해서고 당신네 집안을 생각해서 드린 말씀입니다. 들뜬 조카의 마음 따위는 전혀 신경 쓰지 않아도 됩니다. 어쨌든 잘 생각해보세요. 3일 후에 대답을 들으러 찾아오겠습니다."

"리스케 님, 일부러 오실 필요는 없습니다. 저는 남편을 보자마자 사실대로 말하기로 마음을 정했습니다."

이렇게까지 부인의 결심이 확고한 걸 보고 구라베 얼굴에 싹 하고 어두운 그림자가 드리웠다. 하지만 부인은 그걸 눈치 챌 정도로 여유가 있지 않았다. 구라베는 자기 표정을 알아차리고 급하게 원래의 밝은 표정으로 돌아갔다.

"그럼 사모님, 원하시는 대로 하십시오. 하지만, 사모님."

구라베는 부인을 응시하면서 목소리에 힘을 주고 말했다.

"설마 당신이 그렇게 미주알고주알 비밀을 떠들고 다닐 줄은 몰랐습니다."

구라베는 이렇게 말하고 일부러 정중하게 머리를 숙이고 나가버렸다. 하지만 마지막 나갈 때 과연 심란해진 마음 때문인지 쾅 하고 일부러 문을 거칠게 닫고 나갔다. 부인은 그 뒷모습을 보면서,

"저는 이제 어떤 일이 있어도 남편한테 자백할 겁니다."

이라고 중얼거리면서 일어서려는데, 뒤에서 가벼운 발걸음 소리가 나더니 누군가가 가까이 다가오는 낌새가 느껴졌다. 지금까지 아무도 없을 것이라고 안심하고 있던 부인은 흠칫 놀라서 뒤를 돌아봤다. 언제 왔었는지, 시오리 양이 걱정스러운 얼굴로 서 있었다.

"어머, 시오리야."

"숙모님, 숙모님."

"너 처음부터 여기 있었던 거니?"

"숙모님, 구라베 씨가 하라는 대로 하실 수밖에 없습니다."

"시오리야. 너 알고 있었니?"

"네, 전부 들었습니다."

응접실 뒤에는 커다란 커튼으로 가려진 작은 파우더 룸이 있었다. 이날 시오리 양은 아무 생각 없이 응접실에 들린 김에 무심코 파우더 룸에 들어가 거울을 보았다. 그 사이, 응접실 문이 닫히고 숙모님하고 구라베의 밀담이 시작되었다. 시오리 양은 나가려야 나갈 수가 없어서 의도치 않게 처음부터 끝까지 전부 엿듣고 말았다.

"숙모님."

목소리를 가다듬은 시오리 양은 소녀의 마음으로 부드럽게 부인을 쓰다듬었다.

"정말로 곤란하시겠어요. 저는 괜찮으니까, 숙모님, 구라베 씨가 저렇게까지 말하는데 저를 구라베 씨한테 시집 보내주세요."

"무슨 말을 하는 거니 시오리야."

부인은 놀라서 시오리 양의 얼굴을 올려다보았다.

"하지만 넌 저 사람을 싫어하지 않니?"

"저 정말로 싫어요. 하지만 숙모님, 이건 숙모님을 위해서예요."

"하지만 그렇게 되면 스즈토미 씨와의 약속은 어떻게 하려고."

시오리 양은 아무 말도 할 수 없었다. 몸을 지탱하기도 어려울 정도로 비통했지만, 그녀는 다시 결연하듯 말했다.

"알겠습니다. 숙모님. 저 내일 그분을 만나서 깨끗하게 약속을 취소하고 오겠습니다. 아니요. 저는 괜찮습니다. 숙모님 안심하셔도 됩니다."

"그건 안 된다. 시오리야. 나 때문에 너한테까지 폐를 끼칠 수는 없다."

"없다니요, 숙모님. 지금이야말로 제가 그동안 받은 신세에 보답해 드릴 수 있는 순간인데요. 숙모님이 안 계셨다면 저는 어떻게 됐을까요. 가난한 고아로 자라 어디 공장에 팔려갔겠죠. 숙모님 덕분에 저는 이렇게 자랄 수 있었습니다. 게다가 숙부님도 예뻐해 주시고 재산까지 주셨는데요. 그 재산을 구라베 씨가 노리고 있는 게 아니겠습니까. 제 마음 하나로 이 집안에 흠을 만들지 않을 수 있잖아요. 숙모님, 저는 어떻게 돼도 상관없습니다. 부디 저를 구라베 씨한테 보내주세요."

(1917. 10. 4.)

제86회

"무슨 말을 하는 거니, 시오리야. 네 마음은 고맙지만, 이번 일은 원래 내 잘못인 것을. 나 때문에 너를 그렇게 만들면 나는 어떻겠니."

"아니요. 숙모님, 저는 괜찮아요."

둘은 오랫동안 서로를 옹호하기 위해서 다투었다. 숙모가 쉽게 수긍할 거 같지 않자, 시오리는 마침내 다음 수를 꺼냈다.

"숙모님, 아무리 숙모가 그런 말씀을 하셔도 숙모님은 혼자 몸이 아니세요. 숙부님도 계시고 류사쿠도 도쿠미도 있잖아요. 숙모님 혼자 그런 큰일을 저지르시면 가족 분들한테 정말 미안하잖아요. 저는 다행히도 혼자입니다. 저 혼자 참으면 이 집에 흠은 잡히지 않습니다. 그러니까 숙모님 부디 저를 구라베 씨한테 시집가게 해주세요."

약점을 잡힌 숙모는 결국 지고 말았다. 둘은 서로 손을 맞잡고 오랫동안 울었다.

그리고 조금 진정되자 둘은 눈물을 훔쳤다.

"하지만 시오리야. 너는 구라베한테 시집가서 어쩔 셈이니?"

"숙모님, 그건 잘 모르겠어요. 어쩌면 구라베 씨가 친절하게 잘 해주실 지도 모르죠."

"아아, 정말로 돈이 있었으면 좋겠구나. 내가 돈 버는 법을 모르는 게 너무나도 안타깝다. 왜냐하면, 구라베한테는 돈만 주면 되니까."

"숙모님, 구라베 씨는 그렇게 말했지만 그건 아마 라이타로 씨를 위한 돈이 아닐 거예요. 라이타로 씨가 낭비한 돈을 메꾸려고 그러는 게 아닐 거예요."

아직 나이도 어리고 세상 물정 모를 거로 생각했던 시오리가 이렇게까지 상황을 잘 파악하고 있는데 반해, 자신은 숙모임에도 불구하고 그 점에 관해서 전혀 생각하지 못했다.

"어째서 그럴까, 시오리야."

"왜냐면 숙모님. 구라베 씨가 라이타로 씨를 위해서 이러는 거처럼 보이지 않아서요. 제 생각이 틀렸다면 다행이지만요. 정말로 그분은 숙모님을 위해서 이러시는 걸까요? 제 재산을 손에 넣으면 그만. 숙모님께는 뒷다리로 모레 뿌린다는 속담대로 하지 않을까요? 저는 그게 걱정이에요."

"걱정이라고?"

"게다가 숙모님한테는 죄송한 말씀이지만."

"죄송하지만 어떻다는 거냐?"

시오리는 말하기를 주저했다.

"저, 숙모님."

잠시 머뭇거리다 어렵게 말을 꺼냈다.

"라이타로 씨랑 구라베 씨가 한 패인 거 같아요. 둘이 짜고 돈을 빼내려는 게 아닌가 싶어요."

라이타로에 대한 사랑에 빠져있던 부인은 이것만은 차마 동의할 수 없었다. 며칠 전 라이타로랑 구라베가 2천 엔 갖고 말다툼을 했을 때, 이상하다고 수상하게 생각했던 것도 지금은 잊어버리고 있었으니 어쩔 수 없다.

(1917. 10. 5.)

제87회

부인은 기를 쓰면서 말했다.

"그럴 리 없다. 구라베 씨는 정말로 라이타로의 낭비벽에 진저리를 내고 있다고. 라이타로는 그래, 돈 씀씀이가 심하긴 하지만 절대로 나쁜 아이는 아니야. 그러니까 말하자면 갑작스러운 부귀영화에 살짝 취해있는 거야. 하지만 마음속으로는 좋은 일을 하고 싶어 해. 나한테 혼날 때의 그 아이의 모습을 보면 너도 분명히 알 수 있을 거다. 눈에 눈물을 가득 담고 앞으로는 행실을 똑바로 하겠다고 반성하는 모습은 정말이지 얼마나 사랑스러운데."

시오리 양은 이 말을 듣고 미소 지었다. 숙모가 이렇게까지 믿고 있는 걸 깨트려버리는 건 너무 잔인했다. 그렇게 생각하자, 시오리 양은 더는 아무 말도 할 수 없었다.

"그렇다면 제가 구라베 씨한테 시집가는 것도 헛수고는 아니네요. 제가 오늘 밤 바로 승낙하겠다는 연락을 해놓을게요."

"오늘 밤?"

부인은 너무나 성급한 거 같아 당황했다.

"뭐 그렇게까지 서두를 필요가 있겠니. 최대한 뒤로 미루다 보면 뜻하지 않은 구원이 생길지도 모르잖니."

시오리 양은 머리를 좌우로 흔들었다.

"아니요, 숙모님. 아예 한 번에 해치워버리는 게 좋아요. 기다리는 동안이 오히려 더 괴로워요. 그런데 숙모님, 요즘 거울은 보시나요? 요즘 살이 정말 많이 빠지셨어요."

그렇게 말하면서 부인의 손을 잡고 파우더 룸 거울 앞으로 데리고 갔다. 거울을 들여다본 부인은 자기 얼굴을 보고 '어머' 하고 놀랐다. 거울에 비친 자기 얼굴 어디에 옛 모습이 있단 말인가. 부인은 이제 마흔을 넘어 마침 다 핀 장미꽃이 이제 시들어가려고 하는 것처럼 육체미나 풍만함이 점점 소실될 시기였다. 이런데다 지난 4개월 동안의 마음고생이 있었다. 부인은 갑자기 나이 먹은 같이 이마에는 주름이 깊게 파이고 광택이 있던 피부는 빛을 잃고 머리에도 새치가 부쩍 늘었다.

"어떠세요? 숙모님 망설일 시간이 없지요. 어째서 숙부님이 눈치 채지 못하셨는지 신기할 정도예요. 어쨌든 누가 보더라도 숙모님께서 심하게 마음고생을 하고 계시는 게 역력한데요."

"시오리야, 너는 전부터 알고 있었니?"

"네, 하지만 숙모님 사과드릴게요. 저는 엉뚱한 의심을 하고 있었어요. 그게 저……."

시오리 양은 말하기를 주저했다. 부인은 듣지 않아도 그녀의 태도를 보고 무슨 말을 하려는 지 눈치 채고 얼굴을 붉혔다. 시오리는 분명 부인이 불륜을 저지르고 있다고 의심했을 것이다. 이런 시오리의 의심은 아마도 모든 사람의 의심을 대표하는 것이 아니겠는가. 부인은 정말 어찌할 바를 몰랐다.

"어머, 그럼 나 창피해서 어떡하니."

시오리는 당황하면서 서둘러 위로하였다.

"아니요. 숙모님, 괜찮아요. 이제부터 둘이서 누명을 벗겨내면 돼요."

(1917. 10. 6.)

제88회

그날 밤 부인은 구라베에게 편지를 써서 용건을 받아들이겠다고 대답했다. 하지만 시오리 양에게는 스즈토미와 약속이 있고 남편도 원래 시오리를 스즈토미와 결혼시킬 생각으로 있다, 지금 갑자기 변경하는 건 어렵다, 느긋하게 일을 진행하지 않으면 오히려 일이 깨질 위험이 있다, 너무 성급한 재촉은 곤란하다고 썼다. 그 편지 끝부분에 시오리 양이 자필로 역시 결혼을 승낙하겠다는 내용을 짧게 덧붙였다. 승낙만 받아놓으면 결혼은 언제든지 할 수 있기에 서두를 필요가 없다.

구라베는 다음 날 야스베 집에 가서 부인의 대답과 당부에 대해서 잘 알겠다고 했다. 한편 시오리 양은 용기를 내서 그날 밤 스즈토미를 만났고 둘의 결혼 약속을 취소했다. 아무것도 모르는 스즈토미는 벼락 맞은 것처럼 놀라서 화를 내고 슬퍼했다. 시오리 양의 가슴이 미어질 거 같았던 것도 굳이 말할 필요도 없다. 그 후 스즈토미와 시오리는 사오일은 꿈속에 있는 것처럼 멍하게 보냈다.

그러다 어느 날 저녁, 구라베도 놀러 와서 다 같이 저녁을 먹었다. 차를 마시면서 잠깐 대화가 끊어졌을 때, 야스베 노인은 갑자기 구라베에게 질문을 던졌다.

"그런데 구라베 씨, ■■■■■■■■인 거 같은데, 당신 친척 중에 아직 구라베라는 성을 쓰는 사람이 있습니까?"

"아니요. 그런 사람은 한 명도 없습니다."

"그래요? 이상하군. 1주일 전쯤에 역시 구라베 후작이라는 사람을 만났는데요."

리스케는 '헉' 하고 당황했지만, 재빨리 마음을 진정시켰다.

"그야, 구라베라는 성은 있을 수 있지만 설마 후작은……."

"아니요. 정확히 구라베 후작이라고 말씀하셨습니다."

평소에 리스케의 잘난 체하는 모습을 별로 좋게 생각하지 않았던 야스베 노인은 이렇게 말했다.

"어쨌든 후작이든 아니든 간에 후작다운 인품이 있으셨습니다."

"부자였나요?"

"네 부자라고 생각합니다. 실은 저도 그분을 위해서 금전 징수를 위탁받아서요."

리스케는 라이타로랑 눈으로 이야기를 했다.

"그러면 그 사람은 무슨 일을 하는 사람인가요?"

"글쎄요. 거기까지는 잘 모르겠는데요. 하지만 어쨌든 르 아브르 (Le Havre)에서 무슨 사업을 하는 사람인 건 확실합니다. 그래그래, 구라베 뭐라고 했는데, 이름을 들으면 당신도 알지도 모르겠는데."

야스베 노인은 일어서서 자기 서재에서 비망록을 갖고 왔다.

"어디 보자. 그게 22일, 아니 더 나중이었나, 23일, 24일, 그렇다. 24일이다. 그래 여기 있네. 구라베 씨, 그분 이름은 가즈토시였네요. 후작 구라베 가즈토시, 어떻습니까? 혹시 아는 분인가요?"

(1917. 10. 7.)

제89회

리스케는 가슴이 철렁 내려앉았지만 아무렇지도 않은 얼굴로 대답했다.

"가즈토시라고요? 하하. 알겠습니다. 그렇다면 제 먼 친척인 그러니까 팔촌이라고 할까요. 꽤 오랫동안 아바나(Havana)에 있었는데 그 남자가 분명 가즈토시라고 했던 걸로 기억합니다. 아마도 그 남자가 어느 샌가 프랑스로 돌아왔나 보죠. 원래 성이 노로(野呂), 아니 보로(襤褸)라고 했던가, 어쨌든 보로*라고 하면 왠지 어감이 나빠서 아마도 저희 집한테는 아무런 상의도 없이 구라베 성을 사용하나 봅니다."

야스베 노인은 비망록을 책상 위에 놓으면서 대화를 이어갔다.

"어쨌든 한 번 만나 뵈면 어떠세요. 며칠 내에 파리로 온다고 하니까요."

"소개해주시면 감사하죠. 꼭 만나 뵙게 해주세요."

이야기는 거기서 잠시 끊겼다. 구라베는 그 기회에 힐끗 시오리 양과 야스베 부인의 모습을 봤다. 둘은 시선을 교환하면서 신호를 보내고 있는 것 같았다. 라이타로는 안절부절못하며 여기저기 눈을 굴리면서 평소 같으면 수다스러운 남자가 묘하게 입을 다물고 있었다. 특히, 구라베 노인이 가즈토시라는 이름을 입에 담았을 때는 정말로 놀란 모양인지 의자에서 허리를 들고 창문을 바라보았는데, 그 모습이 마치 도망칠 준비라도 하는 것 같았다.

식사를 마치고 모두 자리에서 일어서려고 할 때 라이타로가 구라베 곁에 와서 작은 목소리로 속삭였다.

"어이, 그놈이야."

"틀림없어."

"이젠 다 틀렸어."

"이 멍청아. 호들갑 떨지 마."

---

* '보로'는 일본어로 넝마, 누더기라는 뜻이다.

그 후 구라베는 모두가 방에서 나가는 것을 확인한 뒤 테이블 위에 있는 비망록을 재빨리 펼쳤다.

"어디 보자. 올로롱 거주 구라베 가즈토시라. 흥, 올로롱에 있구나. 그래. 어이, 라이타로 빨리 객실로 가서 아무것도 모른 척하고 있어. 그렇게 겁낼 필요 없어. 용서해달라고 비는 너구리같은 얼굴 하고 있지 말라고."

살짝 응접실 안을 들여다본 시오리 양은 놀랐다. 라이타로가 어째서 저렇게 두려워하는지. 그게 첫째 이해가 안 간다. 리스케가 당황하는 건 그래, 그럴 수 있다. 가즈토시라는 자는 리스케의 형이다. 리스케는 아마 형의 재산을 횡령해서 다 써버렸을 것이다. 이제 와서 형이 갑자기 돌아오면 느긋할 수 없는 것이 당연했다. 그런데 가장 수상한 건 라이타로다. 이 남자 도대체 정체가 뭘까. 시오리 양은 의구심을 가슴에 새겨놨다.

(1917. 10. 8.)

제90회

그로부터 두 시간 후 리스케는 라이타로를 향해서 말했다.

"어이, 이봐. 아무래도 형이 돌아온 게 분명해. 하지만 네 녀석은 당황할 필요 없어. 침착하게 여기 있어."

"하지만 내일이라도 여기를 찾아오면."

"올 리가 있겠냐. 옛 애인이 야스베한테 시집간 줄 알 리가 없잖아."

"하지만 그게 알려지면."

"알게 되면 우린 꽁무니가 빠지게 도망가야지."

"하지만 저쪽에서 찾아올 때까지 한가하게 기다릴 수만도 없잖아."

"그러니까, 내가 알아본다고."

"어떻게 알아보실 건데요."

"그거야, 뭐. 형을 직접 만나서 물어보지. 나는 지금부터 올로롱에 가보려고 하네."

"나는 어떡하죠."

"너는 여기서 조용히 기다리고 있어. 만약 상황이 안 좋으면 내가 알려줄게. 그러면 그때 도망치는 거야."

둘은 오랫동안 이야기를 나누고 헤어질 때 리스케는 말을 아끼듯이 라이타로에게 당부했다.

"알았지. 내가 없는 동안은 어디까지나 조심하고 얌전하게 있어. 이상한 짓 하지 말고. 절대로 돈을 요구해서는 안 된다. 내일 밤에는 내가 올로롱에 있는 가즈토시라는 자를 만나고 있을 테니까, 어이 알 겠나."

* * * * * * *

가즈토시는 쓰요시 공주와 헤어지고 순조롭게 국외로 도망칠 때까지 수많은 고생을 했다. 아버지한테서 받은 어머니의 유품인 보석은 모두 공주에게 주고 왔기 때문에 지금은 400엔 남짓의 현금밖에 갖고 있지 않았다. 이 정도 푼돈으로 멀리 외국까지 도망가겠다는 건 무리다. 가즈토시는 어쩔 수 없이 당시 바닷가에서 튼튼한 수부를 모집하고 있던 호쿠요쿠호라는 배를 탔다. 놀란 것이 같은 배에 탄 사내들이 모두 말도 안 되게 무뢰한뿐이었고 뱉는 말이나 하는 행동들이 모두 가즈토시를 역겹게 만들었다. 하지만 가즈토시는 그런 것들에 대해서 깊이 생각할 여유가 없었다. 몸은 배를 타고 있었지만, 마음은 로즈강변 풀들이 나부끼는 초원에 있었다. 낮에는 익숙지 않은 배 타기에 고된 일까지 하느라 미래를 생각할 여유가 없었고, 밤은 또 낮의 피로로 꿈도 꾸지 않고 푹 잤다.

(1917. 10. 9.)

제91회

일주일도 안 돼서 가즈토시는 그 배가 보통 어선이 아니라 법망을 피해서 밀수무역을 하는 수배 대상인 해적선임을 알았다. 때로는 약탈이나 노예 매매까지도 했다. 어쩐지 배를 타고 있는 사람들이 모두 가즈토시처럼 사연이 있어서 넓은 세상을 좁게 다니는 골치 아픈 사람들뿐이었다. 가즈토시는 그 배를 타고 있는 것이 불쾌했다. 하지만 자기 혼자 아무리 입이 닳도록 말해도 도저히 그의 말을 알아들을 사람들이 아니었다. 그저 가즈토시가 할 수 있는 일이란, 분노를 가슴에 담고 묵묵히 자기 할 일을 할 수밖에 없었다. 밤마다 꾸는 꿈은 악몽이었다.

석 달도 채 안 돼서 가즈토시의 재능은 점점 동료들한테 인정받기 시작했다. 물론 가즈토시만큼 학문을 배운 사람이 이 중에는 없었다.

그중에서도 선장은 가즈토시를 매우 신용해서 지금은 한시라도 자기 곁에서 떼어놓지 않으려고 했다. 학문에 관해서는 그에게 한 발짝 양보하는 건 물론이고 그 외 다른 일도 모두 그에게 상담했다. 그런 와중에 일등 사관이 불의의 사고로 죽자 선장은 바로 가즈토시를 그 후임으로 임명했다.

이런 식으로 가즈토시는 3년 사이에 두 번이나 세계 일주를 했다. 그리고 3년째를 마지막으로 남미 브라질에 상륙했을 때, 그는 이익 배분 4천 엔이라는 돈을 소지하고 있었다. 하지만 4천 엔으로는 아직 쓰요시 공주와 약속한 부호라는 신분은 아니었다. 그의 양심은 돈이 생기자 부정한 일로 돈 버는 걸 견디기 힘들어했다. 그는 일부러 휴가를 얻어 배에서 내리고 장사 같은 걸 시작하려고 그대로 그곳에 머물렀다. 그리고 다소 그리운 마음으로 고향에 편지를 보냈지만, 회신이 없는 걸 이상하게 생각했다. 답장은 작년 말이 돼서야 겨우 도착했고, 그 편지를 읽고 가즈토시는 낙담했다. 거기에는 아버지가 돌아가신 일, 쓰요시 공주가 시집 가버린 일, 그리고 가즈토시 자신은 살인죄로 징역 몇 년인가를 결석 재판으로 받은 사실이 쓰여 있었다.

아아, 나는 세상에 외톨이가 되었다. 아아, 가족도 없고 나라도 없다.

"흠, 이 모든 게 다 돈 때문이다. 돈만 있으면 악행도 악행이 아니게 되는구나."

그렇게 가즈토시는 일심불란으로 돈을 벌기 시작했다. 당시 브라질에서 좋다고 하는 모든 사업에 손을 대고 투기를 했다. 그리고 석유를 파냈고 농업 경영을 했다. 그는 다섯 번이나 대부호가 될 뻔했고 다섯 번, 모든 것을 잃기도 했다. 그래도 그는 두려워하지 않았고 때마침 매매한 토지의 투기가가 운 좋게 올라서 가즈토시는 이십 수년 만에 처음으로 몇 백만이라는 재산의 소유자가 되었고, 게다가 몇 만 헥타르라는 광대한 토지를 소유하게 되었다. 그는 원래 고향에 희망이 없었다. 아버지도 돌아가시고 애인도 없는 쓸쓸한 고향에 무슨 희망이 있겠는가. 그는 평생을 브라질에서 보내고 결코 고향으로 돌아가지 않기로 마음먹었다. 하지만 결국 그것은 마음속 깊이 있는 향수를 고려하지 않은 결심이었다. 나이가 듦에 따라 고향이 그리워졌고 가즈토시는 몰래 손을 써서 고향의 상황을 알아보았다. 다행히 자기 죄도 이제는 시효가 다 되어 없어졌다. 지금 돌아가도 경찰한테 쫓길 일은 없다. 그는 갑자기 돌아갈 생각을 굳히고 브라질에서의 사업을 확실한 관리인에게 맡긴 뒤 배를 타고 프랑스로 향했다.

(1917. 10. 10.)

제92회

27년 만에 가즈토시는 고향에 돌아왔다. 고향을 떠날 때는 아직 서른이 안 된 청년으로 가슴은 앞날에 대한 희망으로 반짝이고 있었다. 지금은 머리도 희끗희끗하고 앞날에 아무런 바람도 없었다. 건강마저 쇠약해져서 보르도(Bordeaux)에 상륙하자마자 심한 류머티즘에 걸렸다. 22개월 동안 누워있다 조금 회복하고 다시 몇 달을 온천요양을 해서 겨우 원래 몸으로 돌아갔다. 30년 동안 생사를 오가면서 분투해 온 몸이 이렇게 한가하게 지내면 죽을 거 같았다. 가즈토시는 뭔가 사업을 시작하기로 마음먹었다. 마침 그때 올로롱에서 꽤 커다란 철강소가 매매로 나와 있었기 때문에 가즈토시는 바로 그것을 사들였다.

사오 개월은 철강소 경영으로 매일 바쁘게 살았다. 그러다 어느 날 날도 이미 어둑해졌을 때, 구라베 리스케라는 손님이 뜻하지 않게 찾아왔다. 손님의 이름을 봤을 때는 가즈토시는 기절할 정도로 놀랐다. 이렇게 정신이 흥분한 것은 근래 기억에 없을 정도였다. 온몸의 피가 일시에 타들어서 몸이 훨훨 타오르는 대목처럼 뜨거워졌다. 이미 몇 년 전에 죽어 없어진 그런 감정이 갑자기 싹을 틔운 것처럼 오만가지 생각에 가슴이 벅차 가즈토시는 자기도 모르게 소리 지르고 있었다.

"동생이다. 동생이야."

갑자기 미친 듯이 울부짖는 주인의 미치광이 같은 모습에 놀라기보다는 소름이 끼쳐 꼼짝도 못 하고 있는 하인들을 쳐다보지도 않고 가즈토시는 스스로 현관까지 뛰어나갔다. 그는 현관에 서 있는 손님한테 달려들어 안내도 하지 않고 질질 끌고 객실로 들어갔다. 객실에 들어가서도 꼭 껴안은 팔을 놓지 않고 서로 무릎을 맞댄 채 물끄러미 손님의 얼굴을 바라보았다. 형이라기보다 오히려 어머니가 소풍에서 돌아온 자식을 맞이할 때의 모습 같았다. 가즈토시는 갑자기 동생을 만나고 성별이 여자가 됐는지 이유도 없이 울거나 웃었다.

동생 쪽은 아무 말 없이 형의 행동에 맞춰서 억지로 웃는 얼굴을 하고는 있었지만 그 미소는 27년 전 저택 문 앞에서 일부러 말에서 떨어졌을 때의 미소였다. 리스케는 사실 마음에 가책을 느껴 형을 만나는 걸 두려워했고 오늘도 현관 앞에서 몇 번이나 망설이다가 겨우 용기를 내어 초인종을 누른 것이다. 그래도 실은 아직 마음을 졸이고 있었다. 이와는 반대로 형은 그런 사정을 전혀 몰랐기 때문에 무야지경으로 기뻐했다.

"리스케구나. 정말로 내 동생 리스케냐. 아아, 너를 만나니 30년은 젊어진 거 같구나."

"정말로 하늘의 섭리라는 게 있나봅니다."

리스케는 자기가 여기를 찾아오게 된 이유를 오는 길 내내 생각하고 있었다.

(1917. 10. 11.)

제93회

"그저께였습니다. 여기 온천에서 돌아온 사람이 구라베 후작이라는 사람이 있는데 혹시 친척분이냐고 물어봐서요. 형님, 사실 저는 형님이 그때 돌아가신 줄 알았습니다. 그래서 그 이야기를 들었을 때는 정말로 놀랐습니다."

"하지만, 너는 내가 그때 살아난 걸 알고 있지 않았냐."

"아니요. 전혀 몰랐습니다."

"이상하다. 쓰요시 공주, 거기 그 치부리 백작의 공주, 그 공주가 알려주기로 했었는데."

리스케는 처음 듣는 얘기라는 식으로 놀란 표정을 지었다.

"아니요. 알려주지 않았습니다."

가즈토시는 이 말을 듣고 표정이 어두워졌다.

"그렇구나. 알려주지 않았구나. 그래서 너는 30여 년 동안 나를 죽은 줄 알고 지냈겠구나. 그럼 아버지도 그 때문에 돌아가셨을지도 모르겠군. 생각해보니 너무 안타까운 짓을 했어."

"하지만, 형님. 형님은 왜 편지를 보내지 않으셨어요?"

"편지는 보냈네. 몇 번이나 써서 보냈지만, 대답이 없었지. 그러다 겨우 받은 편지에 아버지는 돌아가시고 너는 행방불명이 되었다는 속상한 소식이 적혀있었지. 아니, 옛날 일은 아무래도 좋다. 그것보다는 우리에게는 전도의 희망이 있잖느냐. 자, 리스케야 우리한테는 아직 미래가 있지. 아니, 이런 내가 시간 가는 줄도 모르고 있었구나. 너는 아직 저녁 식사를 하지 않았지. 배가 고프겠구나. 너무 긴 얘기를 나누는 바람에 내가 신경을 못 섰네. 그리고 좋은 술이 있으니 함께 마시자꾸나."

가즈토시는 종을 울리고 식사 준비를 시켰다. 얼마 지나지 않아 준비된 식사는 파리 제1류 레스토랑에 지지 않을 진수성찬이었다.

식사를 마치고 가즈토시는 다시 이야기를 이어갔다.

"그건 그렇고 저택은 어떻게 했느냐?"

리스케는 어떻게 대답할까 잠시 생각했다.

"저택은 팔았습니다."

"저택을 팔았구나. 그렇지, 어쩔 수 없지. 내가 한 푼도 돈을 보내주지 못했으니까. 하지만 그 저택만큼은 다른 사람에게 주는 게 왠지 모르게 아까운 생각이 드네. 거기서 보낸 시절이 내 평생 가장 즐거운 시간이었지."

리스케는 이 말을 듣고 밝은 표정이 되었다. 그렇다면 형은 자세한 사정은 아무것도 모르는구나. 그럼 더는 걱정할 필요가 없다. 다음 날 리스케는 파리에서 기다리고 있는 라이타로에게 '안심하거라.'라고 전보를 부쳤다.

(1917. 10. 12.)

제94회

안심하거라, 라고 전보를 친 것도 무리가 아니다. 형과의 사이는 아주 순조롭게 진행돼서 이대로라면 전혀 걱정이 없었다. 다만 다소 불안하게 생각되는 것은 자신이 써버린 형의 재산에 관한 것이다. 리스케는 그날 밤 형에게 이 건에 대해서 말을 꺼냈다.

"근데, 형님 조금 진지하게 말씀드려야 할 일이 있습니다. 실은 형님이 돌아가신 줄 알고 형님의 재산을 제가 받았습니다."

"에이, 난 또 뭐. 무슨 큰일이라도 있는 줄 알았네. 괜찮네. 그런 거라면 전혀 상관없다."

"아닙니다. 제가 정산해 드리려고 합니다."

"바보 같은 소리 하지 마라. 이렇게 오랫동안 연락이 없으니 당연히 죽었다고 생각했겠지."

"하지만."

가즈토시는 곤란해 하는 동생을 보고 웃었다.

"하하하, 알겠다. 너는 내가 가난하다고 생각해서 그런 말을 꺼낸 거구나. 이제 그런 건 다 괜찮아. 내 재산은 네가 마음대로 써도 상관없다."

리스케는 당황해서 형의 말을 가로막았다.

"아니요. 그런 게 아닙니다. 실은 저는 돈이 한 푼도 없습니다."

"한 푼도 없다. 그래도 상관없네. 그러면 앞으로 네가 내 재산을 공유하면 되니까."

가즈토시는 그렇게 말하고 담배에 불을 붙였다.

"어디 보자. 먼저 이 집 구경을 시켜줄까. 내 재산이 어느 정도 되는지 잘 보아라."

둘은 방을 둘러보고 건물 밖으로 나왔다. 리스케는 눈에 보이는 모든 것에 감탄을 금할 수 없었다. 집에서부터 정원 구석에 있는 마구간까지 무엇 하나 흠잡을 데 없이 훌륭했다.

[이하, 1줄 판독 불가]

가즈토시는 걸으면서 동생에게 일일이 그 장식품들을 설명해주었다. 리스케는 형이 이 동네에서 동네 사람들로부터 존경받는 걸 보고 그 재산이 어마어마하게 크다는 걸 알았다. 그와 함께 리스케의 가슴에서는 이십 수년 동안 잠자고 있던 질투심이 머리를 들어 올렸다. 형은 설명을 마치고 의기양양하게 동생을 바라보았다.

"어떠냐?"

"형님 송구합니다. 이야, 정말로 훌륭하십니다. 이런 좋은 땅에서 이 정도 규모의 사업을. 정말이지 가난한 파리 사람이 부끄러워 얼굴을 못 들겠습니다."

형은 그 이야기를 듣고 기분이 좋아졌다.

"그럼 어떤가? 너도 쭉 여기서 같이 지내면 되지 않겠느냐? 놀고 있는 게 심심하면 나랑 함께 철공소를 경영하고. 그리고 너는 아직 독신이지? 그럼 자유롭네. 누구하고 상의할 필요도 없고. 꼭 그렇게 하자. 바로 지금부터."

이것이 1년 전 아니 반년 전이였다면 리스케는 물론 바로 대답했을 것이다. 내일의 빵을 걱정해야 하는 가난한 삶에서 곧바로 몇 백만을 소유한 부호가 될 수 있는 기회였다. 하지만, 지금은 '네 알겠습니다.' 하고 형의 권유를 따를 수 없는 사정이 있다. 그 나쁜 계략은 이미 출항한 배였고 지금 와서 되돌릴 수 없게 되었다. 혼자라면 몰라도 라이타로라는 혹까지 붙어있는 상황이다.

(1917. 10. 13.)

제95회

형은 동생의 대답하기 곤란해 하는 얼굴을 보았다.
"어이, 왜 대답을 안 하나? 뭔가 문제라도 있나?"
"실은 그렇게 되면 파리의 직장을 그만둬야 합니다. 퇴직하게 되면 봉급을 버리게 되는 거니까요."
"바보 같은 소리. 그런 봉급 따위가 아까워서 내가 외로우니 옆에 있어 달라는 부탁을 들어줄 수 없다는 건가."
"하지만 제가 있어봤자 형님한테 신세만 실 텐데요."
"또 바보 같은 소리를 한다. 너 혼자 와서 무슨 신세를 진다고 그래. 나한테는 어쨌든 충분한 재산이 있지 않은가. 너는 지금 내가 안 내해 준 걸 보지 않았느냐. 그래, 만약 내가 철공소에 실패해서 망했다고 쳐도 나한테는 그 외의 재산이 있다네. 이제부터 매년 적어도 5만 엔씩 불어날 거야. 게다가 브라질에 있는 관리인이 이번에 토지를 팔았다고 하니 또 16만 엔 보내올 걸세. 파리에 있는 은행으로 보내 달라고 했네."

"무슨 은행인가요?"

"큰 은행이었어. 은행장 이름이 야스베라고 했던가."

웬만한 어려운 상황에 익숙해 있는 리스케도 이 말에는 놀라지 않을 수 없었다. 형은 그것도 모르고 동생한테 물었다.

"너 혹시 야스베 씨를 알고 있니?"

리스케는 바로 대답했다.

"네. 이름만은 들어본 적이 있습니다."

"그래, 그럼 다음에 둘이서 같이 가보자. 같이 파리에 가서 네 직장도 정리하고 그대로 둘이 다시 돌아오자."

"파리에 가시려고요?"

리스케는 자기도 모르게 목소리가 목에 걸리듯이 말했다. 형은 그걸 보고 이상하다는 듯이 물었다.

"왜, 뭔가 문제가 있나?"

리스케는 조금 두근거렸다.

"아니요. 별로. 하지만 뭔가 갑작스럽네요."

이번에는 형이 무겁게 입을 열었다.

"흠. 실은 말이지. 실은 그 뭐냐. 치부리의 아가씨를 만나보러 갈까 해서 그러네. 그래봤자 지금은 어디론가 시집을 갔다고 하지만……. 이제 와서 하는 말이지만, 그녀는 내 첫사랑이자 한평생 단 한 명의 애인이네. 게다가 마침 잘 된 게 내가 고향을 탈출하기 전에 그녀에게 어머니의 유품인 작은 상자, 아버지가 주셨던 그것을 그대로 모두 그녀한테 맡겼다네. 이번에 가서 그것을 되찾아오려고 그래."

제96회

"하지만 20년 전에 맡긴 물건을 인제 와서 도로 받을 수 있을까요?"

"뭐, 되돌려 받는다는 건 구실이고 보석은 있어도 없어도 그만이야. 다만, 그렇게라도 만나면 되네."

"놀랐습니다. 정말 열심히 시군요. 도대체 그 공주님은 어디로 시집을 가셨나요?"

"그걸 아직 모른다네. 하지만 그건 물어볼 만한 데가 있으니까, 오늘 밤 바로 편지를 써봐야겠구나."

리스케는 형의 결심을 움직이게 하는 게 어렵다는 걸 알았다. 리스케는 지금까지 20년간 방랑하면서 꽤 많은 어려운 상황을 헤쳐 나갔다. 남에게 사기를 치고 들켰을 때나 경찰에게 쫓길 때 이 동네에서 저 동네로 도망 다닌 적이 몇 번이나 있었고, 가명을 써서 사회의 그늘에서 겨우 먹고 살아갈 때 혹은 많은 이들의 눈을 속여서 무서운 범죄를 저질렀을 때 항상 이번이 내 운의 끝인가 하고 생각한 적이 많았지만, 운은 항상 따라주었다. 이번만큼은 그 운이 다했는지 도저히 빠져나갈 구멍이 없었다. 리스케는 자기 손으로 머리를 쥐어짜고 싶은 심정이었다.

그날 밤 자기 방으로 돌아온 뒤에 리스케는 여러 가지로 고심했지만 결국 아무런 생각이 떠오르지 않았다.

"에이, 어쩔 수 없다. 고민한 게 바보 같네. 우선 어쨌든 최대한 출발일을 뒤로 미루자. 그러면서 어떻게든 방법이 찾아지겠지."

그렇게 생각하고 그는 며칠 동안 매일 형의 집에 오는 우편물에 신경을 썼다. 그런 보람이 있었는지 며칠 후 고향에서 온 편지가 우편함에 들어있는 걸 발견했다. 그는 몰래 그것을 숨겼다. 그리고 형이 안 보는 데서 몰래 그 편지를 열어봤다. 편지는 형이 문의한 자에게서 온 편지였다.

'물어보신 시오리 양은 파리 프로방스 거리에 있는 은행원, 야스베 야스토시 씨라는 자와 결혼하였습니다. 소생 가까운 시일 내에 어느 사업과 관련해서 면회하게 되어있습니다. 그때 제가 형님에 관해서 야스베 씨에게 말해두겠습니다. 운운.'

리스케는 다 읽고 나서 안도의 한숨을 쉬었다.

'아, 다행이다. 이 편지가 형 손에 들어갔으면 큰일이었네.'

어쨌든 이걸로 한시는 모면했지만, 조만간 형은 파리로 가려고 할 거다. 그렇게 되면 내 운은 다한 거다. 아니지. 이럴 바에는 빨리 꽁무니를 빼고 도망가는 게 상책이지. 라이타로가 불쌍하지만 어쩔 수 없다. 그 녀석은 그래도 내버려 둬야지. 그렇게 생각하고 리스케는 뭔가 좋은 구실을 만들어서 형한테서 여비를 얻어내 미국으로 도망간다는 계획을 세웠다.

(1917. 10. 15.)

제97회

리스케는 형과의 아침 산책 때 미국으로 간다는 말을 꺼낼 작정을 세웠고, 때마침 아침 산책길 형에게 이야기를 꺼내려던 찰나에 길가에서 한 남자에게 문득 시선을 빼앗겼다. 자세히 보자, 철공소에서 일하는 직공처럼 차려입은 라이타로가 모자를 벗고 인사하며 자신을 뚫어져라 쳐다보고 있었다. 리스케는 헉, 하고 놀랐다.

라이타로가 변장을 해서 올로롱까지 왔다는 사실은 생각하지 못한 일이었다. 녀석이 파리에서 뭔가 실수를 저질렀나, 아니면 편지를 기다릴 수 없는 급한 사정이 생긴 걸까, 어쩐지 그래서 저놈이 내가 보낸 편지에 답장을 하나도 하지 않았구나. 에이, 지긋지긋해라. 그렇지 않아도 걱정거리가 많은 데 또 하나 걱정거리가 늘어났네. 하지만 잠깐, 기다려 보자. 근데 저게 정말 라이타로인가, 혹시 닮은 다른 사람은 아닌가. 리스케는 그런 생각을 하면서 혼자 고민해봤지만 별로 좋은 수가 떠오르지 않았다. 에이, 틀리면 그만이지. 빨리 가서 만나봐야겠다. 라이타로라면 분명히 내가 오는 걸 기다리고 있을 것이다. 리스키는 생각했고 그날 밤 형이 잠자리에 드는 걸 기다렸다가 몰래 저택을 빠져나왔다.

저택에서 나와 100미터도 떨어지지 않은 길가에서 갑자기 리스케의 팔을 잡은 것은 다름 아닌 라이타로였다. 리스케는 혀를 찼다.

"역시 너였구나. 무슨 일이냐?"

"아무 일도 아니에요."

"뭔가 곤란한 일이 있는 거 아니야?"

"곤란한 일은 하나도 없고 전부 잘 돌아가고 있어요."

듣자마자 리스케는 급하게 물었다.

"그럼 왜 너는 일부러 그런 복장을 하고 여기까지 왔냐? 이 바보 같은 자식아."

그리고는 라이타로를 때려주려 했다. 하지만 라이타로 쪽도 빈틈은 없었다. 그는 갑자기 안주머니에서 권총을 꺼내서 겨누었다.

"삼촌, 조용히 해주세요. 하하하. 삼촌은 잘됐네요. 어이, 리스케. 나도 이젠 어린아이가 아니라고. 그렇게 네놈 멋대로 휘둘러서는 안되지. 일단 여기는 사람들이 볼 수 있으니까, 자, 이리로 와."

둘은 서로 멱살 잡을 거 같은 자세로 조금 떨어진 곳으로 갔다.

"자, 내가 일부러 여기까지 찾아온 이유를 말해주지. 네가 보낸 편지는 다 받았어. 네가 조심히 조심히 말하는 것도 이해하지만, 이봐 파트너, 네가 그렇게 숨기려고 하면 할수록 나는 더 불안해진다고. 뭔가 큰일이 일어나고 있는 거 같아서 말이야."

"그렇게 생각했다면 내가 말한 대로 조용히 가만히 기다리고 있지 왜."

"그것참, 더러운 변명이네. 하지만 파트너, 진짜로 큰일이 일어나고 있다면 어느 정도 큰일인지 알고 있을 필요가 있으니까."

"내가 시키는 대로 하라고 말하지 않았어?"

"흥, 그건 내가 당신을 신뢰할 때의 이야기지."

"왜 나를 믿지 못하는데. 어이 라이타로, 일부러 런던까지 가서 시궁창에서 널 건져 내준 게 누구야. 바로 나 아니냐. 집도 가족도 없는 비참한 네 녀석에게 훌륭한 이름을 붙여주고, 부잣집 도련님으로 만들어 준 게 누구냐고. 그것도 역시 나잖아. 네 그늘이 되고 양지가 돼서 네놈의 앞날의 앞날까지 걱정해준 게 나 말고 또 있어?"

제98회

"말씀 잘하시네. 변사 저리 가라네."

라이타로는 아무렇지 않은 얼굴로 비웃더니 갑자기 진지한 표정으로 목소리도 내리깔고 말했다.

"자, 이제부터가 상담인데. 실은 내가 여기까지 일부러 나온 건 말이지. 네가 자기를 위해서라면 나 같은 놈은 미련 없이 버리고도 남을 인간이란 걸 잘 알기 때문이지. 아니 자기가 위험해지면 너는 바로 남이 어떻게 되든 상관없이 톡 뛰고도 남을 인간이라고. 뭐, 내가 네 처지라도 그랬을 거고. 하지만 내 처지에서는 그냥 그걸 보고만 있을 수는 없잖아. 그래서 서로 가면을 벗고 앞으로의 일을 의논하려는데 어때 싫은가?"

리스케는 이 말을 듣고 곤란했다기보다는 오히려 '오, 요 녀석 제법인데.' 하고 감탄하고 지금까지 있었던 일을 하나도 숨김없이 얘기해주었다. 물론 숨김없이, 라고 해봤자 형의 재산 규모만은 속여서 라이타로가 모르게 놔두었다.

이야기를 다 들은 라이타로는 상황을 파악했다는 듯이 끄덕였다.

"그렇군. 그래서 어떤가, 괜찮은가?"

"당연히 괜찮지. 네 녀석만 폭로하지 않으면."

"내가 왜 폭로하겠어? 그건 그렇고 도대체 앞으로 어떻게 할 셈인가?"

"아직 어떻게 할지 정하지 않았네. 하지만 걱정하지 마라. 어떻게든 방법을 찾아볼 테니. 네 녀석은 걱정하지 말고 당장 돌아가. 너는 파리에만 있으면 부귀영화를 누릴 수 있단 말이다. 아무것도 부족한 거 없는 그런 신분이 될 수 있잖아. 나야말로 시시한 역할만 하고. 이런 시골 촌구석에서 재미없는 형 돌보기나 해야 하고."

"그렇게 말하는데, 정말 파리에 있기만 하면 되는 거야?"

"그럼 되고말고. 네가 야스베 할망구를 꽉 잡고 있잖아. 그 할망구가 폭로할 일은 없을 테고."

"그건 그렇지. 내가 할망구 걱정을 하는 건 아니라고."

"그럼 누군데. 걱정되는 게."

"원수가 걱정이지. 네놈이 굳이 나서서 만든 연적 말이야. 게다가 소위 불구대천(不俱戴天)의 원수. ─ 시오리 양말이야."

"바보야. 불구대천이라니, 무협지 읽다 학자가 다 되셨네. 그런 계집애가 뭘 할 수 있다고."

"아니. 그렇게 그 애를 얕잡아 봐서는 큰코다칠걸. 그 계집애는 숙모를 위해서라면 뭐든지 할 수 있단 말이야. 물론 그 애는 너한테 시집가겠다고 말하고 약혼자인 스즈토미하고도 인연을 끊었지. 끊긴 끊었지만, 그건 그 여자가 무슨 꿍꿍이속이 있어서 그런 거라고. 그 여자는 절대로 네가 생각하는 거처럼 약한 여자가 아니야. 한 번 마음먹으면 무슨 일이 있어도 해낼 수 있다고. 그야 무서운 여자라니까. 게다가 걔는 스즈토미에 반해 있어. 그런 여자는 사랑을 위해서라면 어떤 대담한 짓이라도 해낼지 몰라."

"하지만 그녀에게는 40만이라는 돈이 붙어오잖아."

"붙어 와도 그 돈이 그렇게 쉽게 우리 손에 들어올 리가 없어. 그렇게 욕심 부리지 말고 그런 여자는 빨리 버려버리라고."

"싫다네. 돈이 있건 없고 간에 난 그녀를 아내로 삼을 거야. 나는 돈이 갖고 싶을 뿐 아니라 그녀의 몸도 갖고 싶다고."

(1917. 10. 17.)

제99회

라이타로는 어이가 없었다.

"헤헤헤, 이거 놀랍군. 어이 그거 진심이야?"

"진심이지. 왜 그렇게 놀라나?"

"왜라니, 그런 짓 하면 네 몸은 파멸이라고."

"어째서?"

"왜라니, 무협지에서 그렇게 말하더군. 대장이 사랑에 빠지면 전 군대가 멸한다고. 어이, 네가 이상한 짓 하면 나까지 꼬이게 된다고. 정말이지 그만둬줄래."

이 말을 듣고 리스케는 이상하게 히죽히죽 웃었다.

"그만둬라. 너도 그 여자한테 반했구나."

라이타로는 침착하게 말했다.

"이거 참 아쉽지만, 난 돈에는 반해도 그런 여자한테는 전혀 관심이 없네. 게다가 난 아직 50이 되려면 한참 멀었고."

자기 나이를 들먹여서 리스케는 싫은 표정을 지었다. 리스케는 분하다는 듯이 혀를 찼다.

"이제 그만해라, 이 녀석아. 나불나불 떠들기만 하고. 그것보다 이건 어떠냐? 내가 거금을 줄 테니 이제 다 집어치우고 빨리 런던으로 돌아가지 않을래?"

"흥, 얼마 줄 건데."

"5만 엔 줄게."

라이타로는 흠칫 놀라 리스케의 얼굴을 보더니, 이상하게 웃었다.

"미안하지만, 삼촌. 우선 거절하겠습니다. 흥, 네놈이 5만 엔을 주겠다고 할 때는 네 주머니 속에는 분명 50만 엔은 있을 거야."

"바보 같은 소리 하지 마. 어디에 그런 큰돈이 있다고."

"지금까지 네가 해온 짓을 보면 분명 그래. 지금까지 그랬잖아. 너무 심하다고 생각하면서도 내가 야스베 할멍구한테서 돈을 어마어마하게 뜯어냈지만, 그때 네가 어떻게 했어. 단물은 네가 다 빨고 나한테는 10분의 1도 주지 않았잖아."

"아니, 이번에는 벌써 거금이 들어오게 되어있다니까."

"그럼, 넌 잘됐네. 그 돈을 갖고 넌 언제든지 마음대로 도망치겠지. 뒤에 남은 나만 비참한 꼴을 당하겠지."

너무 원망스러운 소리를 들어서 구라베는 결국 화를 내고 말았다.

"이 배은망덕한 놈아."

구라베는 고함을 질렀지만, 라이타로는 눈 하나 까닥하지 않았다.

"너는 아까부터 거짓말만 하고 있잖아. 어이, 너는 네 형의 재산이 얼마 없다고 했지만, 실은 야스베 은행에 16만 엔이나 맡기고 있다고. 여기에 투자한 돈만도 40만 엔이 넘어. 하지만 그뿐만이 아니야. 네형은 뭔가 더 큰 돈을 사업에 투자할 계획이라서 그 상담을 받은 사람이 있다는 걸 내가 알고 있다고. 그리고 너는 이상하게 그걸 다 숨기고 있단 말이지. 이봐, 내가 이렇게 다 알고 있다고. 내가 일부러 올로롱까지 조사하려고 온 것도 무리가 아니지.”

이렇게까지 알고 있다면 어쩔 수 없다. 리스케는 그저 쓴웃음을 웃을 수밖에 없었다. 라이타로는 의기양양하게 말을 이었다.

“어때, 삼촌은 항상 나에게만 일을 시키고 꿀물을 혼자서 빨고 있다고.”

“하지만 어쩔 수 없으니까.”

“아니, 그렇지 않아. 네 생각이 나빠서 그래. 다른 일은 어쨌든 첫 약속에서 느긋하게 그 할망구를 쥐어짜기로 했는데 네가 너무 성급하게 하니까, 안타깝게 결국 그 돈도 다 깨졌잖아.”

“뭐, 난 그냥 한 번에 결과를 보는 게 좋을 거 같아서.”

“그야 그럴지도 모르지만, 갑자기 시오리 양을 아내로 맞고 싶다니, 그건 너무 처리하는 방법이 조급한 거 같은데. 그런 일을 계획하니까. 시오리 녀석 결국 우리들의 계획을 눈치채버렸잖아. 녀석이 할망구 편이 됐고 우릴 적으로 알고 있다고.”

(1917. 10. 19.)

제100회

“조만간 우리 일을 모두 야스베 노인한테, 아니 어쩌면 경찰에게 신고할지도 몰라.”

"하지만, 내가 그 여자를 좋아하니 어쩔 수 없지."

"그런데 네 어설픈 거짓말 때문에 모든 게 다 아쉽게 되어. 처음엔 네가 형이 죽었다고 해버렸는데 지금은 형이 멀쩡히 살아 돌아왔으니 정말 난처하게 돼버렸지. 덕분에 나도 '아빠' 하고 달려가서 안길 수도 없게 됐고. 이봐요, 삼촌아, 당신은 진짜 실력 없어."

리스케는 가차 없이 질타를 당한 것이 부끄러워서 막무가내로 화를 냈다.

"시끄러워. 사람을 바보 취급해도 유분수지. 그야 나도 가끔 실수는 한다고. 그래도 다시 방법을 생각해내면 잘 처리할 수 있다고."

라이타로는 그런 말로는 만족이 안 됐다.

"어떤 식으로?"

"그야, 세공하는 방법은 여러 가지 있지만 나름대로 공을 들인 거라고."

둘은 얼굴을 마주 보았다. 둘의 마음속에 동시에 무서운 계략이 떠올랐다. 둘은 한동안 조용히 있다가 리스케가 목소리를 가다듬었다.

"저기 어떤가? 라이타로, 내가 지금 말한 돈은 안 받을 생각인가?"

"아니. 이제 일이 이 지경이 됐으니 난 어디까지나 네놈한테 붙어 있는 편이 득인 거 같아. 인제 와서 손을 끊은 건 거절하겠어. 그 대신 네가 시키는 대로 다 할게."

"좋았어. 그럼 지금 당장 파리로 돌아가."

"알았어. 돌아갈게."

그 후 둘은 나중의 계획에 관해서 이야기를 나누었다. 라이타로가 내부의 적 역할을 하고, 리스케는 외부에서 야스베 부인의 편을 들어 부인과 시오리 양의 환심을 사려는 계획이었다. 둘은 사실 마음속으로는 서로 미워하면서도 표면적으로는 친한 척하면서 악수하고 헤어졌다.

그러고 나서 닷새 후 가즈토시는 갑자기 어지럽고 기분이 안 좋아졌다. 심할 경우는 서 있을 수도 없을 지경이었다.

"흥, 아무것도 아니야. 내가 남미에 있을 때도 이런 병에 걸린 적이 있었지. 지금서부터 푹 자면 점심까지는 다 나을 거야."

그렇게 말하고 안마만 받고 진료도 받지 않고 약도 먹지 않고 잠에 들었지만, 점심이 되어도 몸은 좋아지지 않았다. 어지럼증이 가라앉으니 이번에는 볼이 저리듯이 아팠고 맥박도 심하고 이상하게 몸에서 열이 났다. 가슴께가 이제라도 숨이 멈출 것처럼 괴로웠다. 게다가 혀가 굳어져서 말하기도 어려웠다. 그러는 사이에 이번에는 턱뼈가 경직돼서 입을 여닫는 것도 어려웠다. 리스케는 걱정돼서 빨리 의사를 부르라고 권유했지만, 가즈토시는 수긍하지 않았다.

"안 돼. 난 의사가 싫어. 괜찮아, 이걸로 고칠 수 있어."

(1917. 10. 20.)

제101회

그렇게 말하고 그날도 안마 치료를 계속했고, 다음 날은 과연 증상이 아주 가벼워진 것처럼 기분 좋게 아침 식사를 했다. 그리고 이제 외출할 것처럼 원기가 회복되었는가 싶다가도 한 순간에 어제와 똑같이 안 좋은 상태로 빠졌다. 가즈토시는 무슨 생각을 했는지 이번에는 동생이 있는 데도 상관없이 근처 의사를 부르러 사람을 보냈다.

의사는 자세히 진찰한 후 그렇게 걱정할 정도의 병은 아니라고 전했다. 찜질을 하고 거기다 진통제인 모르핀이랑 그 외 다른 약을 두 종류 정도 주고 갔다. 약 효과를 봤는지 가즈토시는 그날 밤 푹 잤고, 세 시간쯤 지나자 그 이상한 증상은 싹 가라앉아 목이나 머리의 통증이 말끔해졌다. 그런데 이번에는 전신이 어디라고 할 것도 없이 아프기 시작했다. 회진을 온 의사는 이해가 안 간다는 표정 짓고 혹시 모르핀을 너무 복용한 건 아닌가, 하고 물었지만 리스케는 처음부터 부정하고 절대로 그런 일은 없다고 주장했다. 의사는 가즈토시 팔다리의 마디마디가 부어있을 뿐만 아니라 심한 통증까지 동반하고 있는 걸 보고 머리를 갸우뚱거리며 응급처치를 하고 돌아갔다.

의사가 돌아간 후 가즈토시는 갑자기 공증인을 불렀다. 리스케는 놀라서 물었다.

"아니 왜 갑자기 이러세요?"

리스케는 형을 말렸지만, 가즈토시는 동생 말을 듣지 않았다.

"내 목숨도 얼마 안 남은 거 같아. 나는 제대로 정리하고 죽고 싶어."

초대받아서 온 공증인은 가즈토시의 의뢰가 자기 상속에 관한 것임을 알고는 막대한 상속세를 피하기 위한 수단으로서 지금 당장이라도 재산을 가즈토시와 동생이 함께 공동 출시한 것으로 변경해 놓는 쪽이 좋다고 조언했다. 가즈토시는 세금과 상관없이 만에 하나 자기가 살아남아도 동생의 자존심이 상하지 않게 공동으로 사업을 경영하는 게 오히려 잘 된 거 같아서 동의했다. 리스케는 그 이야기를 듣고 일부러 한발 물러섰다.

"어째서 그러시는 거예요. 형님이 건강하실 때 저도 여기서 함께 일하게 해주세요. 만약 형님이 돌아가시면 저는 당연히 형님 뒤를 따르겠습니다. 이제 와서 갑자기 그런 형식을 차릴 필요가 있겠습니까."

이렇게 말하고 형을 말렸지만, 형은 한 번 마음을 정하면 누가 뭐라고 해도 절대로 남의 말을 듣는 성격이 아니었다. 그래서 결국 리스케가 져서 공동출시의 형식으로 모든 증서를 작성해서 만전을 기해서 모든 절차를 빈틈없이 처리했다.

리스케는 이제 20만 엔이라는 재산의 주인이 되었다. 거기서 나오는 이익만 해도 일 년에 2만 엔 남짓 된다. 이것이 일 년 전이라면 리스케는 얼마나 기뻤을까. 아쉽게도 파리에서의 나쁜 계략이 너무 진행되어 버렸다. 리스케는 형이 파리에 가서 쓰요시 부인을 만나면 자기의 악행이 모두 폭로될 것을 걱정했다. 가즈토시는 또 가즈토시대로 몸이 조금 좋아지면 고향 친구에게 쓰요시 공주가 시집간 곳을 알려달라는 편지를 보냈는데 답장이 오지 않는다고 안달했다. 기다리고 있는 그 대답은 리스케가 며칠 전 찢어버려서 아무리 기다려도 가즈토시 손에 들어올 리가 없다. 이 사실을 모르는 가즈토시는 이번에는 우편이 아니라 일부러 고향까지 사람을 보내서 대답을 듣고 오게 했다. 하지만 리스케도 빈틈이 없었다. 그 사자도 역시 문을 나서자마자 리스케 손으로 저지당해서 사실 고향으로는 가지 못했다. 이렇게 며칠이 지나고 어떤 이유에서인지 가즈토시의 병은 갑자기 다시 악화하였다. 이미 각오한 가즈토시는 리스케의 무릎을 베개 삼아 아무 말도 하지 않고 마지막 숨을 거두었다. 리스케는 순조롭게 형의 유산을 상속받아서 후작 구라베 리스케가 되었고, 한 순간에 몇 백만이라는 대부호가 되었다. 리스케가 라이타로에게 전보를 쳐서 '내일 파리로 돌아감.'이라고 알린 것은 그로부터 며칠 지나지 않아서이다.

(1917. 10. 21.)

제102회

리스케가 파리를 떠나 있던 한 달 동안 야스베 부인은 자유롭게 숨을 쉴 수 있는 기분이었다. 라이타로는 리스케랑 상의한 대로 다시 태어난 것처럼 행실을 바르게 해서 잃은 신뢰를 다시 회복하려고 노력했다. 어려운 일이기는 했지만 그렇다고 안 될 일도 아니었다. 특히 이런 일에는 천성을 타고난 라이타로였음으로 어렵지 않게 부인의 마음에 들어서 사랑스러운 아들이 되었다. 시오리 양마저 요 몇 주간의 라이타로의 변한 모습을 보고 자기가 잘못 판단했던 건 아닌가 의심할 정도였다.

그런 와중에 리스케가 올로롱에서 일을 마치고 돌아왔다. 라이타로는 바로 그를 찾아갔다.

"이제 우리 이쯤하고 그만둬도 되지 않을까. 내 몫은 그렇게 많이 안 받아도 되니까."

리스케는 이 말을 냉정하게 받아쳤다.

"바보 같은 소리 하지 마. 난 이제 부자가 되었지만 조금 다른 목적이 있어. 시오리를 아내로 맞이해서 파리의 유지가 될 거야."

"그건 위험하지."

"아니 상관없어. 나는 너하고 인연을 끊으려고 그러는 게 아니야. 곧 너에게도 단물을 빨게 해줄게. 시오리랑 식을 올리면 너에게도 충분히 나눠줄게."

라이타로는 잠시 가만히 생각했다. 리스케가 돈을 쥐고 있으니 어쩔 수 없다. 뭐라고 해도 그를 따를 수밖에 없었다. 라이타로는 진지하게 리스케를 쳐다보았다.

"그건 그렇고 파트너. 얼마 전까지 야스베 씨에게는 가즈토시를 모른다고 하지 않았나? 야스베 은행에는 카스토시의 돈 십 몇 만 엔이 맡겨 있는데 네가 그럴듯한 설명을 만들지 못하면 그 돈은 당신 손에 들어올 수가 없어."

리스케는 히죽히죽 웃었다.

"음, 감동했어. 좋은 곳을 짚었어. 하지만 뭐 나는 이미 다 생각이 있지. 그 가즈토시라는 놈은 아버지의 아들이고 함부르크에서 태어난 거야. 즉, 나와 이복형제인 셈이지. 이렇게 둘러대면 괜찮지 않을까. 너는 잊지 말고 내일이라도 좋으니까, 살짝 이 이야기를 야스베 할배한테 얘기해줘라."

"그러다 이것저것 탐색 당하면 어떡하지?"

"누가 탐색을 하냐. 배가 다르건 같건 상관없지. 야스베에게 무슨 상관이 있다고. 은행 예금의 세세한 부분만 맞으면 그놈들은 안심한다고."

"아니, 아니, 야스베 할배가 아니라."

"할멈하고 시오리 말인가? 뭐 그쪽도 걱정할 필요 없어. 그들이 아무리 의심을 하였다고 해도 입 밖으로는 아무 말도 못 할걸. 말하면 말할수록 자기들 손해지."

라이타로는 턱을 괴고 비웃었다.

"하하, 그런 말해도 괜찮아?"

"괜찮고말고. 그렇게 걱정이라면 내 계획을 들려주지. 잘 들어라. 내가 처음 그 할멈네 집에 갔을 때, 나는 강도 역할을 맡았지. 그때 협박 문구가 '돈이 싫으면 목숨을 내놔라.'가 아니라, '돈이 싫으면 이름을 내놔라.'라고 쓴 거지. 할멈은 섬찟 놀라서 나를 싫어했지."

"흥, 싫어했다는 정도가 아니지."

"도마뱀처럼 생각했다고 해야 하나? 뭐 그건 어떻게 생각해도 상관없어. 그런데 내가 너를 데리고 가서 등장인물 중 한 명으로 해줬지. 네놈의 연극이 잘 통해서 서막은 막을 내렸지. 제2막에서는 너의 방탕한 생활이 시작되지. 할멈은 네놈에 질린 대신 나를 싫어했던 것도 잊고 나를 상담상대로 너에 관한 모든 일을 맡겼지."

"참 안됐어."

(1917. 10. 22.)

제103회

리스케는 개의치 않고 이야기를 이어갔다.

"그리고 제3막이지. 내가 시오리를 아내로 맞이하기로 하고 스즈토미와의 인연이 끊겼다. 이걸로 다시 내 신용은 없어진 거지. 자, 이제 대단원에서 우리 둘은 다시 역할을 바꿔야 해. 잘 들어. 실수하지 말고 잘해야 한다."

"그건 어떻게 하면 되는데?"

"내일 할멈네 집에 가서 올로롱의 일을 얘기해주는 거야. 물론 할멈은 믿지 않겠지. 그건 아무래도 상관없어. 단지 네가 사실을 말하듯 잘만 얘기하면 돼."

"그리고 사흘 후 나는 야스베 할배를 만나러 갈 거야. 그동안의 경위를 다 얘기한 후에 올로롱의 공증인이 보낸 서류를 보여주는 거지.

그리고 정당하게 은행의 예금은 내 것이 되는 거지. 그리고 당분간은 그 돈을 은행에 맡길 걸세. 그렇게 하고 나는 할멈을 만나러 갈 거야. 그리고 지금까지는 가난했기 때문에 라이타로를 당신한테 모두 맡겼지만, 저 녀석이 워낙 망나니 같은 놈이라……."

"정말 고마운 말씀이군요, 삼촌."

"대답하지 마. 다행히 내게 다소 돈이 생겼으니까, 다시 저 녀석을 제가 데리고 가겠습니다. 이렇게 말하면 할멈은 아주 기뻐하면서 이번에는 시오리와의 거래도 취소하자고 말하겠지. 그러면 난 당연히 안 된다고 말할 거야. 지참금이 목적이 아니라는 걸 증명하기 위해서 지참금은 결혼식 날 라이타로에게 너에게 죽는 식으로 말이지."

리스케의 말투에는 진심이 담겨 있었다. 라이타로마저도 이야기에 빠져들어서 방긋 웃었다. 라이타로는 신이 나서 말했다.

"이야, 이거 멋있구먼. 분명히 그러면 할멈과 시오리 사이가 나빠질 거야. 나한테 재산을 준다고 하면 할멈은 좋아할 거고 금방 삼촌 편이 될 거야. 이야 이거 걸작이네."

리스케는 의기양양해졌다.

"나도 그렇게 생각하네. 그리고 나는 할멈에게 스즈토미 욕을 실컷 하고 스즈토미를 짓눌러서 놓겠어. 아무리 고양이 우는 소리를 내고 얌전한 척해도 실은 엄청 나쁜 놈이라는 걸 미주알고주알 다 말해 줄 거라고."

"그래, 그 미나코라는 여자 얘기도 중간에 해주면 좋지. 그러면 네 이야기에 살이 더 붙잖아."

(1917. 10. 23.)

제104회

"그건 말할 필요도 없이 당연하지. 그야말로 내가 좋아하는 허풍으로 감쪽같이 속일 테니까. 그런데 네놈은 정말로 조심해서 실수하지 않도록 잘해라."

"뭘 하면 되는데?"

"너는 다시 그 방탕한 생활을 시작하는 거야. 도박이든 경마든 뭐든지 간에 돈을 물처럼 펑펑 쓰는 거지. 그리고 너랑 나는 지금 사이가 안 좋은 거로 되어있으니까, 너는 나한테는 올 수 없어. 오로지 할멈만 뜯어내는 거야. 뭐든지 좋으니 말도 안 되는 금액을 뜯어내서 돈을 받아. 그리고 받은 돈은 굳이 나한테 갖고 올 필요는 없다."

"내가 갖고 있어도 된단 말이지."

"갖고 있건 사용하건 그건 네 맘대로 해라. 어쨌든 막무가내로 할멈한테서 돈을 뜯어내기만 하면 돼. 그렇게 하면 3개월도 안 돼서 할멈은 발가벗을 수밖에 없게 되지."

리스케의 어조가 너무나 격해서 라이타로마저도 눈썹을 찌푸렸다.

"뭔가 너무 불쌍하네."

라이타로가 말하자, 리스케는 더욱 눈에 힘을 주면서 말했다.

"불쌍하긴 뭐가 불쌍해. 그게 바로 내 수법이라고. 그렇게 하지 않으면 시오리가 나한테 시집오지 않을 테니까."

"어째서?"

"그야, 바로 이런 거지. 네가 할멈하고 시오리를 곤란하게 만들었을 때, 내가 '짠' 하고 나타나는 거지. 그리고 그 둘을 구출해주는 거야. 그러면 그 둘은 내 친절함에 감동해서 결국 내 쪽으로 오게 되는 거지. 뭐 이런 수법이야."

"그걸로 스즈토미를 잊을 수 있을까?"

"괜찮아. 그녀가 아무리 스즈토미한테 반했다고 해도 사오 개월도 안 지나서 분명히 정떨어지게 만들 테니까. 그놈의 행실을 들으면 분명 등 돌리게 되어있어, 게다가 말이지……."

리스케는 잠시 생각에 잠기더니 탁하고 손뼉을 쳤다.

"어이, 좋은 생각이 떠올랐네. 스즈토미 녀석이 금고 열쇠를 맡고 있어."

라이타로는 그건 너무하다는 식으로 손을 흔들며 반대했지만, 리스케는 그 말을 듣지 않았다.

"안 돼. 스즈토미 녀석, 내 연적이지 않나. 나는 뭐든지 좋으니까, 그놈을 곤란하게 만들고 싶어. 네놈이 이제 와서 정직한 척 해봤자 소용없어. 정직함이라는 건 우리한테는 사치라고."

"알아, 네가 그런 소리 하지 않아도 난 너랑 인연을 끊을 생각은 없어. 우선 결론부터 말하자. 일이 잘 성사되면 나한테 얼마를 줄 건데. 만약 실패하면 수고비는 얼마고."

"1년에 1만 엔. 그리고 지금부터 내 결혼식까지 네가 갈취한 건 모두 네가 갖고."

"담보는 어떻게 하고."

둘은 한동안 세세하게 돈 계산을 했고, 그 끝에 라이타로는 리스케가 꾸밀 촌극의 파트너가 되기로 동의했다.

(1917. 10. 24.)

제105회

라이타로의 행실은 또 변해서 그는 다시 방탕한 생활을 시작했다. 이번에는 돈을 어디에 쓸까, 하고 어머니를 의심스럽게 만들 그런 모호한 정도가 아니었다. 공공연하게 여배우나 기생하고 관계를 갖고 무턱대고 자동차를 사고 거금을 걸고 화투를 치곤했다. 게다가 전에는 어머니를 속여서 돈을 빼냈던 수법이 요즘은 협박해서 지갑 주머니를 열게 하는 방식으로 변했다. 이렇게 되니 여간 힘든 게 아니었다. 한 달이 지나자마자 부인의 저축은 하나도 없어졌고 지금은 시오리 양이 알뜰하게 꾸린 생활비에서 얼마간의 여윳돈을 얻어 쓰는 형편이 되었다. 그 인자한 야스베 씨마저도 최근에 너무 돈을 많이 쓰는 것 같아 쓴 소리를 하곤 했다.

"이러면 파리에 있는 모든 물건을 몽땅 다 살 수 있을 걸세. 그런 것도 가끔은 괜찮지만, 매번 이런 식이면 곤란하네."

이런 식이라면 조만간 최후의 날이 올 것임을 부인보다도 시오리 양이 더 잘 알았다. 시오리는 조심스럽게 부인에게 경계를 재촉했지만 부인은,

"아니, 라이타로도 이제 더는 돈 나올 곳이 없다는 걸 알면 자연스럽게 행실을 고칠 거예요."

라고 말할 뿐이었다. 그러는 사이에 최후의 날이 드디어 왔다. 부인은 남편한테서 한 푼이라도 돈을 받아낼 구실이 없어졌다. 하지만 라이타로는 가차 없었다. 부인은 곤란해 하며 말했다.

"이제 내 손에는 보석이 조금 있을 뿐이야. 애야, 그걸 가지고 갈래?"

그 말을 듣자 과연 라이타로도 조금 안색을 바꾸고 주저하는 것 같았지만, 곧바로 대답했다.

"네, 가져가겠습니다. 전당포에 집어넣으면 몇 푼은 되겠지요."

그리고 그 보석을 낚아채고 뛰쳐나갔지만 이런 재원이 있다는 사실을 알고 라이타로는 지금까지 보다 한층 더 심하게 매일 같이 부인을 조르러 왔다. 부인의 보석은 점점 없어졌다. 이어서 시오리 양의 보석도 하나둘씩 뜯겼다. 부인은 더는 견딜 수 없어서 이번에는 리스케에게 상담했다.

몇 달간 리스케는 부인한테서 멀어져 있었다. 실은 올로롱에서 돌아와 바로 부인을 찾아갔지만, 그때는 이미 라이타로를 뒤에서 조정하는 것이 리스케라는 것을 알고 있었기 때문에 부인은 자연히 반갑지 않게 맞이했다. 리스케는 그 뒤로 한 번도 야스베 집에 간 적이 없다. 시오리 양은 부인이 리스케랑 상담하려는 것에 찬성했다. 시오리 양은 라이타로가 무분별하게 돈을 쓴다고 해도 누군가가 뒤에서 시키지 않고서야 저렇게까지 터무니없는 짓을 할 리가 없다고 생각했다. 이 일에는 리스케가 자신을 아내로 삼겠다는 의도와 관계가 있는 것 같았고, 이를 위해 일부로 라이타로를 내세워 저런 짓을 시키고 있다고 믿었다. 그리고 하루라도 빨리 부인과 리스케 사이에 상담을 마치고 이 촌극의 끝을 바랐다.

부인은 바로 편지로 리스케에게 연락을 취하고 그다음 날 그를 만나러 갔다. 그리고 최근의 라이타로 행실을 호소하자 리스케는 끝까지 듣지도 않고 주먹으로 탁자를 '탁' 쳤다.

"정말 안 되겠군요. 그 녀석 도대체 무슨 생각을 하는 거야? 사모님, 실은 요 4개월 사이에 저한테서도 칠팔천 엔을 뜯어갔습니다."

부인의 의심하는 듯한 얼굴을 보고 리스케는 책상 서랍에서 라이타로의 영수증을 꺼내서 보여줬다. 계산해 보니 정확히 9천 엔이었다.

"어머, 걔는 나한테서도 1만 6천 엔을 받아 갔어요."

리스케는 매우 친절하게 부인을 위로한 다음, 라이타로가 돈을 어디에 썼는지 이것저것 캐보았고, 앞으로 라이타로의 양육비는 자기가 맡겠다고 말했다. 부인은 기뻐했고 자기가 지금까지 리스케의 인간 됨됨에 대해서 오해하고 있었던 걸 후회했다.

(1917. 10. 25.)

제106회

그날 밤 리스케는 라이타로를 만났다.

"어이, 이제 됐다. 네 놈의 방탕한 생활도 이 정도에서 그만둬라. 앞으로는 한 푼이라도 뜯어내면 안 된다."

"일이 어떻게 됐는데?"

"어떻게 라니, 준비는 이제 다 됐지. 이제 성냥 한 개비로 불만 붙이면 된다."

둘은 성냥을 긁을 기회를 기다렸지만 그게 쉽게 찾아오지 않았다. 라이타로가 아무리 손을 써서 스즈토미를 마지막 수렁에 빠트리려고 꾀어도 스즈토미는 그의 꼬임에 넘어가지 않았다. 화투에서 도박할 때도 이길 때도 질 때도 아무렇지 않아 했고, 이성을 잃거나 선을 넘는 모습을 보이지 않았다. 술을 마실 때도 앞뒤를 망각하고 실수를 하는 일이 없었다. 둘은 속수무책이었다.

"이놈 까다로운 벽창호네. 그놈한테는 진짜 어찌할 바를 모르겠어. 녀석 마치 고리대금업자처럼 냉정한 태도야. 뭘 해도 선을 넘는 일이 없어. 시오리 녀석과 헤어질 때는 실망한 나머지 미쳐버리는 줄 알았는데 여전히 냉랭해서 나 몰라라 하는 식으로 시치미를 떼고 있어. 마치 외국사람 같아. 저런 시체 같은 놈한테는 전기를 꽂아도 아무 일도 일어나지 않을걸. 어이, 파트너. 그 녀석을 탈선시켜서 자멸시키려는 네 계획은 실패했네."

고소해하는 라이타로에게 리스케는 조용히 하라며 손짓했다.

"뭐, 지금까지의 수법에 넘어오지 않았다면 이제부터의 수법에서 넘어오게 하면 되지."

라이타로는 도저히 가망이 없다고 생각했는지 고개를 좌우로 흔들며 동의하지 않았다.

리스케는 어쩔 수 없이 당분간 느긋하게 기다리기로 했지만 실은 마음이 조급했다. 스즈토미에게 흠을 만들어 시오리 양의 눈앞에서 그를 깎아내리려는 모처럼의 계략은 성공할 기미가 전혀 보이지 않았다. 이대로 꾸물대다간 시오리 양은 자신의 아내가 되고서도 여전히 스즈토미에게 미련을 갖을지 모른다. 그렇게 생각하자 리스케는 안절부절못했다.

라이타로는 그러는 사이에 신기할 정도로 행실을 고치고 지금까지 방탕하게 산 것을 대신해서 조금은 검소함을 배우고 싶다며 스스로 자진해서 르비지네 외곽에서 혼자 살았다. 야스베 부인의 주변이 자연스럽고도 순식간에 조용해져서 시오리 양은 태풍이 불기 직전 일시적으로 세상만사가 조용해진 것 같은 불안감을 느꼈다.

"도대체 어쩌려고."

시오리 양이 혼잣말하니 야스베 부인도,

"정말로 어쩌려고."

하고 앵무새처럼 되풀이할 수밖에 없었다.

(1917. 10. 26.)

제107회

리스케는 자기 계획이 실패할 거 같아서 점점 불안해졌다. 그리고 본의 아니게 스즈토미의 의지가 견고하다는 걸 인정할 수밖에 없었다. 그러던 어느 날 새벽 두 시를 막 지나려고 할 때 급하게 라이타로가 뛰어 들어왔다.

"왜 그래? 무슨 일이야?"

"아니, 아무 일도 아니야. 아니, 그게 아니라. 아무 일도 아닌 거 같지만 실은 큰일이 있지. 지금까지 스즈토미 녀석의 상대를 하고 있었는데."

"응."

"녀석하고 미나코하고 그리고 아는 사람 두세 명을 저녁 식사에 초대했지. 저녁을 먹고 화투를 쳤는데 스즈토미 녀석 술에 취해서 화투를 못 치는 거야. 우리는 신경 쓰지 않고 하고 있었는데, 녀석이 그만 은행 금고를 여는 암호를 말해버렸어."

"그거 잘됐네. 뭐라고 하는데."

"집시라고 하던데."

리스케는 갑자기 침대에서 펄쩍 뛰어오르면서 바로 윗도리를 입었다. 그리고는 정신없이 방안을 돌아다녔다.

"옳거니. 이번이야말로 녀석의 파멸이다. 금고를 연 사람이 누구든 책임은 그 녀석한테 있지. 고맙군. 암호를 알았으니. 너는 열쇠가 어디 있는지 알고 있지?"

"흠, 대개는 노인네 책상 서랍 속에 들어있지."

"그럼 너는 빨리 가서 할멈한테 그걸 꺼내오라고 시켜. 뭐라고 꾸물대면 힘을 써서라도 가지고 와. 그리고 금고를 열어서 그 속에 있는 걸 몽땅 훔쳐 오는 거야. 하하하. 야, 스즈토미."

그는 좋아 죽겠다는 식으로 웃었다.

"네 이놈 건방지게도 내가 반한 여자를 뺏으려 해. 이번에야 말고 험한 꼴을 보게 해주지."

"잠깐, 그렇게 너무 좋아하지 말고. 그게 그렇게 쉽게 되는 일이 아니야."

"안 될 일이 뭐가 있겠어."

"없긴 왜 없어. 스즈토미 녀석이 내일이라도 암호를 바꾸면 어떻게 하려고."

"흠. 그것도 그러네. 하지만 뭐 대부분은 괜찮겠지. 설마 오늘 자기가 실수로 암호를 말해버린 걸 기억하고 있지는 않겠지. 하지만 어쨌든 서둘러서 해치우자고."

"그뿐만이 아니야. 그 노인네가 조심성이 있어서 밤에는 절대로 현금을 은행에 보관하지 않는다고 하더군. 항상 당일 중앙은행에서 가지고 온다고 하네."

"걱정하지 마. 그건 내가 다 방법이 있지. 우리가 몰래 들어가는 날 밤에는 분명 거금이 들어있을 거야."

"어째서?"

"내 예금 12만 엔이 은행에 있는 건 너도 알고 있지. 잘 들어, 내가 그 돈을 내일모레 아침 일찍 받으러 가겠다고 통지해 놓는 거지. 그러면 이른 아침이니까 녀석은 분명히 전날 밤에 그것을 중앙은행에서 가져다 놓을 거 아니겠어."

라이타로는 자기도 모르게 손뼉을 '탁' 치면서 좋은 수라고 칭찬했다. 드디어 그다음 월요일 즉, 2월 27일 그 계획을 실행에 옮기기로 했다.

(1917. 10. 27.)

제108회

리스케는 기운을 냈다.

"그래, 그럼 오늘 중에 노인네에게 편지를 보내서 화요일 아침 일찍 받으러 갈 거라고 통지해 놓겠어. 시오리 녀석은 월요일 저녁에 집에 없다고 하지 않았나?"

라이타로는 끄덕였다.

"노인네도 아마 어딘가 간다고 그랬어. 하지만 오늘 편지를 보내고 바로 화요일 아침은 너무 성급한 거 아닌가?"

"그야 그렇지. 하지만 은행원이라는 인간들은 통지를 받자마자 바로 거금을 내줄 수 있는 걸 장기로 알고 있거든. 그러니까 큰일은 없을 거야. 네놈은 다시 스즈토미 녀석에게 은행 문이 열리자마자 돈을 받을 수 있게 해달라고 잘 전달해 놔."

"알았어. 실은 스즈토미를 오늘 밤 만나기로 했으니 내가 잘 전달해 놓지. 노인네한테서 연락이 오면 나한테도 바로 알려줘."

"알았네."

라이타로가 인사를 하고 나가자 리스케는 오늘부터 화요일까지의 시간을 계산하고 드디어 소원성취의 순간이 왔다며 기쁜 나머지 가만히 있을 수가 없었다. 라이타로는 리스케와 반대로 지금부터 계획을 실행에 옮길 때까지의 시간을 계산하면서 이루 말할 수 없을 정도로 침울해했다. 라이타로는 최근 야스베 부인이 안쓰러워서 그 사람에게 한 짓에 대해서 후회하고 있었다. 만약 사람이 새로 태어난다는 것이 고통도 노력도 없이 가능하다면 그는 분명 다른 선택을 했을 것이다. 도대체 이번 계획은 리스케 입장에서는 이득을 보지만, 자기한테는 아무런 필요도 없는 일이고 생각해보니 리스케 놈의 음흉함은 같은 동지라지만 진저리가 났다. 만약 그를 배신해도 자기한테 아무런 지장이 없다면 그는 지금 당장이라도 야스베 편을 들어주고 싶다고 생각했지만 리스케는 빈틈이 없었다. 그는 한시라도 라이타로랑 떨어져 있지 않고 온갖 잔꾀를 동원해서 계획이 성공했을 경우 얻게 될 생활에 대해서 과장해서 들려주었다. 계획이 성공하면 어머니에게 지금까지의 은혜를 갚으면 된다고까지 말했다.

그리고 사건 당일이 되었다. 리스케는 라이타로의 침울한 얼굴을 보고

"왜 그래? 무서우냐?"

라고 야유했지만, 라이타로는 패기가 없었다.

"무서워. 난 왠지 이 일은 하고 싶지 않아."

그때 시계가 여덟 시를 쳤다. 라이타로는 얼굴이 새파래지고 입술도 파래져서 이를 탁탁탁 떨었고 서 있을 기력도 없었다.

"못 해. 아무래도 난 못 할 거 같아."

라이타로는 내뱉듯 말했다.

리스케는 그 말을 듣고 '확' 하고 열불이 났지만, 다시 진정시키고 바삐 초인종을 눌러 독한 술을 갖고 오게 시키고는 라이타로에게 들이밀었다. 마시라고 명령하고 억지로 마시게 했다. 다 마시자 라이타로의 얼굴에 다시 혈색이 돌았다. 그는 주먹으로 탁하고 테이블을 치고 외쳤다.

"그래, 가자."

(1917. 10. 28.)

제109회

둘은 야스베 집을 향해서 달렸지만, 저택 가까이 와서 리스케는 라이타로에게 물었다.

"어이, 권총을 갖고 있나?"

"갖고 있어. 자 해치우자."

기운 좋게 말하는가 싶더니 그는 다시 주저했다.

"아니, 한 명은 노모이고 한 명은 친구야. 게다가 이런 일을 하는 건 싫어. 싫다고. 나 안 할래."

"머저리."

리스케는 당장이라도 라이타로의 멱살을 잡을 것 같이 사납게 화를 냈다.

라이타로는 몸부림치면서 문으로 달려들더니 현관 초인종을 자포자기한 듯이 눌렀다. 안에서 사람이 나왔다.

"사모님은?"

라이타로가 물었다.

"방에 계십니다."

라이타로는 대답을 듣자마자 뒤도 돌아보지 않고 계단을 뛰어 올라갔다.

여윈 얼굴의 부인은 불안한 눈빛으로 급히 뛰어 들어온 라이타로의 모습을 보고 놀라서,

"어머, 무슨 일이니?"

라며 일어섰다. 그 목소리에는 어머니의 자비가 넘칠 듯이 담겨 있었다.

라이타로는 그 목소리를 듣자 머리끝서부터 발끝까지 감전된 것처럼 전율이 흘러 자기도 모르게 멈춰 섰다. 하지만 생각해보니 자기는 이미 무대 위에 올라섰고 지금은 어머니를 상대로 촌극을 벌일 참이다. 이제 와서 허튼짓해서는 면목이 없다. 그렇게 생각하자 라이타로는 갑자기 배짱이 생겼다. 실제로 그에게 이런 성질이 있는 걸 알아챘기 때문에 리스케는 라이타로에게 이 역할을 맡긴 것이다. 라이타로는 명배우 못지않을 정도로 슬픈 표정을 짓고 목소리를 내리깔았다.

"어머니, 이번으로 제 고생도 끝입니다."

라이타로가 이런 식으로 이런 말을 하는 건 지금까지 없던 일이었다. 부인은 당황해서 그의 옆으로 다가가 거의 볼을 맞댈 정도로 그의 얼굴을 들여다보았다.

"왜 그러니?"

라이타로는 더 절망적인 목소리를 냈다.

"어머니, 저는 이제 안 됩니다. 더는 어머니 아버지의 자식이라고 불릴 가치가 없습니다."

부인은 이 말에 고개를 저으며 인정하지 않으려 했다. 라이타로는 신경 쓰지 않고 말을 이었다.

"아니요. 저는 잘 알고 있습니다. 저는 나쁜 인간이고 게다가 바보입니다. 저는 때때로 저 자신을 모르게 됩니다. 아마도 어릴 적부터 남의 손에 자라서 아무도 저한테 가르쳐 주지 않아서 그렇겠지요. 그래서 전 이런 양아치가 돼버렸습니다. 어머니 저는 맨 처음 어머니를 뵀을 때부터 악연이 따라다녀서 어쩔 수가 없었습니다. 어머님이 친절하게 해주셔서 그때만은 정말로 태어나서 한 번도 경험해본 적이 없을 정도로 기뻤습니다. 하지만 그래도 제 성질은 바뀌지 않습니다. 저는 다시 방탕한 생활을 시작했습니다. 저는……."

라이타로는 문득 말을 끊었다. 라이타로의 말끝마다 진정으로 단장의 슬픔을 견디기 힘들어하는 모습이 보여서 부인은 그의 말을 막을 수도 없었다. 다만 생각지도 못한 슬픈 이야기를 꺼낼 게 분명하다는 것을 알면서도 그저 조용히 듣고 있을 수밖에 없었다.

(1917. 10. 29.)

제110회

라이타로는 말을 이었다.

"저는 이제 정말로 안 됩니다. 행복의 하느님은 바로 손이 닿을 곳까지 오셨지만, 손을 뻗어서 그것에 매달리며 평생을 함께 지내려고 했던 제가 오히려 처음부터 어머니한테 고생의 씨앗이 되었습니다. 이제는 돌이킬 수가 없습니다."

"무슨 말을 하는 거니. 무슨 일을 있었더라도 돌이킬 수 없는 일은 없어."

"아닙니다. 이젠 안 됩니다. 저는 몇 번이곤 행실을 고치려고 결심하면서 또 몇 번이곤 그 결심을 깨버립니다. 이런 짓을 두 번 다시 안 하겠다고 생각한 것은 오늘 만의 일이 아닙니다. 항상 뭔가 좋은 일을 하려고 생각하면 그때마다 언제나 잊어버립니다. 저는 의지박약입니다. 저의 마음은 좋지만, 행동은 나쁩니다. 저는 진심으로 저와 저 자신에게 정이 떨어졌습니다."

라이타로는 멋쩍음을 숨기려고 일부러 괜찮은 척 크게 웃었다.

"하지만 그것도 오늘로 끝입니다."

듣고 있던 어머니는 벌써 마음이 매어지는 것 같았다.

"왜 그러니 도대체 무슨 일이 있었던 거니 나한테 말해보렴. 이야기하면 또 어떻게든 해결책이 나올 거야."

라이타로는 지금 만약 진실을 어머니에게 말한다면 어머니가 얼마나 가슴 아파할까 하는 것을 걱정하는 척 잠시 머뭇거렸다.

"실은 파멸의 시기가 왔습니다."

"파멸이라고?"

"네, 이제 어쩔 수 없습니다. 실은 제가 터무니없는 짓을 저질렀습니다. 그래서.……."

라이타로는 여기서 가슴이 벅차 말을 이을 수 없다는 듯이 갑자기 입을 다물어 버렸다.

"얘야, 라이타로야."

"어머니, 죄송합니다. 하지만 지금 바로 죽는 편이 가문에 먹칠을 안 해도 되니까 다행입니다. 저 같은 놈은 정말 살아있는 게 잘못입니다. 애당초 태어난 것이 잘못이었습니다. 저 때문에 어머니에게 걱정만 끼치고 있으니까요."

"왜 그런 말을 하니. 내가 뭔가 네 마음에 거슬리는 일이라도 했니?"

"무슨 그런 말씀을 하세요. 어머니, 저는 이제 죽겠습니다."

"뭐라고?"

"죽을 겁니다. 더는 살아서 망신당하고 싶지 않습니다."

"어머, 도대체 무슨 일이 있었던 거니?"

(1917. 10. 30.)

제111회

한 시간 전까지만 해도 부인은 지금 자신이 느끼고 있는 괴로움보다 더한 고통은 없으리라고 생각했다. 지금 와서 보니 지금까지의 고통은 현재의 괴로움에 비하면 비교할 수 없을 정도였다. 부인은 가슴

졸이면서 라이타로의 대답을 기다렸다. 라이타로는 더 슬픈 표정을 지었다.

"실은 돈을 빌렸는데 그 돈을 다 써버린 것입니다."

"어머, 그게 거금이니?"

"아니요. 거금이라고는 할 수 없지만, 어머니나 저로서는 도저히 갚을 수 없는 금액입니다. 어머니는 이제 보석도 없으시잖아요."

"아버지에게 돈이 있으니까."

부인은 일어서서 실내를 왔다 갔다 했다.

"그래그래. 내가 가서 받아와 줄게."

라이타로는 손짓으로 어머니를 막았다.

"아버지는 지금 여행 중이시잖아요. 오늘 밤은 집에 안 돌아오시고요. 돈은 오늘 밤중에 돌려주지 않으면 안 돼요. 아쉽지만 죽을 수밖에 없습니다. 하지만 어머니, 사실은 이렇게 젊은 나이에 죽고 싶지 않습니다."

그는 안주머니에서 권총을 꺼내서 목에 갖다 댔다.

"이걸로 모든 일을 정리할 수 있어요. 어머니."

이쯤 되자 부인에게는 과거의 일도 잊어버리고 미래의 일도 생각할 틈이 없었다. 눈앞에 보이는 것은 사랑하는 아들이 자기 눈앞에서 자살하려는 장면이다. 게다가 자기에게는 그를 구해줄 수단이 없다.

"얘야, 서툰 짓 하지 마라. 아버지가 곧 돌아오실 거다. 돈은 엄마가 꼭 받아줄게. 전부 얼마가 필요한 거니?"

"800엔입니다."

"800엔? 800엔이라도 괜찮아. 어쨌든 내일까지 기다리자."

라이타로는 고개를 흔들었다.

"내일이면 안 됩니다. 오늘 밤이 아니면 시간이 없습니다."

"오늘 밤? 그렇다면 왜 좀 더 일찍 나에게 말해주지 않았니? 이 시간이면 누구라도 금고에 돈을 꺼내러 갈 수가 없지 않니……."

금고라는 단어를 듣고 라이타로의 눈이 갑자기 반짝거렸다.

"열쇠가 어디 있는지 아십니까?"

"열쇠라면 알고 있지."

"그럼……."

이라고 말하는 라이타로의 표정은 일순간 험악해졌다. 그걸 본 부인은 자신도 모르게 눈을 내리깔았다. 라이타로는 강압적으로 말했다.

"그것을 가져다주세요."

"그건 안 된다."

라이타로는 보라는 듯이 권총을 흔들었다.

"어머니, 제 목숨과 바꾸는 거예요."

부인은 이제 절체절명이었다. 부인은 내키지 않으면서도 스스로의 발로 옆방으로 들어갈 수밖에 없었다. 그리고 잠시 후 열쇠를 손에 쥐고 돌아와서 라이타로에게 건네주려고 하는 순간, 부인의 이성이 갑자기 빛을 밝혔다. 부인은 내민 손을 다시 집어넣었다.

"아니, 아니. 이건 줄 수 없다. 이러면 내가 나쁜 짓을 돕는 거지."

라이타로는 바로 어머니 말에 동의했다.

"네, 어머니. 저도 이제 그 열쇠를 원하지 않습니다. 그 대신 부디 한 번만 아기 때처럼 저를 꽉 안아주세요. 저는 이제 이 세상에 아무런 미련도 없습니다."

그는 자살할 결심이 묻어나오는 말을 내뱉었다. 이 말을 듣고 부인은 흠칫해서 조금 망설였다.

(1917. 10. 31.)

제112회

"하지만 열쇠만 받아도 어쩔 수 없잖니. 암호를 모르잖아."

"그건 그렇지만, 어머니. 저는 단지 이것을……"

라이타로는 권총을 가리키면서 말을 이었다.

"이것을 사용하지 않으려고 했을 뿐입니다."

"무엇보다 금고에는 돈이 없어."

"돈이 없다니요. 좋아요. 어머니가 가서 잠깐 확인해 주세요. 그래서 만약 돈이 들어있다면 그거야말로 하느님께서 저를 도와주시는 겁니다."

"만약 없으면 어떻게 할 거니?"

"내일까지 기다리겠습니다."

"그렇다면, 자."

부인은 라이타로에게 열쇠를 건넸다. 그리고 사람이라고 생각할 수 없을 만큼 창백한 얼굴로 라이타로와 함께 남편의 서재를 지나서 좁은 계단을 따라 은행의 금고실로 내려갔다. 부인이 믿는 구석은 라이타로에게 금고가 비어있다는 것을 보여주고 내일까지 기다리게 하는 것이다. 라이타로는 미숙하지만, 사전에 외웠던 대로 우선 '집시'라는 암호를 맞추고 열쇠를 열쇠 구멍에 집어넣고 오른쪽으로 돌렸다. 다행인지 불행인지 암호는 아직 바뀌지 않았다. 금고는 소리도 없이 쓱 열렸다.

부인도 라이타로도 동시에 "아!" 하고 외쳤다. 라이타로에게는 개가를, 부인에게는 당혹함의 표현이었다. 부인은 미친 듯이 자기도 모르게 라이타로의 팔에 매달려서 힘껏 잡아당겼다. 열쇠를 쥔 팔이 오른쪽으로 미끄러지며 금고문에 심하게 부딪힌 탓에, 왁스칠을 한 표면 위로 길게 긁힌 자국을 만들어냈다. 하지만 이때 라이타로는 이미 금고 속의 지폐에 열중해 있어서 긁힌 자국은 신경 쓰지 않고 바로 왼손을 뻗어 돈을 쓸어 그대로 주머니에 넣었다. 그 일이 끝나고 그는 침착하고 조심스럽게 금고문을 닫고 부인 쪽을 바라보았다.

"자, 빨리 돌아갑시다. 누군가 어머님이 안 계실 때 어머니 방으로 오면 큰일이니까요."

이 말을 듣고 부인은 제정신이 들었다.

"아니. 오히려 누군가 와줬으면 좋겠구나. 누군가 여기로 와서 이러고 있는 것을 발견해 줬으면 좋겠어. 그러면 모두 끝날 테니까. 나는 남편에게 모두 말할 거다. 내가 어떻게 되든 다른 사람한테 누명을 씌울 수는 없으니까. 내일이 되면 불쌍하게도 스즈토미 씨가 의심받을 거야. 리스케 씨에게 시오리를 뺏기고 너에게는 정직함을 짓밟히고. 나는 이제 입 다물고 있지 않을 거야. 나는……."

부인의 목소리가 점점 높아지자 라이타로는 급하게 부인의 팔을 잡았다.

"자, 빨리 2층으로."

그렇게 말하면서 잡아당겨서 서둘러 그녀를 끌고 가려 했지만, 부인은 움직이지 않았다.

(1917. 11. 2.)

제113회

라이타로는 순간적으로 머리를 굴려서 얼굴에 냉소를 띄웠다.

"이런, 이런. 어머니 아직도 모르시겠어요? 스즈토미는 저랑 한통속이에요."

"그럴 리가 없어."

"그렇다면 제가 어떻게 암호를 알겠어요."

"스즈토미는 매우 정직한 남자다."

"그야 그렇죠. 정직함으로 따지면 저도 그 녀석에게 지지 않아요. 하지만 어머니, 지금은 둘 다 정말로 곤란한 상황에 처에 있어요."

"그럴 리 없어."

"아니요. 어머니. 저는 거짓말하지 않아요. 시오리가 스즈토미에게 등을 돌렸어요. 스즈토미는 그 슬픔을 잊으려고 했고요. 그러기 위해서는 싫든 좋든 간에 돈이 필요했지요."

그 말이 사실인지 거짓인지 모르는 부인은 자기도 모르게 잠시 주저했다. 그 순간을 놓치지 않고 라이타로는 재빨리 부인을 잡아끌고 금고실을 빠져나왔다.

"스즈토미가 도둑이라고?"

생각에 잠긴 부인은 악몽에 시달리듯 저항할 힘도 없었다. 라이타로는 부인을 잡아끌 듯이 방으로 돌아가서 금고 열쇠도 원래 자리로 돌려다 났다. 그리고 최대한 잔꾀를 궁리하여 부인을 위로하려 들었다.

"어머니 덕분에 저도 살아났습니다. 아니, 저뿐만이 아니라 실제로 스즈토미도 산겁니다. 어머니, 앞으로는 걱정하지 마세요. 뭐든지 다 잘 될 거예요. 스즈토미는 어쩌면 지목받아서 곤욕을 치르게 될지도 모르지만, 뭐 녀석은 이미 각오하고 있어요. 하지만 누가 뭐라 해도 증거가 없으니까 바로 풀려날 거예요."

"라이타로야, 덕분에 어미의 수명은 줄어들었구나."

부인의 목소리가 애처로웠다. 라이타로는 그 말을 듣고, 자기도 모르게 가슴이 메어오고 후회가 막심해서 자신을 자책했다.

그로부터 20분 정도 후에 라이타로는 리스케의 방에 나타났다. 그리고 안주머니에서 지금 훔쳐 온 십만 엔과 몇 장의 지폐를 꺼내서 리스케 눈앞에 소리 나게 내려놓았다.

"어이, 이거 줄게. 이건 인간 세 마리의 행복의 대가야. 아니, 생명과 바꾼 거지. 하지만 이걸로 네 마음은 시원하겠지."

리스케는 목을 움츠리며 후후후하고 웃었다. 그리고 책상 위에 널브러져 있는 그 지폐를 쥐어서 그대로 라이타로에게 내밀었다.

"흥. 이것은 오늘 밤의 수고료다. 가져가라."

라이타로가 자기도 모르게 허둥대며 손을 뻗는 걸 보고 리스케는 어깨를 추켜세우면서 껄껄껄 하고 호탕하게 웃었다.

(1917. 11. 3.)

제114회

라이타로가 떠난 후 야스베 부인은 한 시간 동안 넋을 잃고 있었다. 그러다가 조금씩 정신을 가다듬고 생각을 정리하자 이번에는 견딜 수 없을 만큼 걱정이 앞섰다. 잘 생각해보니 자신의 행위는 악한의 악행에 엄청난 도움을 준 셈이었다. 라이타로는 그녀의 사랑을 믿고 아무렇지 않게 그녀를 괴롭히고 그녀의 애정을 이용해서 결국 이런 악행까지 저지른 것이다.

스즈토미가……, 그 스즈토미가 과연 한패일까? 아무리 생각해봐도 그건 아닌 거 같다. 스즈토미가 라이타로에게 금고의 암호를 알려줬다고는 그게 어떤 상황이었건 간에 진실 같지 않았다. 스즈토미는 절대로 그런 짓을 할 사람이 아니다. 하지만 한편으로는 스즈토미 이외에 암호를 아는 사람은 없다. 또 스즈토미가 알려준 게 아니라면 오늘 밤 스즈토미가 은행장의 지시를 어기고 금고에 거금을 보관해놨다는 걸 라이타로가 알 수는 없었다.

스즈토미가 요즘 자포자기로 막살고 있는 건 부인도 들은 적이 있다. 하숙집에서는 쓸데없이 사치를 부린다고 하고……. 부인은 자기 경험에 비추어 마음이 약한 자가 자신도 모르는 사이에 얼마나 남을 속이고 자신을 속이는지를 알고 있었다. 이렇게 생각하니 라이타로의 말이 사실 같았다. 아무래도 스즈토미도 한패인 게 분명했다.

하지만 부인은 스즈토미를 탓하지 않았다. 잘못은 자신한테 있었다. 스즈토미가 자기 집처럼 생각했던 이 집에서 멀어지게 만든 건 그녀 자신이지 않은가. 그가 품어왔던 평생의 희망을 파괴하고 기분전환으로 방탕한 생활을 하게 만든 것도 역시 그녀였다. 스즈토미는 그 때문에 터무니없는 돈을 빚졌고 결국 이번 사건에 가담한 것일 거다. 어떤 얼굴로 시오리 양에게 이 사실을 알릴 수 있을까? 부인은 일시적인 도피에 불과하다는 걸 알면서도 어쨌든 최대한 시오리 양에게 알리는 걸 피하기로 했다. 그래서 시오리 양이 돌아왔을 때 결국 한

마디도 이 사건에 대해서 말하지 않았을 뿐 아니라 눈치도 채지 못하게 잘 숨겼다. 그리고는 종일 시곗바늘만 쳐다보며 시간을 세었다. 지금서부터 여섯 시간 후에 다섯 시가 될 것이다. 시침과 분침의 폭이 다시 줄어들기 시작하고 또 한 시간이 지나면 결국 도난사건은 발각될 것이다. 발각되면……. 부인은 죽어버리고 싶은 심정이었고 아침에는 일어날 기력도 없었다. 그러고 보니 식은땀으로 온몸이 푹 젖어 있다.

이래저래 하는 사이에 결국 시오리 양이 그 도난사건 소식을 갖고 왔다. 시오리 양은 창백한 얼굴로 안절부절못하는 불안한 눈으로 부인 방으로 뛰어 들어왔다.

"숙모님, 사카에 씨가 은행 돈을 훔쳤데요. 아니, 사람들이 그랬다고 말하고 있어요. 하지만 저는 그럴 리 없다고 생각해요. 저 그 사람을 만났어요. 그리고 이야기했어요. 그분은 분명히 무죄예요. 왜냐하면, 만약 정말로 그런 짓을 하셨다면 저하고 눈을 마주치지 못했을 거예요. 숙모님, 이건 분명 리스케 씨나 라이타로 씨가 한 짓이에요."

부인은 자백하려고 눈을 크게 떴지만 무슨 연유인지 혀가 굳어버려서 입을 움직일 수가 없었다.

"라이타로 씨들은 도대체 어쩔 셈이죠? 저렇게 누명을 씌우고 불쌍한 사카에 씨는 이대로라면 죽어버릴 거예요. 저런 망신을 당하느니 죽는 게 낫잖아요."

시오리 양이 이런 말을 하고 있을 때 야스베 노인이 화를 내면서 뛰어 들어왔다.

(1917. 11. 4.)

누구 275

제115회

노인은 머리에서 연기가 날 정도로 화를 냈다.

"정말 괘씸해."

상대방을 잡아먹을 것처럼 언성을 높였다.

"그놈은, 내가 어려서부터 자식처럼 키워 준 놈인데, 내가 돈을 감추고 있는 것처럼 말하다니!"

이렇게 외치고는 자기 말을 아내나 시오리 양이 어떻게 받아들일지 전혀 상관하지 않고 오늘 아침 사무실에서 있었던 일을 말해주었다. 부인은 자기가 이 자리에 있어서는 안 될 거 같다는 생각이 들어 옆방에서 먹고 싶지도 않은 아침 식사 자리에 앉았다. 아침 식사를 마칠 때쯤 하인이 들어와서 구라베 씨가 방문했다고 알렸다.

구라베라는 이름을 듣고 노인은 신경질적으로 화를 냈다.

"뭐야. 그놈이군."

하지만 부인과 눈이 마주치고 하인들 앞이라는 사실을 새삼 깨닫고 갑자기 얼굴색을 바꾸고, "객실로 모시거라."라고 지시했다. 하지만 구라베 쪽에서 사무실에서 뵙고 싶다고 해서 억지로 만나러 가니 예상외로 구라베는 여러 사람이 보고 있는 앞에서 정중하게 머리를 숙이고 깍듯한 어조로 조금 전의 무례를 사과했다.

"아까는 제가 정말 실례를 범했습니다. 제 잘못을 깨달았기 때문에 이렇게 일부러 사과드리러 온 겁니다. 오늘 아침, 제가 여러분들 앞에서 무례를 범했기 때문에 사과도 마찬가지로 여러분들 앞에서 드리고 싶어서 일부러 여기로 와달라고 한 겁니다."

너무나도 예상치 못한 상황에 어안이 벙벙해진 야스베 씨는 잠시 아무 대답도 못 했다. 노인은 지금까지 그리 친절한 사람으로 보이지 않았던 구라베가 이렇게까지 자신을 낮추고 게다가 말까지 정중하게 사과하는 것을 보고 화를 많이 누그러트렸다.

[이하, 19줄 판독 불가]

부인은 화를 내면서 손짓으로 그를 막으려고 했지만, 시오리 양이 끼어들었다.

"무슨 말씀이세요? 말해주세요."

"저도 한 시간 전에 알게 된 사실이지만, 라이타로 녀석이 부인을 책망하고 열쇠를 꺼내게 해서 그걸로 금고를 열고 십 수만 엔이라는 돈을 훔쳤다고 하더군요."

시오리 양은 그 말을 듣자마자 얼굴이 빨개져라 화를 내면서 야스베 부인의 팔을 잡았다.

"사실입니까? 숙모님, 이분이 말씀하신 게 사실이에요?"

부인은 아무 대답도 할 수 없었다. 시오리 양은 계속 추궁했다.

"그런데 숙모님은, 당신은 그저 가만히 앉아서 사카에 씨가 잡혀가게 놔두고 그의 명예를 잃게 하셨네요. 숙모님 이건 너무하시잖아요!"

부인은 겨우 떠듬떠듬 입을 열 수 있었다.

"아니, 사카에 씨도, 돈, 돈을 나누기로 했대. 라이타로가 내 눈앞에서 자살하려고 했어. 스즈토미 씨도 훔친 돈을 나누기로 한 거래."

"숙모님, 당신은 스즈토미 씨를 잘 아시면서 그런 말씀 하시는 거예요?"

구라베가 이때 끼어들었다.

"시오리 양, 숙모님이 하신 말씀은 사실입니다. 스즈토미는 훔친 돈을 나눠 갖기로 했습니다."

"그럼, 그게 사실이라는 증거가 있나요?"

"네, 라이타로 녀석이 자백했습니다."

"라이타로 씨의 자백이라고요?"

시오리 양은 이루 말할 수 없는 경멸스러운 표정을 지었다.

"라이타로 씨가 그렇게 말했다고 당신이 말씀하시면, 더 신뢰가
안 가네요."

(1917. 11. 5.)

제116회

구라베는 굴하지 않고 말을 이었다.

"그렇게 말씀하시지만, 그렇지 않고선 라이타로 녀석이 암호를 어
떻게 알았겠습니까? 그리고 스즈토미 말고는 돈을 금고에 넣을 수 있
는 사람은 없지 않습니까?"

시오리 양은 그래도 납득할 수 없었다.

"그럼 그 돈은 어떻게 됐죠?"

시오리 양의 진의는 바로 드러났다.

'당신이 등을 떠밀었으니까 돈은 결국 당신한테 간 거 아닌가요?'
라는 뜻이다. 구라베는 기분이 상했지만 침착하게 대답했다.

"아가씨, 그런 식으로 말씀하시면 언젠가 그 말을 후회하실 날이
올 겁니다. 당신이 하고 싶은 말뜻은 알겠습니다. 그런 뜻이 아니었다

고 변명하실 생각은 없으신 거죠?"

"물론입니다."

시오리 양이 굴하지 않고 오히려 더 따지려 드는 것 같아 야스베 부인은 불안해졌다.

"시오리야, 시오리야."

부인이 말렸지만, 구라베는 초연하게 대응했다.

"아가씨, 당신은 너무하다면 너무하시네요. 제가 이렇게 라이타로를 돌봐주고 있는 건 단지 형의 마지막 소원을 들어주기 위해서입니다. 제가 오늘 이렇게 찾아온 건 누군가를 나무라기 위해서 온 게 아닙니다. 제 의무라고 생각했기 때문에 온 것입니다."

이렇게 말하면서 안주머니에서 두꺼운 지폐뭉치를 꺼내서 둘 앞으로 내밀었다.

"라이타로 녀석이 훔친 14만 엔입니다. 이건 제가 돌려드리겠습니다. 14만 엔이라고 하면 저의 전 재산의 반에 해당합니다. 뭐, 그래도 상관없습니다. 만약 이걸로 라이타로가 행실을 올바르게 할 수 있다면 나머지 14만 엔을 버려도 상관없습니다."

똑똑하지만 아직은 세상 물정을 모르기 때문인지 시오리 양은 이 말을 듣고 귀신에 홀린 듯한 기분이 들었다.

부인은 부인대로 돈을 보고 크게 안도의 한숨을 내쉬었다.

"고맙습니다. 정말 고맙습니다. 덕분에."

부인이 감사를 표하는 걸 보고 구라베는 기뻐서 눈을 반짝였으나 그건 일시적인 기쁨이었다. 시오리 양은 순간적으로 그의 책략을 꿰뚫어 보았다.

"이 돈을 어쩔 셈인데요?"

시오리 양이 물었다.

"숙부님께 돌려드리면 되잖습니까."

"돌려드린다니요. 어떻게 돌려드리지요? 그러면 라이타로 씨의 소행이라는 게 밝혀지게 되고, 숙모님한테도 혐의가 갈 텐데요. 이 돈은 받을 수 없으니까, 제발 다시 가져가 주세요."

"아! 그러네요. 무슨 말씀이신지 알겠습니다. 정말로 다른 방법을 생각해봐야겠습니다. 잘 알겠습니다. 하지만 시오리 아가씨, 당신은 너무 기가 세시네요. 이제 저하고는 약혼한 사이인데, 조금 더 부드럽게 부탁드립니다."

구라베는 애원하면서 돈뭉치를 집어 다시 지갑에 넣었다. 시오리 양은 부끄러워하지도 않고 당당하게 말했다.

"그야, 약속했으니까, 전 당신한테 시집은 갈 겁니다. 하지만 그 전에 확실한 보증을 해주시지 않으면 안 됩니다."

"어떤 보증 말입니까?"

"제가 시집가면 라이타로 씨가 더는 숙모님을 협박하지 않겠다는 보증입니다. 라이타로 씨한테 제 지참금은 정말 아무것도 아니겠죠. 제가 당신한테 시집가는 것은 숙모님을 위해서입니다. 그러니까 보증을 받지 않고서는 곤란합니다."

"아무리 보증을 준다고 하더라도, 우선 당신은 제 진심을 인정해 주셔야 합니다. 당신은 애당초 제 진심을 의심하고 계십니다. 어떻게 하면 제 진심을 보여드릴 수 있을까요? 어디 한 번 제가 스즈토미 군을 살려드릴까요?"

(1917. 11. 6.)

제117회

시오리 양은 새침하게 대답했다.

"감사합니다만 그건 사양하겠습니다. 사카에 씨가 정말 나쁜 일을 하셨다면 그건 어쩔 수 없죠. 만약에 나쁜 짓을 하지 않으셨다면 사카에 씨는 당신의 도움을 받을 필요도 없겠죠."

시오리 양은 말을 끝내고 야스베 부인과 함께 자리에서 일어섰다. 회견은 이걸로 끝이다.

'어떡하면 좋지?' 구라베는 돌아오는 길 내내 깊은 생각에 빠져 있었다. '그 계집애 아주 잘난 척하면서 고집부리고 있어. 내가 반했으니까 망정이지. 만약 반하지 않았다면 정말이지 얄미워죽었을 거다. 그건 그렇고, 이걸 어떡하면 좋을까.'

원래는 자기가 시오리 양과 결혼하고 라이타로에게 재산을 주고 나면 더는 야스베 부인한테 용건이 없었다. 하지만 이걸 어떻게 보증하면 좋을지, 그 방법에 대해서 고민했다. 이번 계획의 자초지종을 시오리 양에게 모두 알려주면 제일 간편하겠지만. 그건 시오리 양이 자기 아내가 된 후라면 모를까 그렇지 않은 이상 무심코 말해버릴 일은 아니다. 그렇다면 다른 수단이 뭐가 있을까? 구라베는 오랫동안 이것저것 궁리했지만 좋은 생각이 떠오르지 않았다. 그렇다고 쉽게 포기할 수도 없어서 계속해서 이리저리 머리를 굴려봤다.

그러고 있는 사이에 스즈토미의 심문은 얼마 후 증거불충분으로 방면되었다. 야스베 부인은 그 스즈토미가 라이타로와 한패라고 믿어 의심치 않았다. 시오리 양은 반대로 그의 무죄를 믿어 의심치 않았다. 시오리 양은 스즈토미가 분명히 파산했을 거로 생각하고 숙부에게 자선사업에 기부하겠다고 말해서 4천 엔을 받아냈고, 찬송가집에서 글자를 오려서 붙인 익명의 편지와 함께 동봉하여 그에게 해외로 도피할 것을 권유했다.

하지만 야스베 부인은 그 돈을 스즈토미에게 주는 걸 마치 낭비처럼 생각했다. 왜냐하면 그동안 라이타로에게 생활비를 빼앗겨서 남편 몰래 외상값을 갚는 것도 빠듯했기 때문이다. 또 때마침 소후에 씨의 무도회에 초대받았는데 절대로 거절할 수 없는 초대라서 둘 다 어쩔 수 없이 참석해야만 했다. 게다가 이런 무도회의 성격상 가능한 화려한 의상을 입고 갈 필요가 있었다. 아무것도 모르는 야스베 노인은 둘한테 화려하게 차려입고 가라고 부추겼다.

부인도 시오리 양도 이 난관을 헤쳐 나갈 방도가 없어서 곤혹스러울 때 때마침 시오리 양의 시중을 드는 하녀가 아주 좋은 이야기를 해주었다. 쇼지 하루미라는 이 하녀는 시오리 양의 걱정을 눈치 챘는지, 자기가 잘 아는 지인 중에 유명하진 않지만, 솜씨가 아주 좋은 재봉사가 있는데 이번 무도회 의상의 주문을 받고 싶어 한다고 전했다. 게다가 돈은 따로 필요 없다고 한다. 무엇보다 야스베 집안의 무도회 옷을 만들었다고 하면 그거 자체가 광고가 되기 때문이라고 했다. 구원의 손길이란 이런 경우 사용하는 말인가 싶은 심정으로 시오리 양과 부인은 승낙하였고 이걸로 의상 문제를 해결했다.

하지만 그다음에 또 다른 문제가 남았다. 무도회 의상에 맞춰 몸에 치장해야 할 보석은 어쩌면 좋을지. 이 문제는 시오리 양이 아이디어를 내서 부인한테 권유했다. 라이타로한테 르비지네 별장에서 만나고 싶다고 전갈을 보내게 한 것이다. 그리고 당일에는 부인 대신에 시오리 양 자신이 나갔다. 시오리 양은 라이타로가 훔친 돈을 얼마라도 뺄어내게 해서 그 돈으로 전당포에 맡긴 보석을 찾아올 생각이었다. 이것이 스즈토미와 주레이 노인이 르비지네의 밤에 엿본 장면의 유래이다. 이 사실을 이 두 사람이 알고 있다는 걸 시오리 양이 알면 얼마나 놀랄까. 하지만 어렵게 간 자리였는데 시오리 양의 계획은 생각만큼 성공적이지 못했다.

(1917. 11. 7.)

제118회

라이타로는 전표를 몇 장인가 돌려주었지만, 훔친 돈은 스즈토미와 이미 나눴고 자기 몫은 이미 다 써버렸다고 거절했다. 예전부터 구라베는 전표를 시오리 양이나 부인한테 건네줘서는 안 된다고 말해두었다. 시오리 양은 마음이 강인해서 그러지 않겠지만, 적어도 부인은 궁지에 몰리게 되면 자신에게 찾아와 도와달라고 요청할 것이 틀림없었기 때문이었다. 그때를 기다렸다 은혜를 베풀어주려는 것이 구라베의 책략이었다.. 라이타로는 귀찮아하면서도 구라베의 지시를 따랐다. 하지만 얼마 전 라이타로는 구라베랑 크게 싸운 적이 있다. 그 싸움의 현장은 쓰보야가 엿듣고 바로 주레이 노인한테 보고한 대로이다. 구라베랑 라이타로는 지금 서로 화가 난 상태라서 구라베는 매일 라이타로 집에 쳐들어갈 기회만 엿보고 있었다. 또 라이타로는 라이타로대로 구라베의 본심을 의심하고 있어서 가만히 있을 수가 없었다.

어쨌든 둘의 문제를 해결하려면 큰 위험이 동반될 수도 있으므로 소후에 무도회에서 해결하는 것이 안전할 수 있었다. 그건 그렇고 그날 밤 무도회에서 우스꽝스러운 활동사진을 보여주면서 의미심장한 이야기를 하고 구라베에게 '형님의 친구'라고 말한 그 각설이는 도대체 누구인가?

주레이 노인이 어렵게 알아낸 정보를 순서에 맞춰 마치 한편의 이야기처럼 구성하면 이상과 같다. 이만한 결과를 알아낸 노인은 밤기차로 파리에 도착하자마자 곧바로 다이부쓰야로 마차를 달렸다. 숙소에서는 스즈토미가 혼자 외로운 얼굴을 하고 그를 기다리고 있었다. 노인은 기운이 넘쳤다.

"어떤가. 오래 기다렸지. 내가 선물로 진귀한 이야기를 잔뜩 가져왔네. 이야기는 30년 전으로 거슬러 올라간다네. 마치 작은 불꽃의 불씨에서 큰 화재가 일어난 것 같은 거지. 구라베 가즈토시라는 사람이 20여 년 전 타라스콩의 요릿집에서 술만 안 마셨다면 이런 일은 없었을 텐데 말이지. 야스베 부인도 1887년에 저지른 죄를 1913년이 돼서야 그 죗값을 치르게 된 거지. 이렇게 말해도 잘 모르겠지. 어디 한번 잘 들어보게. 실은 말이지."

노인은 큰 서류 뭉치를 보여주면서 지금까지 그가 조사한 이야기들을 재미있게 들려주었다. 듣고 있던 스즈토미에게는 그것들이 사실이 아니라 마치 소설처럼 들렸다. 노인의 화술은 매우 뛰어나서 이야기 속 인물들 하나하나 영화처럼 눈에 보이듯 묘사되었고, 이야기의 끈을 잡았다가 당겼다가하며 각각의 무대에서 각각의 배우들이 눈에 보이듯 춤을 추는 것 같았다. 이십 수년 동안 세상 사람들 아무도 모르게 숨겨져 있던 진귀한 두루마리 그림을 처음으로 펼쳐 보이는 듯한 이야기였다.

노인의 이야기는 초저녁에 시작해서 다음 날 아침 6시까지 이어졌고 이야기를 마치자 노인은 스스로 자랑스럽게 말했다.

"녀석들이 경계하기 시작한 거 같네. 하지만 뭐, 나는 놀랍지도 않네. 녀석들은 이제 제 손바닥 안에 있는 거나 다름없지. 일주일도 지나지 않아, 사카에 씨, 자네 누명은 벗겨질 걸세. 나는 자네 아버지에게 그 약속을 하고 왔다네."

스즈토미는 열 띤 얼굴로 되물었다.

"그게 가능할까요?"

(1917. 11. 8.)

제119회

"무엇이?"

"어르신이 조금 전에 얘기해주신 일들이요."

"가능할까요, 라니. 이것은 모두 사실이라네. 실제로 일어난 일이라고."

"하지만 이런 일이 오늘날 파리의 한 가운데서 일어나다니요."

"믿을 수 없다고 하는 건가. 역시 자네는 도련님일세. 이번 사건의 한가운데에 자네가 있지 않았나. 그런데도 자네는 아직도 의심하고 있군. 자네는 악당이라고 하면 사람들 눈에 띄는 곳, 신문에서 보도하는 곳에만 있는 줄 아는데 세상에는 겉으로 드러나지 않은 숨은 악당들이 더 많다네. 진정한 악당이란 장갑을 끼고, 옷도 잘 입고, 사람들을 머리 숙이게 만들지. 그리고 아무렇지 않은 얼굴로 상대방을 죽이고는 그늘에서 혀를 내밀고 있지. 하지만 이 이야기는 이 정도까지만 하겠네. 말해줘도 자네는 모를 테니까."

"하지만 어르신은 어떻게 이렇게 자세하게 조사할 수 있으셨어요?"

이 질문에 주레이 노인은 득의양양하게 씩 웃었다.

"나는 한번 이거다, 라고 마음먹은 일은 온몸을 거기에 바쳐 전념해서 일하지. 보통 사람도 온몸과 마음을 집중해서 덤비면 대부분의 일은 해낼 수 있지. 그런데 나는 나만의 독특한 방법이 또 있다네."

"하지만 전 아직도 잘 모르겠습니다."

"그건 당연하지. 음지에 있는 자는 불의 힘을 빌리지 않으면 사물을 볼 수 없어. 내가 지난번에 구라베에게 형의 이름을 말해주니까 놈의 눈빛이 갑자기 바뀌었지. 난 그걸 보고 순간 빛이 보인 느낌이 들었지. 나는 바로 그것을 목표로 삼고 곁눈질하지 않고 앞으로 나간 거야."

스즈토미가 여전히 이해가 안 간다는 표정을 짓자 노인은 웃었다.

"이렇게 말해도 모르겠나?"

"그저 놀라울 따름입니다."

노인은 이 말을 아주 흥미롭게 생각했다. 스즈토미가 탐정 사건을 듣고 그것을 자세하게 비평할 수 있는 전문가가 아니라는 건 당연하다. 보통 사람 치고도 상황을 분명하게 판단하는 편이 결코 아니다. 그는 그저 일부러 삐뚤게 보지 않고 우선 마음으로부터 찬미부터 하는 숭배자이다. 어쨌거나 누구한테 칭찬을 받았든 간에 칭찬을 받는다는 건 기분 나쁜 일이 아니다.

제120회

노인은 기분이 좋았다.

"그럼 내가 취한 방법을 들려줄까? 뭐, 듣고 나면 아무것도 아니라고 생각할 걸세. 내가 구라베를 의심한 것은 지금 얘기한 대로이지만 나는 그 표적을 잘 파면 나머지는 자연히 따라올 거로 생각했지. 나는 원래 조수를 몇 명 두고 있다네. 쓰보야라고 하는 자는 구라베 집에 잠입시켜놨고 미나코는 야스베 집에 머물게 했고."

"네 그 점이 너무 신기해요. 어째서 미나코가 그런 역할을 고분고분하게 승낙한 거죠?"

"그게 바로 내 실력이지. 어쨌든 현재 일어나고 있는 일은 내가 없어도 다른 사람의 눈과 귀가 알아서 일해주고 있는 거야. 나는 오로지 과거를 조사하면 돼. 그래서 보케르에 가서 예전에 구라베 가문의 하인이었던 주고의 아들과 친해졌지. 이놈이 꽤 영리한 남자인데 내가 꼭두서니 밭을 사겠다고 하는 걸 믿어주더라고."

"꼭두서니 밭이라고요?"

스즈토미는 어이가 없다는 식으로 되물었다.

노인은 여전히 웃고 있었다.

"그렇다네. 내가 그때는 이런 복장이 아니었지. 나는 농부가 돼서 꼭두서니 밭을 사러 간 거지. 그리고 매매 얘기를 하며 하루를 보냈지. 그리고 초저녁까지 술을 같이 마셔주니 저녁 무렵 그놈이 마음을 정하고 3백 엔에 팔기로 했네. 아니, 뭐, 그 꼭두서니 밭은 자네 아버지가 맡아주시기로 했다네."

스즈토미의 놀란 얼굴을 보고 노인은 웃기 시작했다.

"3일째는 바빴지. 하지만 그 덕에 나는 구라베에 관해서 모든 걸 다 알아낼 수 있었지. 가즈토시의 사랑 이야기. 리스케가 일부러 말에서 떨어진 일. 리스케가 고향으로 돌아와서 집을 판 일, 집을 산 사람의 아내가 미호조라는 여자고 그녀가 리스케랑 몰래 만난 일, 그 덕분에 자세한 부분까지 알게 됐지. 나는 그다음 날 그 여자를 만나러 갔었네. 내가 구라베 가를 위해서 왔다고 하니까, 미호조는 내 말을 믿고 자초지종을 다 얘기해줬지."

듣고 보니 어이없을 정도로 간단하게 조사할 수 있어서 스즈토미는 홀린 듯이 노인의 이야기를 듣고 있었다.

"나는 미호조의 이야기로 이 문제를 풀 수 있는 실마리를 찾은 거나 마찬가지지. 헝클어진 부분이 쉽게 풀려가기 시작했다네. 그다음에는 가즈토시가 어떻게 되었는지 조사해보니 이것도 잘 해결되었지. 알아보니 가즈토시는 올로롱에 집을 장만하고 철공소를 경영하다 죽었다고 하더군. 그 얘기를 듣고 나는 곧바로 올로롱까지 달려갔지."

"피곤하지 않으셨어요?"

"뭐, 내 방식이지. 철은 뜨거울 때 두들기라고 하지 않는가. 올로롱에서는 예전에 가즈토시의 하인이었다는 남자를 만났어. 이 또한 용의주도하게 탐색했지. 가즈토시가 죽었을 때의 상황, 리스케가 찾아온 일, 이상한 직공 같은 남자가 찾아왔던 일까지. 이 직공 같은 남자가 아마도 라이타로이겠지만."

"그랬군요. 하지만 어르신 어떻게 둘이 나눈 대화까지 그렇게 자세하게……."

"왜? 대화는 내 상상이라고 생각되나? 그렇지 않네. 사카에 군, 내가 지방에 출장 가 있는 사이 내 조수는 여기서 일을 해주었지. 쓰보야는 리스케랑 라이타로 사이에 왕래한 편지를 사진으로 찍어줬고 귀가 밝은 미나코는 매일 이야기를 엿듣고 하나도 빠짐없이 나에게 알려주었다네."

(1917. 11. 10.)

제121회

[전문 판독 불가]

(1917. 11. 11.)

제122회

"이야, 벌써 여섯 시구먼. 잠잘 시간도 없겠는데."

노인은 방에서 뛰어나와 2층 계단 입구에서 아래층을 향해 소리쳤다.

"아주머니, 아주머니, 쓰보야하고 미나코를 빨리 불러주세요."

이번에는 스즈토미를 향해서, "실례."라고 말한 뒤 대답도 듣지 않고 스즈토미의 이불 속으로 들어갔다. 그리고 5분도 채 안 돼서 잠들었다. 아홉 시쯤 되었을 때, 누가 가볍게 문을 두드려서 노인은 눈을 떴다. 들어 온 것은 구라베네 집에서 일하는 쓰보야이다. 그는 숨을 헐떡이고 눈을 여기저기 굴리면서 평상시보다도 분주해 보였다.

"이제 돌아오셨습니까. 아, 이제 안심입니다. 다시 지시를 받을 수 있으니까요. 아니, 선생님이 안 계시는 동안은 저는 마치 나무에서 떨어진 느낌이었다니까요."

"오리무중이었다는 말을 하고 싶은 건가."

"네, 딱 그런 느낌입니다. 선생님이 어디 계신지 모르니까요. 어제 선생님께 전보를 세 개 보냈습니다. 리옹하고 보케르, 올로롱, 이렇게 세 군데에 보냈습니다. 그런데 대답이 없어서 어쩌면 좋을까 하고 난처했는데, 그때 연락을 받은 겁니다."

"흠, 형세가 위급한가?"

"위급하고말고요. 그거 때문에 저마저 가만히 있을 수 없었습니다."

쓰보야와 대화를 나누면서 노인은 스즈토미의 빗으로 헝클어진 머리를 빗었다. 몸단장이 끝나자 그는 천천히 등받이 의자에 앉았다. 그의 앞에서 쓰보야는 차렷 자세로 모자를 손에 쥔 채 서 있었다.

"어떤 상황인지 말해보게. 간략하게 요약해서 말이야."

노인이 말하자 쓰보야는 명령을 받았다.

"그럼 말씀드리겠습니다. 저는 선생님의 방침은 모르겠지만, 말씀드리고 싶은 것은 지금이 바로 그때라는 것입니다. 그게 무슨 일인지 간에 하시려면 지금 하셔야 합니다."

"그게 자네 조언인가?"

"네 그렇습니다. 지금 하지 않으면 기회를 놓칩니다. 저놈들은 정말이지 조금도 빈틈없는 악당들입니다. 게다가 벌써 이쪽에서 포위하려는 것을 눈치 챈 모양입니다."

"아니, 어쩌다 그런 실수를 했나."

"이쪽에서 실수한 게 아닙니다. 그놈들이 조심스러워서 그런 겁니다. 실제로 무도회 때도 그랬잖습니까. 어제까지는 그래도 꽤 침착하게 지냈었는데 오늘 구라베 녀석이 갑자기 분주해지기 시작했습니다."

"그래서 나한테 전보를 보낸 거군."

"네 그렇습니다. 어제 구라베가 아침에 일어나자 무슨 일인지 갑자기 편지라던지 서류를 정리하기 시작했습니다. 그건 그렇고 그 책상 서랍 열쇠는 항상 힘드네요. 일일이 도구를 정리하고 자세히 살펴보는 거예요. 아예 돋보기를 드릴까요, 라고 말하고 싶을 지경이라고요. 뭐, 실은 돋보기도 필요 없지만요. 구라베 녀석 무서울 정도로 눈이 좋습니다. 그러다 조금 있더니 갑자기 저에게 달려들면서 '네 이놈 내 방에 들어와서 편지와 사진을 찍었지.'라며 소리를 지를 겁니다. 저는 이래봬도 겁이 없는 편인데 그때만은 진짜 무서웠습니다. 이제 죽는구나 싶어서 집에 있는 식구들이 다 걱정됐다고요."

(1917. 11. 12.)

제123회

"그래서, 그다음에 어떻게 됐는데?"

노인은 쓰보야 식구들 얘기보다도 그다음 이야기를 듣고 싶어 했다.

"구라베는 특별히 저에게 손대지는 않았습니다. 물론 저도 재빨리 책상을 방패삼았죠. 그리고 '그게 무슨 말씀이세요? 누가 주인님 서류에 손을 댔겠어요.'라고 변명하고 뭔가 착각하고 계신 거 아니냐고 시치미를 뗐죠. 하지만 그쪽은 내 말 따위는 귀도 기울이지 않고 편지를 한 통

[이하 약 25줄 판독 불가]

"뭐야, 그럼 미행하지 않았나?"

"네, 하지만 뒤는 제 부하가 따라갔습니다. 구라베는 갑자기 환전소에 갔다가 중매소에도 들리고 마지막에는 은행에 갔다고 합니다. 아무래도 해외로 도망칠 작전인 것 같습니다."

"보고는 그게 단가?"

"그렇습니다. 대체로 이 정도입니다. 그리고 한 가지만 더 말씀드릴 것은 경찰이 미나코를 체포하려고 했습니다. 물론 선생님 덕분에 무사히 빠져나오긴 했습니다만……."

(1917. 11. 13.)

제124회

쓰보야는 아직 보고할 거리가 남아 있나 잠시 생각하다가 다 보고한 걸 확신했다.

"이걸로 보고를 마칩니다. 선생님 이만한 일을 검사에게 보고하면 깜짝 놀라겠죠?"

노인은 웃지 않았다.

"알았네. 빨리 호텔로 돌아가서 구라베를 더 지키고 있게. 그리고."

노인은 뭔가 할 말이 더 있는 거 같았는데 그때 우연히 창밖을 내다본 스즈토미가 큰소리로 외쳤다.

"아! 구라베다, 구라베가."

노인도 쓰보야도 튕겨 나가듯이 창가로 달려갔다.

"어디?"

"저기! 저 다리 옆의 나무 그늘에."

구라베가 다리의 큰 기둥 뒤에 숨어서 다이부쓰야 여관을 들락날락하는 사람들을 열심히 지켜보고 있었다.

"이거 놀랍군. 구라베 녀석 나를 바보로 알고 역시 미행했군."

"아니, 자네가 나오는 걸 기다리고 있는 거야. 자네가 나간 다음에 이 방에 들어와서 자네 신원을 조사할 속셈이지. 녀석, 상대가 누구인지 신경 쓰이는데 아직 정체를 몰라서 난처한 거야. 아니면 옛 동료가 냄새를 맡고 적이 됐다고 생각하고 있는지도 모르지. 어쨌든, 녀석은 가능하다면 지옥 끝까지 자네를 쫓아갈 걸세."

"뭐, 저 정도는 제가 따돌려 놓겠습니다."

"자네라면 물론 잘하겠지. 벽을 따라서 집 뒤편으로 나가면 길거리 모퉁이에 우체국 옆으로 빠져나가는 길이 있네. 그렇지?"

쓰보야는 노인이 자기 계획을 정확히 말하자 그의 실력에 감탄하지 않을 수 없었다. 옆에서 스즈토미는 둘이 눈앞의 큰 사건은 보지도 않고 이런 쓸데없는 얘기나 즐겁게 나누고 있는 걸 보고 어이가 없었지만, 쓰보야는 그런 건 신경 쓰지 않고 이야기를 이어갔다.

"다른 좋은 방법이 생각났습니다."

"어떤 방법 말인가?"

"주머니에 손을 집어넣고 휘파람을 불면서 상쾌하게 여기 현관문을 나가는 겁니다. 그리고 그대로 아무 일도 없었던 것처럼 호텔로 돌아가는 겁니다."

"그러면?"

"구라베가 여기로 와서 이 집 여주인에게 뭔가 저에 대해서 질문하겠죠. 그때 여주인한테 부탁해서 잘 얼버무려달라면 됩니다."

"그건 안 되네."

노인은 단호하게 말했다.

"녀석은 그 정도로 속을 놈이 아니네. 그런데 혹시 구라베는 편지가 사진 찍힌 걸 알아챈 다음에 라이타로를 만났나?"

"안 만났습니다."

"편지를 보냈나?"

"편지도 보내지 않았습니다. 실은 제가 구라베의 붓에 살짝 조작해놨습니다. 그래서 구라베가 붓을 쥐면 바로 알 수가 있습니다. 구라베는 24시간 이내에 편지를 한 줄도 쓰지 않았습니다."

"하지만 어제 외출을 하지 않았나?"

"아니요, 외출은 했습니다. 나만 뒤를 밟은 부하한테 들으니 역시 아무도 만나지 않았다고 합니다."

"그렇군. 알겠네. 그럼 자네는 빨리 돌아가게. 서둘러 돌아가서 옷을 갈아입고 다시 오게. 자네가 없는 동안은 내가 지켜보고 있겠네."

쓰보야가 인사를 하고 나가자 노인은 창문 유리를 통해서 구라베를 지켜봤다. 구라베는 오가는 사람들에게 시달리면서 목적을 달성할 때까지 언제까지 건 그 자리에서 꿈적도 하지 않고 서 있었다. 스즈토미가 이때 말을 걸었다.

"어르신은 어째서 이렇게 숨어서 구라베만을 지켜보고 계신 건가요?"

노인은 쌀쌀하게 대답했다.

"잠자코 있게. 자네하고는 관계없는 일이니까."

(1917. 11. 14.)

제125회

그때 방 안으로 들어온 것은 검은 나비 모양의 양복 깃 장식을 셔츠 칼라 옆으로 비스듬히 묶어서 모조품 보석이 달린 핀으로 고정하고, 목까지 단추를 잠근 검은 윗도리를 입고, 손때로 검게 빛나는 모자를 비스듬하게 쓰고, 못생긴 장화를 신고, 두꺼운 등나무 지팡이를 쥐고 있는, 보기만 해도 으리으리한 복장을 한 남자였다. 스즈토미는 이 남자의 얼굴을 슬쩍 보고 놀랐다. 그는 바로 며칠 전 자신을 잡아넣은 사카 탐정이 아닌가. 스즈토미가 놀라 멍한 표정으로 보고 있는 것도 상관 하지 않고 노인은 만족스럽게 말했다.

"쓰보야. 이번에는 누가 봐도 경찰다운 모습으로 변장했군. 자네 모습을 보면 정직한 사람도 두려움에 떨겠는걸. 이번에는 머리를 잘 썼어."

사카는 칭찬을 받고 더없이 좋아했다.

"자, 그럼 이제 어떻게 할까요?"

"그래, 자네한테라면 어려운 일은 아니지. 길가로 나가서 자네가 구라베를 미행하는 걸 구라베 본인한테 들켜야 하네. 라이타로를 붙잡기 전까지는 구라베는 그대로 놔두었어야 하니까. 구라베 눈에 잘 띄도록 하게."

"알겠습니다."

"어떻게든 구라베가 도망갈 수 있도록 해야 하네. 그 녀석도 경찰한테 미행당하는 건 싫을 테니까. 자네가 미행하고 있다는 걸 알면 녀석도 설마 호텔로 돌아가지는 않겠지. 돌아가게 하면 안 되네."

"혹시 호텔로 돌아가면 어떡하죠?"

노인은 살짝 눈썹을 찌푸렸다.

"아니, 절대로 돌아갈 일은 없을 거야. 하지만 만에 하나 돌아간다면 자네는 구라베가 다시 외출할 때까지 기다리게. 만약 나오거든 녀석은 분명히 기차를 타고 어딘가로 가겠지. 그러면 자네는 어디까지나, 북극 끝까지라도 좋으니 그를 미행하게. 돈은 있나?"

"제 방에서 갖고 오겠습니다."

"그래, 좋았어. 그리고 하나 더. 만약 구라베가 기차를 타게 되면 여기에도 알려주게. 혹시 오늘 밤까지 우물쭈물하고 있으면 조심하게. 그놈이 무슨 짓을 할지 모르니까."

"제가 힘으로 제압해도 될까요?"

"저쪽에서 먼저 손을 대지 않는 이상 가능한 그것은 피하는 게 좋을 거 같네. 자, 그럼 가보게."

쓰보야였던 사카가 나가자 스즈토미는 참지 못하고 다시 노인에게 물었다.

"왜 구라베를 포박하지 않는 겁니까? 구라베의 범죄는 저에게 쓰인 혐의보다 훨씬 더 크잖습니까."

"뭐, 내가 라이타로를 연루시키지 않으려고 고생하고 있는 걸세. 그건 그렇고. 어, 그래, 그래. 갔네."

노인이 창밖을 가리키면서 신나자 스즈토미도 슬쩍 내다보니 정말로 지금까지 거기서 용쓰고 있던 구라베는 뭔가 안절부절못하듯 자신의 지정석을 버리고 두세 발 걷기 시작했다. 그러다가 갑자기 서둘러 뛰기 시작했다.

"구라베 녀석, 드디어 낚싯바늘을 물었군."

주레이 노인이 손뼉을 치며 기뻐하고 있을 때, 또다시 사람 인기척이 났다. 이번에는 미나코가 들어왔다. 미나코이긴 했지만, 평상시하고 모습이 몰라 볼 정도로 달랐다. 눈은 눈물에 번져 빛을 잃었고, 미소가 사라지며 볼이 청백해졌고, 살도 빠져있었다. 뭔가 큰 슬픔에 짓눌린 거 같았다.

미나코는 스즈토미 얼굴을 보아도 마치 처음 보는 사람을 대하는 것처럼 살짝 가볍게 눈인사만 할 뿐 오로지 노인만 쳐다봤다. 노인은 친절하게 물었다.

"무슨 일이야. 무슨 일이 있었나?"

"큰일 났어요. 더 빨리 알려드리려고 했는데 시간이 없었습니다. 조금 전에 시오리 양이 배려해 줘서 이렇게 나올 수 있었습니다."

"그래, 시오리 양에게는 다음에 나도 고맙다고 인사를 해야겠군. 시오리 양은 어떤 가 상담 드린 대로 하고 계시는가."

"네 그렇습니다."

"구라베 씨도 만나고 계시는가?"

(1917. 11. 15.)

제126회

"네. 구라베 씨가 매일 밤 찾아오십니다. 그리고 오실 때마다 기분이 좋으셔서."

스즈토미는 참지 못하고 끼어들었다.

"뭐라고? 시오리 양이 구라베 같은 도둑놈 살인자랑 만나고 있다고?"

스즈토미는 소리치더니 노인에게 물었다.

"어르신, 이건 당신 생각인가요? 사람을 바보로 알아도 유분수지."

"조용히 하게. 자네의 한심함은 정말 기가 차는군. 자네가 자기 일도 혼자서 제대로 처리 못 하는 건 상관없지만, 적어도 내 방해만은 하지 말아주게."

이렇게 혼을 내더니 이번에는 친절한 목소리로 미나코에게 물었다.

"그래서? 그다음에 무슨 일이?"

미나코는 기운 없이.

"아니요. 실은 아무것도 모르겠어요. 단지 그렇지 않나 하고 의심할 뿐입니다. 무슨 일이 그러냐고 물으신다면, 그게 또 아직 정확하게 말씀드릴 수가 없지만, 뭔가 그런 느낌이 자꾸 듭니다. 이런 말 하는 것도 이상할지 모르겠지만요. 아무래도 요즘 저택 안이 이상하게 구름이 낀 거 같아요. 사모님은 마치 유령처럼 기운 없이 지내시고 말씀도 잘 안 하세요. 아마도 사모님은 시오리 아가씨한테까지 뭔가를 숨기고 있는 거 같아요."

"주인님은 어떻게 지내시는가?"

"실은 그 말씀을 드리러 왔어요. 주인님한테 무슨 일인가가 생긴 거 같아서 그래요. 어제하고 완전히 달라지셨어요. 뭔가에 씌었다고 하는 게 바로 저런 건가 싶을 정도예요. 생각에 잠기셔서 비틀비틀 걷기만 하세요. 목소리까지 바뀌셨어요. 시오리 아가씨나 도련님들도 이상한 일이라고 그러세요. 항상 그들에게 친절하신 분인데 작은 일에도 혼을 내세요. 뭔가 아주 큰일을 꾸미고 계신 거 같아요. 그리고 이상하게 저희 모두를 노려보시는 거예요. 특히 사모님을 노려보실 때의 눈이 얼마나 무서운지. 어젯밤에 구라베 씨가 찾아오니까 갑자기 일어서시더니 방을 뛰쳐나가셨어요."

노인은 한 대 때릴 기세로 스즈토미를 노려봤다.

"그러니까 내가 뭐라고 했습니까. 내가 이럴 줄 알았다고요. 야스베 노인은 자기 자신이 무서운 거예요. 노인은 자네가 보낸 터무니없는 편지의 증거를 찾으려고 그러는 거라고!"

옆에서 듣고 있던 미나코는 뭔가 생각 난 듯이 말했다.

"어머, 그럼 주인님이 알게 되셨군요."

"아니, 알고 있다고 생각하고 있는 거지. 하지만 그가 알게 된 게 사실이 아니니까, 그게 문제지. 그건 그렇고 사모님이나 시오리 양은 어젯밤 외출을 하셨나?"

"네 밤늦게 돌아오셨습니다."

"주인은 어땠나?"

"모르겠습니다. 저도 사모님을 따라갔거든요."

"그럼 아마 사모님이 집에 안 계실 때 뭔가를 찾으려고 하셨겠지. 분명히 그럴 걸세."

노인은 다시 무서운 눈으로 스즈토미를 노려봤다. 스즈토미는 한 마디도 입을 열 수가 없어서 그냥 미안해하고만 있었다. 미나코가 자기도 모르게 짝하고 손뼉을 쳤다.

"아, 이제 알겠습니다. 제가 왜 이상하다고 생각했는지. 실은 가베오 씨한테 들었는데, 주인님이 심부름하는 애를 불러서 집에 온 편지는 수취인이 누구든지 간에 상관없으니까, 모두 자기한테 가지고 와서 보여주라고 혹시 보여주지 않고 숨기면 바로 해고할 거라고 무섭게 협박하셨다고 합니다."

(1917. 11. 16.)

제127회

"언제 일이지?"

"어젯밤 일입니다."

"그렇군. 노인네가 드디어 시작하셨군. 이거 우물쭈물할 수가 없네. 자, 미나코 자네는 빨리 저택으로 돌아가게. 주인님은 분명히 자네를 찾고 계실 거다. 주의 깊게 잘 관찰하고 무슨 일이 있으면 아주 작은 일이라도 좋으니까 바로 나에게 알리게."

지시를 듣고도 미나코는 무슨 일인지 움직이질 않았다.

"선생님, 어……, 어……. 그리고 또 한 가지. 저기 가루타 씨는 어떻게 됐나요?"

가루타라는 이름은 스즈토미가 검사한테 들은 이름이다. 그 사람이 뭔가 미나코하고 관계가 있는 거 같았다. 도대체 어떤 사람일까? 스즈토미는 자기 기억 속을 더듬어 봤다. 하지만 전혀 생각나는 게 없다. 주레이 노인은 이 질문에 이상할 만큼 당황하더니 자기도 모르게 확 얼굴을 붉혔다.

"아, 그렇지. 내가 그런 사람을 찾아주기로 했었지. 걱정하지 말게. 내가 신경 쓰고 있으니."

미나코가 인사를 하고 나가니 벌써 점심시간이었다. 노인은 갑자기 배가 고픈 걸 느꼈다. 그리고 준비된 점심 식사상에 앉아 무슨 생각을 골똘히 하는지 모처럼 차려진 요리에 손도 대지 않았다. 노인의 얼굴에는 걱정과 망설임의 빛이 넘쳤다. 젓가락질도 멈춘 채 생각에 잠겨있던 노인이 갑자기 벌떡 일어섰다.

"그래, 어쨌든, 검사에게 얘기해 놓자. 어떻게 운 좋게 해결될지도 모르지. 이것도 다 사카에 씨……."

노인은 세 번째로 스즈토미를 무서운 눈으로 노려봤다.

"자네가 앞뒤 생각 없이 터무니없는 편지를 보냈기 때문일세."

주레이 노인이 추측한 대로 스즈토미가 보낸 익명의 편지는 야스베 노인에게는 큰 충격이었다. 노인은 그 편지를 아침 아홉 시쯤 집무실에서 받았다. 벌써 열 통 내외의 편지를 읽은 상태였다. 안 좋은 예감은 느낄 수 있는 것인지 그날의 마지막 편지를 집어 들었을 때 뭔가 이상한 느낌이 들었다. 부호라면 누구나 그렇지만, 모르는 사람한테서 기부를 요구하는 편지를 받는 일은 희한한 일도 아니다. 하지만 이 편지만은 봉투를 뜯기도 전부터 느낌이 안 좋았다. 떨리는 손끝으로 봉투를 열고 안의 편지를 꺼내 보니 어느 가게에나 있을 법한 싸구려 편지지에 휘갈겨 쓴 그 문구는 이러했다.

'야스베 야스토시 족하,

당신은 당신의 출납 담당자를 경찰에 건넸습니다.

[이하, 14줄 판독 불가]*

지금까지 무엇 하나 마음에 거리낌 없이 마음 편히 살아온 야스베 노인은 이 편지로 인해서 갑자기 벼락 맞은 것처럼 놀랐다. 아내의 불신.

[이하, 1줄 판독 불가]

게다가 익명의 편지가 전하고자 한 내용이 바로 이런 것이었다. 노인은 한동안 감전된 것처럼 움직이지 않고 멍하니 의자에 앉아 있었다. 점점 기분이 진정되자 이번에는 심한 분노의 감정이 불길처럼 타오르기 시작했다.

"괘씸하군. 정말 괘씸해."

이제 앞으로의 일은 생각하지 않겠다. 이렇게 마음속으로 속삭이고 편지는 꾸겨서 버려버렸다. 원래는 편지 내용도 잊어버리려 했지만 안타깝게도 편지의 문구가 자꾸 눈앞에 아른거리고 다른 생각을 쫓아버린다. 그리고 혹시나 하는 의심이 점점 머릿속에서 고개를 들기 시작했다…….

(1917. 11. 17.)

---

* 편지 내용은 원문 상태가 나빠 판독이 불가능하나, 내용은 제57회에 나오는 스즈토미가 야스베 씨에게 보낸 내용과 같다.

제128회

"만약 사실이라면."

야스베 노인은 이를 꽉 깨물었다.

"무엇보다 이 편지를 쓴 자가 누구인지 알고 싶군."

필적을 보면 어쩌면 누구인지 알지도 모른다고 생각한 노인은 꾸겨서 버린 편지를 다시 주워서 편지의 주름을 정성껏 펴고 글자를 세로로 가로로, 점 하나 획 하나까지 자세히 살펴봤다. 아무래도 나한테 불만 있는 사람이 틀림없었다. 그렇게 생각하고 이 사람 저 사람 열네다섯 명이나 여러 사람을 마음속으로 떠올려봤지만 누구인지 상상이 안 갔다. 이번에는 발신국에서 단서를 얻어 보려고 봉투의 소인을 살펴보았지만, 쓸 만한 정보가 없었다. 노인은 그저 편지를 여러 번 다시 읽고 자세하게 그 행간마저도 읽으려고 했다. 그러다 노인은 결국, 그 편지를 찢어 불태워 버렸다. 그럼에도 마음속에 한 번 싹튼 의심은 아무리 없애려 해도 없어지지 않았고 결국 평생 쌓아온 신뢰마저도 깨뜨리고 말았다. 씁쓸함만이 마음속을 점령했다.

친구라면 한 번 헤어지면 그만이지만, 부인은 일심동체가 아니면 더는 부부라고 할 수 없다. 일심동체가 되기 위해서는 우선 몸이 순결해야 하고 그다음에, 남편의 믿음을 회복하지 않으면 안 된다. 노인은 이런 생각을 하고 한번은 그 편지를 아내에게 보여주며 해명하라고 할까, 생각했다. 그러자 더는 기다릴 수가 없어서 의자에서 일어서려고 했지만, 이내 주저했다. '아니지. 만약 편지가 사실이라면 이미 아내는 나를 속이고 있는 거니까, 그런 짓을 하면 그쪽을 경계시키기만 할 뿐이지. 그러면 나는 언제까지나 진실을 모른 채 항복할 수밖에 없게 돼.' 야스베 씨는 오랜 시간 생각하다 결국 한동안 알리지 않고 부인을 감시하기로 마음먹었다. 지금까지 인생의 굴절을 모르고 항상 봄날의 바다 같은 느긋한 마음으로 살아온 노인이 갑자기 질투로 괴로워하면서 탐정 흉내를 내기 시작했다. 이러한 노인의 모습이야말로 이루 말할 수 없이 비참했다.

제일 쉬운 방법은 전당포를 뒤져서 보석이 전당으로 잡혔는지 확인하는 것이다. 만약 이것이 사실이 아니라면 그 편지의 내용은 거짓이 분명하기 때문이다. 거짓이라면 번뇌할 필요가 없다. 하지만 만에 하나 사실이라면……. 여기까지 생각이 다다랐을 때는 이미 저녁 식사 시간이었다. 식사 중에도 노인은 어떻게 하면 아내 몰래 아내의 옷장을 살펴볼 수 있을까? 그 방법만 골똘히 생각했다. 그리고 아내에게 외출하는지를 물어본다는 가장 쉬운 수단마저도 잊고 있었다.

(1917. 11. 18.)

제129회

노인은 바로 부인에게 물었다.

"오늘은 어디 외출을 안 하시오?"

"네, 오늘 시오리를 데리고 잠시 쇼핑 좀 다녀올까 합니다."

"언제 나갈 건데요?"

"식사 마치면 바로 나가려고요"

노인은 자기도 모르게 안도의 한숨을 내쉬었다.

식사를 마치고 노인은 언제나처럼 궐련에 불을 붙였지만, 평소처럼 피우지는 않고 뭔가를 준비해야 할 분주한 표정으로 급하게 사무실로 돌아갔다. 돌아가기 전에 집에 남아 있던 차남 도시오에게도 용건을 만들어 주어서 밖으로 심부름을 내보냈다. 그렇게 조용히 기다리고 있었는데 아내랑 시오리 양이 외출하기까지의 30분 남짓이 100년이나 되는 거처럼 길게 느껴졌다. 둘이 드디어 나간 것을 확인한 노인은 서둘러 부인 방에 들어갔다. 그리고 평소 보석을 보관하는 장롱 서랍을 열어봤다. 보석은 대부분 상자째 없었다. 상자는 있지만, 안이 비어있는 것도 있었다. 과연 편지는 거짓이 아니었다.

노인은 그리고 나서도 자신의 흔적을 남기지 않으려고 세심히 주의를 기울이면서 일일이 장롱, 책상, 옷장, 수납장 등 보석을 보관해 놓을 만한 곳을 순서대로 살펴봤다. 하지만 결국 어디에도 없었다. 그러자 뭔가 떠올리는 것이 있었다. 지난 소후에 집에서 연 무도회 때 부인에게 건넨 질문이었다. 그날 노인은 부인에게 이렇게 물었다. 오늘은 왜 보석을 하지 않았냐고. 그러자 부인은 애교 섞인 목소리로 그를 쳐다보면서 대답했다.

"왜냐하면 그리스 시대에는 보석이 없었는걸요. 그리고 모두 보석으로 치장하고 있을 때는 이렇게 아무것도 하지 않는 게 오히려 눈에 띄어요."

이제 와서 생각해보니 그때부터 이미 보석은 없었다.

[이하, 7줄 판독 불가]

'그렇다. 어쩌면 시오리 방에 있을지도 모르잖아.' 이런 생각을 하고 그는 시오리 방으로 뛰어 들어갔다. 여기저기를 뒤졌다. 하지만 결과는 아내의 보석이 하나도 없을 뿐만 아니라 시오리의 보석 상자도 일고여덟 개는 비어있었다.

'이거 이상한데, 시오리까지 보석이 없네. 이 녀석까지 알고 있는 거야. 이 녀석도 아내와 한통속이었던 거야.'

노인의 용기는 이미 바닥나 있었다.

"둘이 공모해서 나를 속이고 있었구나. 둘이 짜고……."

노인은 훌쩍훌쩍 눈물을 흘리면서 자기도 모르게 외쳤다. 그리고 견딜 수 없어 오열했다. 노인이 지난 20년간 만들어 온 깨질 일 없는 화목한 가정이 산산조각으로 부서졌다. 그 옛날 순결하고 착한 마음씨를 가진 아가씨였던 사랑하는 아내, 자기가 지금까지 손에 넣은 보석 중 가장 값비싸서 신중하게 다룬 소중한 아내. 같이 늙어가면서 점점 더 그립게 생각되었던 아내가 내 눈을 속이고 사람의 길이 아닌 길을 걷고 있다. 게다가 장성한 아이들마저 있는데……. 생각이 이에 미치자 노인은 자신과 자신의 처지를 비웃었다. 흰머리가 희끗희끗한 나이가 돼서 남편에게 불신을 안겨주는 아내라면 머리가 검었을 때는 어떤 행실을 했을까. 그렇게 생각하자, 지금 괴로울 뿐 아니라 옛날 일까지 안심할 수 없게 되었다. 지금까지 나의 마음은 한결같이 아내를 사랑했다. 이제 와서 아내의 행실에 흠집이 있다는 사실을 알았는데 앞으로의 행복은 어디서 찾으면 될까. 이런 생각을 하는 사이에 마음은 조금 진정되었다.

(1917. 11. 19.)

제130회

  그리고 상레미의 공증인에게 전보를 보내서 야지마 가에 관한 자세한 보고서를 받았다. 특히, 라이타로의 신상에 관해서 자세하게 알아봐 달라고 부탁했다. 그리고 익명 편지의 지혜를 빌려서 경찰서로가 구라베의 경력에 대해서 알고 싶다고 부탁했다. 하지만 경찰서라는 곳은 일반 시민의 부탁을 받고 '네 알겠습니다'라며 호락호락하게 보물 상자를 열어주는 곳이 아니었다. 정보를 얻어내기 위해서는 상관의 명령이 필요했다. 경찰에서는 노인이 다른 사람의 경력을 알고 싶어 하는 이유를 물었다. 노인은 물론 대답할 수 없었다. 그럼 검사 쪽에서 조회해 보라는 식으로 얘기가 진전됐는데 그것도 하고 싶지 않았다. 노인은 자기 스스로가 재판관이 되고 집행관도 되고 싶었다. 일부러 경찰서까지 갔는데 요건을 해결하지 못해서 석연찮은 기분으로 돌아오니 때마침 상레미로부터의 편지가 도착해 있었다. 노인은 떨리는 손으로 봉투를 열었다.

  '야지마 가는 대가 끊겼다. 가족 중에 라이타로라는 이름의 사람은 없다. 이 집에는 수양딸로 보낸 딸이 두 명 있을 뿐.'

  "이런 괘씸한!"
  노인은 불같이 화를 냈다. 자기 신원을 속인 자가 우리 집에 들락날락했다는 얘기다. 아내의 죄는 자기가 의심한 것보다 훨씬 컸다.
  이 여편네가 그 놈을 곁에 두고 싶어서 있지도 않은 조카의 이름을 붙이고 우리 집에 들여놓은 거다. 나는 그런 줄도 모르고 그 녀석을 예뻐하며 돈도 줬다.

노인은 생각에 잠겨서 아내와 시오리 양이 자기 호의를 빌미로 이런 계략을 펼쳤다며 지금까지 바보 취급당했던 사실이 억울하고 억울했다. 노인은 이제 죽음밖에 이 가슴의 억울함을 해소할 수 없다고 생각했다. 하지만 조금 있다가 노인은 다시 생각을 고쳤다.

'그래! 이번에는 어디 한번 내가 그 녀석들한테 한 방 먹이겠다.'

그 결심 덕분에 죽지 않았고, 다음 날 아침 르비지네 소인의 편지 한 통이 야스베 집에 도착했다. 봉투가 찢지 않도록 조심스럽게 뜯고 안에 편지를 꺼냈다.

'부디 뵙고 싶습니다. 바쁘시겠지만 왕래해 주시기 바랍니다. 라이타로 올림.

수취인은 아내로 되어있었다.

'그래, 이걸로 꼬리를 잡은 거나 마찬가지야.'

노인은 흥분한 상태로 장롱을 열어서 권총으로 꺼내 들고 장전해서 책장 위에 놓았다. 그리고 라이타로의 편지를 자기가 읽었다는 걸 들키지 않으려고 조심스럽게 봉하고 거실의 편지함에 넣으러 갔다. 그 짧은 순간, 거의 이삼 분 방을 비운 사이, 미나코가 재빨리 어떤 세공을 시도한 것을 과연 노인은 전혀 눈치 채지 못했다. 미나코는 조용히 발소리를 내지 않고 뒤쪽 입구에서 들어와 노인이 막 장전한 탄환을 빼어냈다.

'어머! 다행이다. 바로 가베오 씨에게 부탁해서 주레이 님에게 알려야지.'

한 시간 정도 지나서 야스베 부인이 나간 것을 확인하고 노인은 자기도 서둘러 마차를 타고 같은 방향으로 달렸다. 서로 다른 마음으로 두 대의 마차가 르비지네를 향해서 달려가는 것을 배웅한 미나코의 손에서 땀이 났다.

'아! 주레이 님이 시간 맞춰서 가야 할 텐데.'

(1917. 11. 20.)

제131회

구라베는 라이타로가 자신에게 방해만 될 뿐, 더는 쓸모가 없어졌다고 생각해서 주저 않고 그의 방식대로 손을 썼다. 어느 날 라이타로가 동네까지 놀러 갔다가 밤이 돼서 르비지네 별장으로 돌아오는데 쓸쓸한 골목길에서 건장한 남자 두 명이 갑자기 나무 그늘에서 튀어나오더니 앞뒤로 그를 막아섰다. 그리고는 일부러 시간을 묻는다. 라이타로가 성냥에 불을 붙여서 시계를 보려고 한눈을 판 순간 그들은 달려들어 라이타로를 덮쳤다. 하지만 라이타로도 보통내기가 아니다. 빈틈도 없고 게다가 무예도 다소 배운 적이 있어서 정면으로 덮친 그 사람들을 던져버리고 몸이 자유롭게 되자 도망쳐서 몸을 숨겼다. 그로부터 이삼일 후 이번에는 요릿집에서 밥을 먹고 있는데 인상이 험악한 남자들이 옆에 와서 갑자기 싸움을 시작했다. 라이타로는 처음에는 참았지만 젊은 나이의 치기로 인해 결국에는 참을 수가 없게 되자 일어서서 서로 엉키고 섞키면서 패싸움을 시작했다. 그러는 와중에 한쪽 어깨에 상처를 입었는데, 다행히 생명에는 지장이 없었다.

이 두 사건 모두 구라베가 꾸민 일이라는 것은 라이타로도 바로 눈치 챌 수 있었다. 라이타로는 화가 나서 지금까지 중요한 파트너라고 이것저것 고생도 많이 시켜놓고 이제 와서 이런 비정한 짓을 하다니. 어디 두고 봐라. 이쪽도 덤빌 수 있다고, 라며 중얼거렸다. 그러나 동시에 걱정도 되었다. 상대는 구라베이다. 방심도 여지도 보여선 안 된다. 두 번까지는 운 좋게 빗나갔지만 세 번째에는 어떻게 될지 아무도 모른다. 구라베의 성질을 잘 알고 있는 만큼 구라베가 신경 쓰여서 미칠 것 같았다. 밖에 나가는 것도 걱정, 집 안에 있는 것도 걱정됐다. 칼로 맞는 건 괜찮지만 무엇보다 독극물이 무서웠다. 그런 생각을 하자 먹는 것, 마시는 것 모두 스트리키닌 냄새가 나는 것 같아서 안심할 수가 없었다.

이래서는 못산다. 가만히 기다리는 것보다 이쪽에서부터 뭔가 수단을 취하지 않으면 안 된다. 그런 생각은 했지만, 행동은 쉽지 않았다. 가난했던 시절에는 이삼엔 정도라도 꽤 사람을 죽이고도 남았지만 지금은 다소 돈이 생기고보니 점점 겁이 많아져 어처구니없는 짓은 못하게 되었다. 모처럼 손에 넣은 14만 엔이라는 뭉칫돈도 아깝게 생각되었다. 어설픈 짓을 해서 그동안의 수고를 물거품으로 만들고 싶지 않았다. 라이타로는 조용히 구라베와의 인연을 끊을 방법이 없나 이것저것 궁리했다.

(1917. 11. 21.)

제132회

시오리 양이 구라베와 결혼하는 전제조건으로 결혼 후 라이타로가 야스베 부인한테서 돈을 요구해서는 안 된다는 조건이 달려있다. 그러기 위해서는 자기를 없애는 게 가장 쉬운 방법이다. 그렇다면 더욱더 위험한데, 이거 어떻게 하면 좋지. 이리저리 머리를 굴린 후 라이타로는 그렇다면 오히려 야스베 부인에게 구라베의 악행을 전부 고자질해버리자고는 생각이 들었다. 그래서 숙모나 시오리 양도 구할 수 있다면 자기도 살아남을 것이다. 그렇다, 그게 좋겠다고 손뼉을 치면서 라이타로는 숙모를 불러내기 위한 편지를 써서 보낸 것이다. 그것을 야스베 노인이 몰래 읽은 것이고.

라이타로네 집에 가게 되면 결국 또 돈을 달라고 할 게 뻔 할 거라며 반은 가기 싫은 걸 억지로 온 부인은 자신의 예상과 달리 라이타로가 상냥하고 다정한 말을 해서 놀라우면서도 기뻤다. 그리고 오래간만에 밝은 얼굴로 미소를 띠면서 자기가 저번에 라이타로에게 사준 팔걸이의자에 앉고 라이타로는 그녀 옆에서 무릎을 꿇고 앉아 입바른 소리를 하면서 어머니를 기쁘게 해주었다. 라이타로의 나이에게다가 그 아버지에 그 아들인 것을 고려해 봐도 그가 제멋대로 아침부터 밤까지 그저 환락만을 쫓아다니는 건 이상하지 않았다. 그 라이타로가 지금 말하고 있는 것은 무슨 말인가. 그것은, 평소 부인의 바람대로 그가 올바른 마음으로 돌아간다면 그의 입에서 나올 법한 그런 상냥한 말들이었다.

"어머니, 어머니. 제가 오랫동안 심려만 끼쳐드렸습니다. 하지만, 저……."

그가 말하고 있을 때 방해가 있었다. 입구의 문이 '쾅' 하고 열렸다. 흠칫 놀란 라이타로가 뒤돌아보자 손에 권총을 쥔 야스베 노인이 무서운 표정으로 그곳에 서 있었다.

노인의 얼굴은 창백했다. 당장에 달려들어서 아무 변명도 듣지 않고 그대로 둘을 벌하고 싶은 심정을 꾹 참으며 우선 죄를 재판하려고 서 있었다. 그의 침착함은 도저히 인간의 모습이 아니었다. 물론 지금 노인의 냉정함은 결코 재판관의 냉정함도 아니었다. 그것은 단지 폭풍 전야의 고요였다. 노인의 얼굴을 보고 부인도 라이타로도 동시에 "아!" 하고 소리쳤다. 노인은 약간 높은 톤의 쉰 목소리로 말했다.

"설마 내가 여기 올 줄은 몰랐겠지."

[이하, 30줄 판독 불가]

"너무나 생활이 지루해서 뭔가 색다른 걸 해보고 싶어서 너는 이런 망측한 짓을 한 것이냐. 너희들은 도대체 어느 정도 깊은 사이가 된 것이냐. 아니, 아니. 가령 네가 내 사랑에 질렸다고 치더라도 아이들 생각은 안 한게냐?"

노인의 목소리는 말할 때마다 숨이 막힐 것 같았다.

(1917. 11. 22.)

제133회

라이타로는 노인의 말을 한마디 한마디 깊이 새겨듣다가 노인이 어처구니없는 추측을 하고 있다는 걸 깨달았다. 그는 서둘러 그것을 정정하려고 했다.

"어르신. 어르신."

말을 걸었으나 오히려 역효과였다. 그 목소리를 듣자, 지금까지 꿈만 같은 마음으로 붕 떠 있던 노인의 감흥이 깨지고 주체할 수 없는 분노가 가슴을 치고 올라왔다. 노인은 반 쯤 미친 사람처럼,

"입 다물어."

라고 일갈할 다음, 틈도 주지 않고 욕설을 퍼붓듯 쏟아냈다. 잠시 후 조금 마음이 진정된 노인은 다시 둘을 노려봤다.

"나는 너희 둘을 죽이러 왔다. 하지만 여자나 무기가 없는 남자를 그냥 죽일 수는 없지……."

라이타로는 손짓으로 항의를 요청했다. 노인은 그 모습을 노려봤다.

"그래. 너는 내 손에 죽은 목숨이나 다름없지만 나도 이런 식으로 너를 처벌하고 싶지는 않다. 보아하니 책상 위에 권총이 있군. 들 거라. 너도 그 권총으로 나를 막아 봐라."

"아니요. 그럴 순 없습니다."

"까불지 마. 이 꽤 심한 녀석아. 꾸물꾸물 대지 말고……."

노인은 라이타로 가슴에서 30센티도 떨어지지 않은 곳에서 권총을 겨누고 있었다. 라이타로는 더는 버틸 수가 없어서 자기도 권총을 집어 들었다.

"자, 저쪽에 가서 서거라."

노인은 방 끝을 손가락으로 가리켰다.

"나는 여기 서 있겠다. 앞으로 일이 분이면 시계가 울릴 것이다. 그것을 신호로 둘이 동시에 방아쇠를 당기는 거다."

이 끔찍한 장면에 야스베 부인은 더는 가만히 있을 수가 없었다. 눈에 보이는 것은 남편과 아들이 눈앞에서 서로 결투하려는 장면이다. 부인은 자기도 모르게 팔을 펼치면서 지금 막 탄환을 쏘려는 총구 앞을 가로 막고 섰다.

"모든 것을 사실대로 말씀드리겠습니다. 이 아이만은 용서해주세요."

라이타로를 감싸는 부인의 말은 물론 어머니의 사랑이 넘쳐나는 것이었다. 하지만 노인은 그렇게 받아들이지 않았다. 그는 더욱더 격하게 부인을 움켜잡았다.

"에이, 저리 비켜 있어."

노인은 윽박지르면서 부인을 방구석으로 밀쳐버렸다. 부인은 굴하지 않고 다시 일어나 이번에는 라이타로에게 바짝 붙어서 자기 몸을 방패로 삼았다.

"전부 제 잘못입니다. 이 아이는 아무것도 모릅니다. 저 하나만 벌 받으면 됩니다."

이 모습을 본 노인은 순간적으로 화가 치밀어 올랐다. 그는 저주스러운 한 덩어리의 남녀를 향해 가차 없이 권총의 방아쇠를 당겼다. 굉음이 공기를 뚫었고 과녁이 틀리지는 않았지만, 라이타로도 부인도 신기하게 무사했다. 노인은 계속해서 두 발, 세 발 쐈다. 그리고 네 번째 방아쇠를 당겼을 때, 문을 박차고 한 사람이 들어왔다. 그는 순식간에 노인의 손에서 권총을 빼앗고 노인을 소파 위로 넘어뜨린 후, 부인 쪽으로 달려갔다.

(1917. 11. 23.)

제134회

말할 필요도 없이 그것은 주레이 노인이었다. 노인은 소식을 전해 주러 온 가베오한테 자세한 이야기를 듣고 그대로 하늘을 날듯이 달려온 것이다. 미나코가 탄환을 빼놓은 것까지는 몰랐다. 둘이 무사한 것을 보고 노인은 후하고 안도의 한숨을 내쉬었다.

[이하, 6줄 판독 불가]

주레이는 노인의 얼굴을 정면으로 노려보면서 위엄 있는 목소리로 말했다.

"야스베 씨, 진정하세요. 당신은 하마터면 큰 실수를 저지를 뻔했습니다. 그 편지는 모두 거짓입니다."

이 노인이 도대체 누구인지, 무슨 이유로 지금 여기에 있는지. 평소라면 제일 먼저 물어봤을 이런 질문을 야스베 씨 머리에서는 전혀 떠오르지 않았다.

"그럴 리가 없어. 집사람이 이미 자백했단 말이오."

그러면서 다시 덤벼드는 노인을 주레이는 손으로 억눌렀다.

"그렇군요. 자백하셨다면 그것이 잘못된 겁니다. 당신은 저기 있는 저 남자가 누구라고 생각하십니까?"

"그야 당연히 정부지."

"그게 틀렸다는 겁니다. 저 남자는 부인의 아드님입니다."

어안이 벙벙해진 야스베 노인은 주레이, 라이타로, 부인의 순서대로 시선을 옮기며 모두의 얼굴을 번갈아 바라보았다.

"그럴 리가 없어. 그럴 리가 있을 수는 없어."

노인은 자신이 속고 있는 것처럼 생각돼서 그렇게 외쳤다.

"그게 만약 사실이라면 증거를 대시오."

"증거라면 조용히 들어만 주신다면 얼마든지 말씀드리지요."

그로부터 주레이 노인은 요령 있는 말솜씨로 구라베나 라이타로의 사건 등에 대해서 야스베에게 들려주었다. 듣고 보니 그다지 고마운 이야기는 아니었다. 하지만 자기가 의심한 그 죄보다는 이쪽이 훨씬 나았다. 원래 자신이 아내를 증오한 것은 아내를 너무 사랑했기 때문이다. 그 아내에 대한 사랑이 이십 수년 전 젊었을 때의 실수에서 나온 죄 정도라면 용서해줄 수도 있지 않을까. 게다가 아내는 그 후로 남편에게 온몸을 바쳐 옛날의 죗값을 치르려고 했다. 그렇게 생각하자 노인의 분노는 조금씩 사그라졌다. 만약 라이타로가 그 자리에 없었다면 그는 팔을 벌려 아내를 감싸 안으며 위로해주었을 것이다. 이제 됐어. 옛날 일은 잊어버립시다, 라고……

(1917. 11. 26.)

제135회

하지만 라이타로의 얼굴을 보니, 갑자기 그 위로의 말이 쏙 들어갔다. 그는 잠시 잠자코 있다가 냉랭하게 아내를 쳐다봤다.

"그럼 이게 네 아들이었구나. 너를 빼앗았을 뿐 아니라 내 돈까지 훔쳐 간."

부인은 대답도 못 하고 그저 서 있기만 했다. 거기에 주레이 노인은 다시 여지를 주지 않고 말을 이었다.

"아니, 사모님은 이 남자가 자기 아들이라고 생각하고 계시지만, 사실은……."

라이타로는 입구 쪽으로 몸을 움직였지만, 주레이 노인이 한 수 위였다. 그는 팔을 뻗어서 간단히 라이타로의 손목을 잡았다.

"이런, 어디 가시나. 손님이 오셨는데 몰래 도망치시면 안 되죠. 자, 자. 얌전히 가만히 있고 이 늙은이 얘기 좀 더 들어보세요."

일부러 우스꽝스럽게 말하는 그 말투에 처음에는 기억이 안 났지만, 라이타로는 헉하고 한발 물러섰다.

"아, 지난번 그 각설이."

라이타로가 속삭이는 걸 들은 주레이 노인은 방긋 웃었다.

"그러네. 내가 바로 그때의 각설이일세. 게다가 이것도 기억나지요?"

노인은 팔뚝에 난 상처를 라이타로에게 보여주었다.

[이하, 약 40줄 정도 판독 불가]

요 몇 개월간 아프기만 했던 심장이 갑자기 가벼워진 것 같았다.

"어머, 그런 일이 있었군요."

야스베 노인도 되풀이하며 말했다.

"그랬었군요."

라이타로만은 더듬더듬 말했다.

"……그런 일이 있었지요."

주레이 노인이 라이타로의 말을 가로막았다.

(1917. 11. 27.)

제136회

라이타로는 이제 아무 말도 하지 못하고 그저 "탐정이군." 하고 속삭였을 뿐이다.

주레이 노인은 씩 웃었다.

"뭐, 나는 스즈토미의 친구일세. 하지만 자네가 마음먹기에 따라서 다른 인물이 될 수도 있지."

"그래서 나더러 어쩌란 말인가요?"

"금고에서 훔친 14만 엔은 어디 있나?"

라이타로는 잠시 머뭇거리더니 바로 포기했다.

"여기 있습니다."

"흠, 이거 기특하군. 그래 바로 자백하길 잘했네. 돈이 여기 있는 것쯤은 듣지 않아도 알고 있었네. 분명 저 장롱 속에 있겠지. 자, 꺼내 봐라."

이제 도망갈 구멍이 없다고 체념한 라이타로는 담담하게 숨겨 둔 지폐와 보석류를 장롱 바닥에서 꺼내서 주레이 노인 손에 건넸다. 노인은 그것을 받고는 바로 주머니에서 수첩을 꺼내서 적어둔 번호랑 지금 받은 지폐 번호를 조회하려고 했다. 그리고 고개를 숙이고 열심히 대조하고 있는데 조용히 문이 닫히는 소리가 나서 고개를 들고 돌아 보니, 지금까지 거기 있었던 라이타로의 모습이 보이지 않는다.

주레이 노인은 한숨을 내쉬었다.

"뭐, 그놈은 그렇게 나쁜 녀석이 아닙니다."

그리고는 야스베 씨를 향해서 말했다.

"여기 돈하고 전표입니다. 받아주세요.

[이하, 7줄 판독 불가]

이번 사건이 세상에 알려지게 되면 제일 먼저 사모님 이름이 사람들 입에 오르게 될 겁니다."

야스베 노인은 아마 다른 사람도 그렇겠지만 주레이 씨의 말 대로 하지 않을 수 없었다.

[이하, 16줄 판독 불가]

"야스베 씨, 저는 스즈토미의 친구입니다만, 이번 사건과 관련해서 그 남자를 다시 한 번 은행에서 써 주십사, 스즈토미를 대신해서 부탁 드립니다. 그리고 알고 계시겠지만 그 남자는 시오리 양하고 서로 사랑하는 사이입니다."

(1917. 11. 28.)

제137회

야스베 씨는 끝까지 듣지도 않고 대답했다.

"알겠네. 시오리는 스즈토미한테 시집보내지. 그리고 스즈토미를 해고한 건 물론 나의 큰 잘못이었네. 나는 스즈토미한테 다시 한 번 은행에 와달라고 하겠네. 그리고 내가 스즈토미를 어떻게 생각하고 있는지 세상 사람들이 바로 알아볼 수 있도록 그를 승진시키겠네."

주레이 노인은 모자랑 지팡이를 들고 작별 인사를 하고 돌아가려고 했다.

"아, 그리고 하나만 더 사모님은 어떻게 하실 건데요?"

부인은 다시 정신을 차렸다.

"죄송합니다. 나잇값도 못 하고 어린아이 같은 짓을 해서."

부인의 목소리는 떨리고 있었고, 눈에는 눈물이 가득했다. 그러자 야스베 노인이 부인 곁으로 다가가 어깨를 감싸 안아줬다.

[이하, 판독 불가]

(1917. 11. 29.)

제138회

"무슨 일인가요?"

주레이 노인은 가장 가까이에 있는 사람을 붙잡고 물어봤다. 그 사람이 잘난 체하면서 말해주었다.

"아이고, 말도 마세요. 이야, 정말 큰일 났었답니다. 내가 이 두 눈으로 똑똑히 봤다니까요. 저 창문이에요. 저기 저, 3층 정면을 바라보고 있는 창문. 저 창문에서 이상한 남자 한 명이 쑥 나온 거예요. 그것도 발가벗고. 집에 있던 사람이 뒤쫓아 오자, 그 남자가 원숭이처럼 지붕 처마를 손으로 잡고 퍼덕퍼덕하더니 지붕 위로 올라갔어요. 그리고 '살인자다, 살인자다.'라고 소리치는 거예요. 이야, 뭐 세상에 별 희한한 일도 다 있습니다."

노인은 이야기를 끝까지 듣지도 않고 바로 집으로 뛰어 들어갔다.

신나게 이야기하고 있던 구경꾼 남자는 어안이 벙벙해져서 이상한 얼굴로 노인의 뒷모습을 바라보았다.

혹시, 구라베가 아일까. 주레이 노인은 생각했다. '과연 저런 악당도 천벌 받아서 드디어 미쳤구나.' 혼자 이렇게 자문하면서 노인은 사람들이 몰려있는 곳을 뚫고 들어가 안마당을 가로질러 가려고 했는데, 근처의 큰 계단 아래에서 뭔가 조용조용 상의하는 네 남자가 보였다. 노인은 재빨리 그들 가운에 사카 탐정이 있는 것을 발견했다.

"어이, 무슨 일인가?"

말을 걸자, 네 명이 한꺼번에 대답하면서 달려왔다.

"아, 선생님."

"이야기는 한 명씩."

노인에게 붙잡힌 사카는 기운이 없는 목소리로 말했다.

"실패입니다. 선생님, 모처럼의 공을 놓치고 말았습니다."

[이하, 17줄 판독 불가]

"그런데 녀석은 지금 어디 있었는데?"

"경찰소에 있습니다. 수갑을 채워서 겨우 끌고 갔습니다."

"그래, 그럼 같이 가보자."

(1917. 11. 30.)

제139회

경찰서에서 구라베는 위험한 죄인을 집어넣는 특별유치장에 들어갔다. 보아하니 구라베는 바지만 입고 상체는 발가벗은 채로 의사가 먹이려는 약을 거부하고 있었다. 몸집이 큰 남자 세 명이 몸부림치는 구라베를 꽉 붙들어 잡았다.

"싫어. 저쪽으로 데리고 가줘. 형이 독을 먹이려고 해."

"안 되겠네."

의사는 포기할 수밖에 없었다.

"광기 중에서도 이런 광기가 제일 성질이 안 좋네. 도저히 치료할 방법이 없어. 불쌍하게도 이 남자는 마지막에는 굶어 죽을 걸세. 이런 증상은 다른 데서도 본 적 있지. 환자가 갑자기 독을 먹었을 때랑 똑같은 증상을 보이면서 몸부림치다가 죽어버리는 거야."

그 대단한 주레이 노인도 등골이 오싹해져서 몸서리치며 유치장에서 도망 나왔다.

"이걸로 야스베 부인은 살았네. 하느님의 벌이란 진정 끔찍한 것이로군."

주레이 노인이 진지하게 말하는 것을 들은 사카 탐정은 불만스럽게 말했다.

"그야 그렇겠지만 선생님. 저는 어떻게 되는 거죠? 저야말로 재미없습니다. 모처럼의 공을 놓쳤으니까요."

[이하, 8줄 판독 불가]

나흘이 지났다. 대 탐정 르코크 씨는 사무실에서 기둥 시계를 바라보며 분주하게 방안을 왔다 갔다가 걸었다. 열 시를 알리는 종이 울리자 안내인을 따라 들어온 것은 미나코와 스즈토미 사카에였다. 르코크 씨는 이들을 반갑게 맞이하였다.

"이야, 두 분 잘 오셨습니다."

미나코는 진지한 얼굴로 말했다.

"두 분이라니 그런 말 하지 말아주세요. 저희는 주레이 씨의 부탁으로 여기 온 거예요. 여기서 주레이 씨를 열 시에 만나기로 약속했어요."

"아, 그렇게 얘기가 됐었군요. 그럼 제가 주레이 씨에게 알려드리겠습니다."

반시간 정도 기다리는 동안, 미나코와 스즈토미는 서로 한마디도 나누지 않았다. 어색한 침묵이 흐르는 사이, 주레이 노인이 들어왔다.

둘은 벌떡 일어서더니 노인 근처로 달려갔지만, 노인은 깊은 눈의 힘으로 그 자리에서 둘을 멈춰 서게 했다.

"흥, 둘 다 내 비밀을 들으러 왔군. 물론 내가 그렇게 약속했지. 그래 약속을 취소하지는 않겠네. 자, 이제 이야기를 할 테니 둘 다 잘 듣게. 됐나. 내 친구 중에 가루타라는 남자가 있었네. 2년 전까지 그 남자는 세계 제일의 행운아였지. 어느 여자한테 반해서 혼신을 모두 그녀에게 바쳤지. 아니, 참 바보 같은 놈이어서 여자도 자기를 좋아하고 있는 줄 알았던 거야."

"어머, 서로 반했던 거예요."

미나코가 이야기에 끼어들자 노인은 살짝 그녀를 흘겨보았다.

"그렇다면 그렇게 해두지. 아무튼 어느 날 밤 여자는 다른 남자랑 도망가 버렸지. 슬픔을 견딜 수 없었던 가루타는 처음에는 자살하려고 했지. 하지만 생각을 고쳐먹고 이 세상에 살아남아서 실컷 복수해주기로 마음먹었지."

스즈토미는 더듬더듬 입을 열었다.

"그렇다고 해서……."

노인이 그의 말을 가로막았다.

"가루타는 자기를 배신한 여자에게 자기가 상대방보다 훨씬 더 훌륭한 인간이라는 걸 보여주기로 했지. 상대방 남자라는 자는 무고한 죄를 뒤집어써서 매우 불행한 상황에 빠졌지만 원래 힘도 없고 용기도 없고 눈치도 빠르지 않아 자기 힘으로는 어떻게 할 수가 없었던 거지. 그래서 가루타는 아주 훌륭한 두뇌와 황당무계한 재주로 보기 좋게 그 남자를 구해주었네. 어때, 이해가 가나? 그 여자라고 하는 자가 지금 여기 있는 미나코이고 자네가 그 상대방 남자지."

이렇게 말하고 주레이 씨가 가발과 가짜 수염을 뜯어내니 순식간에 젊어져서 영지(英智)로 번쩍이는 고귀한 얼굴 - 대 탐정 르코크의 얼굴이 나왔다. 미나코도 스즈토미도 너무 놀라서 아무 말도 못 했다.

르코크 탐정은 스즈토미에게 말했다.

"자네가 이번에 일신의 안전을 지킬 수 있었던 것은 어느 여성분의 조력이 있었기 때문이라네. 그녀는 나를 믿어줬고 내부에서부터 내 활동을 도와줬네. 그 여성분이 바로 시오리 양이네. 난 그녀에게 야스베 씨가 진실을 알아내기 전에 이 사건을 해결할 것을 약속했지만 자네 편지 때문에 내 계획은 다 엉망이 되었지."

할 말을 다 하자 그대로 작별 인사를 하려고 한 르코크, 아니 가루타 앞을 미나코가 가로막았다.

"가루타 씨, 이 정도 저를 괴롭혔으면 이제 됐잖아요."

* * * * * * *

1주일 후, 지금은 야스베은행의 지배인으로 일약 중역의 직위로 발탁된 스즈토미 사카에와 시오리 양의 결혼식이 몇 백 명이라는 홀륭한 내빈들 앞에서 행해졌다. 파리에서 최초라고 말해질 정도로 성대하게 열린 결혼식이었다. 내빈 중 가장 눈에 띈 것은 경찰을 그만두고 야스베은행의 은행원이 된 한때 르코크 탐정이었던 주레이 노인과 그의 새색시였다. 그 새색시가 바로 미나코이다.　(끝)

(1917. 12. 1.)

(1)

「누구」는 1917년 7월 4일부터 12월 1일까지 『경성일보』에 번역 연재된 장편 탐정소설이다. 원작은 에밀 가보리오(Èmile Gaboriau)의 『서류 113(Le Dossier 113)』(1867)이다.

『서류 113』은 가보리오의 세 번째 탐정소설로서 가보리오가 탄생시킨 명탐정 르코크 탐정의 사랑 이야기가 얽혀있다. 르코크 탐정은 가보리오가 쓴 첫 번째 탐정소설이자 세계최초의 장편 탐정소설 『르루주 사건(L' Affaire Lerouge)』(1866)에서는 스승으로 모시는 아마추어 사립탐정 타바레 노인을 돕는 젊은 형사로 초반에 잠시 등장할 뿐이지만, 『서류 113』에서는 『오르시발의 범죄(Le Crime d'Orcival)』(1867)에 이어 사건 해결을 위해 대활약을 펼친다. 르코크 탐정이 활약하는 탐정소설로는 이 세 작품 외에도 『파리의 노예(Les Esclaves de Paris)』(1868), 『르코크 탐정(Monsieur Lecoq)』(1869)이 있고, 요절한 가보리오의 죽음을 애도한 포르튀네 뒤 부아고베(Fortuné du Boisgobey)가 르코크 탐정의 그 후의 활약상을 그린 『르코크 씨의 만년(La Vieillesse de Monsieur Lecoq)』(1878) 등이 있다.

르코크 탐정은 한국 독자에게 익숙한 셜록 홈스나 오귀스트 뒤팽 같은 안락의자형 탐정-명석한 두뇌로 몇 가지 단서와 사건 경위만 듣고 진범을 밝혀내는 탐정-이 아니라 현장 검증을 꼼꼼히 하고 변장해서 용의자를 미행하고 철저히 탐문 수사를 하는 등 행동하는 타입의 세계최초 형사 탐정이다. 그래서 이 책에서 번역한 「서류 113」의 경우도 사건을 해결하는 것은 탐정에 의한 과학적 사유나 예리하고 합리적인 추리가 아니라 사건의 단서가 관련 인물들의 과거에 있다는 르코크 탐정의 직감이다. 그리고 그가 관련 인물들의 고향을 직접 찾아가 그들의 숨겨진 과거를 밝혀내면서 사건이 자연스럽게 해결된다.

(2)

원작가 에밀 가보리오는 원래 잡지나 신문에 가정소설이나 시평 등을 기고하다가 보들레르가 프랑스어로 번역한 세계최초의 탐정소설인 에드거 앨런 포의 「모르그가의 살인사건((Double assassinat dans la Rue Morgue)」을 읽고 감명을 받아 「르루주 사건」이라는 세계최초의 장편 탐정소설을 썼다. 가보리오는 「르루주 사건」으로 큰 호응을 얻고 이후 르코크 탐정이 활약하는 장편 탐정소설을 신문에 연재하여 탐정소설 작가로 큰 인기를 얻었다. 프랑스에서 1830년대에 시작한 신문연재소설과 그 성공은 신문구독자이자 하층 시민계급인 대중을 끌어들이는 수단으로 사용되었고, 이러한 신문연재소설의 유행이 그 후의 프랑스 미스터리 발전의 기반을 형성하였다.[*] 르코크 탐정 시리즈는 신문 연재가 완결되자마자 단행본으로 출판되었고 바로 세계각국어로 번역되어 널리 읽혔다. 에밀 가보리오의 르코크 탐정 시리즈는 세계최초의 신문 연재 장편 탐정소설이었으며 이 시리즈의 성공에 힘입어 프랑스에서 미스터리 붐이 일어나기 시작하였다.

가보리오의 탐정소설은 신문 연재를 위해서 쓰인 장편소설이었기에 등장인물들과 관련된 다양한 에피소드들이 줄거리 사이사이에 삽입되어 있고 이러한 에피소드들을 통해서 사건의 실마리가 하나씩 풀려가는 구조를 취하고 있다. 르코크가 움직이고 조사할 때마다 사건에 관여한 등장인물들의 과거가 드러나면서 사건의 진상이 조금씩 밝혀진다. 이처럼 줄거리가 복잡하고 긴 것은 한편으로 가보리오의 탐정소설이 신문 연재를 전제로 쓰였기 때문이고 같은 이유에서 1880년대 일본에서 신문에 소설을 연재했던 구로이와 루이코(黒岩涙香)는 가보리오나 부아고베 등 프랑스 작가의 탐정소설을 즐겨 번안했다. 참고로 「서류 113」의 일본어 번역본을 소개하면 다음과 같다.

---

[*]　오타 고이치(太田浩一) 「역자 해설(訳者あとがき)」(에밀 가보리오 작, 오타 고이치 역 『르루주 사건(ルルージュ事件)』(図書刊行会, 2008년) 423쪽.

① 구로이와 루이코 번안 「대도적(大盜賊)」(『今日新聞』1888.3.13.에 연재 시작), 1889년에 단행본 『대도적』(金桜堂) 출판.

② 이즈미 세이후(泉清風) 역 『열 글자의 비밀:탐정 대활극(十文字の秘密:探偵大活劇)』(盛陽堂, 1919).

③ 다나카 사카에(田中早苗) 역 『애욕지옥(愛慾地獄)』(博文館, 1926), 1929년 「서류 113(書類百十三)」으로 제목을 바꾸고 『세계탐정소설전집 3 가보리오 집(世界探偵小説全集 3 ガボリオ集)』(博文館)에 수록.

후세 생이 번역한 「누구」는 시기적으로는 ①구로이와 루이코의 신문 연재 번안 소설과 ②이즈미 세이후의 단행본 번역 소설 사이에 연재되었고, 번역 스타일에서도 그 중간 형태를 취하고 있다. 즉, 루이코의 번안처럼 신문 연재를 전제로 번역되었으나 번안이 아니라 원작의 줄거리 전개를 훼손하지 않고 충실히 따라가는 번역에 가깝다. 하지만 번역이라고 해도 오늘날의 직역이 아니라 축역에 가까운 점은 이즈미 세이후의 번역과 비슷하다. 다만, 이즈미 역과의 차이점은 인물명을 르코크 탐정을 제외하고 모두 일본인 이름으로 바꿨고 지명은 도시명은 원문대로 프랑스 지명을 사용하데 거리명과 동네 이름은 실제 프랑스 도로명 혹은 지명과 일본 지명을 혼용하고 있으며 건물명도 프랑스 건물명과 일본 건물명(예를 들어, 아사쿠사 12층) 등을 혼용하고 있어, 이런 부분도 루이코의 번안과 다이쇼(大正) 시대 번역의 과도기적 형태를 띠고 있다.

(3)

「누구」가 연재된 『경성일보』는 발행 기간에 총 열세 편의 탐정소설을 게재하였다. 그중 창작 탐정소설이 열 편, 번역 탐정소설이 세 편이다. 『경성일보』가 게재한 창작 탐정소설을 열거하면 다음과 같다.

① 기다 지사토(木田千里) 「다이아몬드 도둑(ダイヤ賊)」(1922.8.19.~22.).

② 다카다 호슈(高田方州) 「화저 천 개(火箸千本)」(1923.2.23.~25.).

③ 마에다 쇼잔(前田曙山) 「괴기 탐정 육의 저주(奇怪探偵 肉の呪ひ)」 (1925.3.21.).

④ 고바야시 쇼로(小林蕉郎) 「탐정취미에 대해서 생각하다(探偵趣味考)」(1927.2.17.~18.).

⑤ 고가 사부로(古賀三郎) 「알리바이 증명(現場不在証明)」(1932.1.21.~26.).

⑥ 하마오 시로(濱尾四郎) 「여름의 에피소드(夏のエピソード)(3)」(1932.7.2.).

⑦ 모리시타 우손(森下雨村) 「창문에서 엿보는 얼굴(窓から覗く顔)」(1934.1.3.~10.).

⑧ 기노시타 우다루(木下宇陀児) 「곡마단 기담(曲馬團奇譚)」(1935.1.3.~4.).

⑨ 기키 다카타로(木々高太郎) 「극량(極量)」(1936.1.3.).

⑩ 히사오 주란(久生十蘭) 「탐정소설 "술의 해로움"에 관해서(探偵小説 " 酒の害 " について)」(1940.1.18.~21.)*

---

* 이 소설은 『경성일보』에 제일 처음 게재된 후, 일본 이시카와현(石川県)에서 발행한 『북국신문(北国新聞)』에 반년 후 가필 수정하여 재게재되었다. (엄기권, 「『京城日報』にお

작가들의 면면을 보면 마에다 쇼잔, 고가 사부로, 하마오 시로, 모리시타 우손, 기노시타 우다루, 기키 다카타로처럼 당시 일본의 탐정소설 문단에서 왕성하게 활동하던 유명 작가들이고 주로 단편 탐정소설을 게재했다. 그 외 기다 지사토, 다카다 호슈, 고바야시 쇼로 등은 현재는 인물 정보가 거의 남아 있지 않지만, 비록 필명이라 하더라도 풀네임으로 작가명을 기재하고 있는 것으로 보아 당시 탐정소설 혹은 대중소설 작가로 활동을 하던 인물들로 추정된다.

일본에서 활동한 저명한 작가가 아니라 경성에 거주한 재조일본인들의 창작 탐정소설은 『경성일보』에서는 찾아보기 힘들고 오히려 『조선공론(朝鮮公論)』이나 『경무휘보(警務彙報)』 등 일본어 잡지에 주로 게재되었다.* 『경성일보』가 재조일본인 아마추어 작가들의 탐정소설이 아니라 저명한 일본 탐정소설가들의 작품을 게재했다는 것은 당시의 『경성일보』의 위상과 문예란, 특히 대중소설에 대한 신문사의 인식을 보여주고 있다고 해석할 수 있다.

한편, 번역 탐정소설에 관해서는 이 책의 일본어 역자, 후세 생이 번역한 탐정소설 세 편이 전부이다. 후세 생은 「누구」 이외에도

けける日本語文学 : 文芸欄·連載小説の変遷に関する実証的研究」, 규슈대학(九州大学) 박사학위 논문, 2015년, 46쪽.)

* 식민지기 재조일본인 아마추어 탐정소설작가들에 관해서는 과경 일본어문학 문화 연구회, 『재조일본인 일본어문학사 서설』(역락, 2017) 제3장 제9절 「한반도 일본어 탐정소설의 등장」과 제4장 제3절 「한반도 일본어 탐정소설의 전개」에서 상술하고 있으니 참조 바란다.

「어째서(どうして)」(총 79회, 1917.12.2.~1918.2.24.)와 「장식(錺)」(총 34회, 1918.2.26.~1918.3.31.)을 번역 연재하였다. 이 중 「장식」은 에른스트 호프만(Ernst Hoffmann)의 작품을 번역했다고 역자가 「신소설 예고」(『경성일보』1920.2.22.)에서 밝히고 있다.

후세 생은 전술한 창작 탐정소설 작가들과는 달리 경성에 거주한 재조일본인이었다고 추정된다. 그 이유는 「누구」에서 가면무도회가 열린 저택의 위치를 경성의 아카몬(赤門), 오늘날의 저동, 같은 곳이라고 본문에서 부연해 설명하고 있는 데서 그 단서를 찾을 수 있다. 그 외에 현재까지 이 역자에 대한 상세한 정보는 거의 없다. 다만, 이 책에서 번역한 「누구」가 『경성일보』에 연재된 탐정소설 중 유일한 장편 탐정소설이라는 점과 여러 편의 탐정소설 및 일반 소설을 번역 연재했다는 점을 고려할 때, 후세 생에 대한 신문사의 신뢰도가 얼마나 높았는지는 짐작할 수 있다.

예를 들어, 「누구」의 연재를 예고한 「신소설 예고」(『경성일보』 1917.6.22.)에서는 다음과 같이 이 연재소설에 대한 신문사의 자신감을 나타내면서 독자들의 호응을 부추기고 있다.

"탐정 수단의 추리적인 면에서는 코난 도일의 스승격이고, 게다가 도일의 작품에서는 볼 수 없는 인간 드라마(人情)마저 가미된 「누구」의 작가는 에밀 가보리오이다. 탐정물이라고 하면 대개 인간 드라마와 거리가 멀지만, 이 작품은 그 점에서도 유감이 없고, 장면의 변화가 많은 것 또한 여러 말이 필요 없다. 가까운 시일에 조간 제1면에 연재할 것이며 우리 독자 제군이 반드시 큰 갈채를 보내며 환영할 것이라 기대해 마지않는다. 게재를 기다리시라."

탐정소설이라는 새로운 장르를 처음 연재하게 된 일종의 모험심과 독자들에 대한 당부는 역자 본인이 직접 「「누구」를 번역 게재하면서(「誰」を譯載するに就て)」(『경성일보』 1917.7.3.)라는 기사를 통해서 전하고 있다. 다소 길지만, 전문을 인용해 보겠다.

"프랑스의 작가 에밀 가보리오의 걸작 Le Dossier 113(영어 번역으로는 File No.113이다. 둘 다 철해서 모아 둔 서류 제113호라는 뜻이고 이것이 작품 제목인 이유는 본문을 읽어 보시면 알 수 있다.)을 내일부터 연재하는 데 있어서 한두 가지 말씀드리고 싶은 게 있습니다.

「누구」는 탐정소설입니다. 탐정소설의 명가라고 하면 지금은 누구나 영국의 코난 도일을 제일 먼저 꼽을 것입니다. 과연 줄거리의 변화무쌍함이 뛰어나고 수수께끼를 푸는 탐정 수단의 합리성에서는 도일의 작품만 한 것이 없을 것입니다. 그의 명성을 입을 모아 칭찬하는 것은 당연합니다. 하지만 이러한 탐정소설이라는 것이 도일만의 독창적인 것으로 생각한다면 그건 조금 다릅니다. 도일에게는 영향의 유무를 따지지 않더라도 적어도 두 명의 선배가 있었습니다. 한 명은 미국의 에드거 앨런 포(Edgar Allan Poe)이고 다른 한 명은 조금 전에 말씀드린 가보리오입니다. 포는 100여 년 전 사람이지만, 가보리오도 마찬가지로 그렇게 새로운 작가는 아닙니다. 그는 1835년, 즉 덴보(天保) 6년에 태어나서 1873년, 즉 메이지(明治) 6년에 죽었습니다. 그리고 「누구」가 나온 것은 1867년, 즉 게이오(慶應) 3년의 일입니다. 생각해보면 꽤 오래된 소설입니다. 하지만 이 오래된 소설이 지금까지도 인기를 잃지 않고, 마치 포의 작품이 오늘날에도 해마다 새롭게 개판(改版) 돼서 매년 왕성하게 팔리고 있듯이, 이 작품도 널리 각국어로 번역돼서 원서도 번역서도 역시 매년 꽤 많이 팔리고 있습니다. 포와 도일의 작품에는 단편이 많지만, 가보리오의 작품은 대부분 장편이라서 대개는 하나의 작품이 한 권의 단행본으로 나옵니다. 소설이 길어서 때로는 너무 장황하게 느껴지는 곳도 있습니다. 그런 부분은 이 번역에서는 모두 생략했습니다.

가보리오가 탐정소설을 쓰기 시작한 것은 1866년, 그의 나이 서른한 살 때이고, 그전에는 다양한 종류의 이야기를 썼습니다. 그리고 1873년 9월 28일, 서른여덟 살이라는 젊은 나이에 파리에서 돈사(頓死)할 때까지 정확히 열 편의 재미있는 탐정소설을 남겼습니다. 그중에서도 대표작이라고 할 수 있는 것이 이 「누구」와 「대 탐정 르 코크」의 두 편입니다.

역자의 문장은 번역이라고는 되어있지만, 엄밀한 의미의 번역은 아닙니다. 즉, 이야기의 줄거리를 전할 뿐, 세세한 곳은 꽤 생략하거나 고쳐 썼습니다. 문자에 관해서는 특히나 번역이라고 하기 힘들 정도로 제멋대로의 극치를 보여주고 있습니다. 이 점에 관해서는 미리 자백해서 독자들의 양해를 구하고자 합니다.

탐정물이라고는 하지만 줄거리에 잔인한 부분이 없고 오히려 아름다운 인간 드라마가 얽혀있습니다. 읽고 불쾌하지 않을 것만은 역자가 안심하고 여러분에게 권하는 바입니다."

일본어 역자 후세 생이 재조일본인이라는 사실 외에 현재 알려진 바가 없으나, 그가 쓴 「「누구」를 번역 게재하면서」라는 위의 글을 보면 그가 얼마나 탐정소설이라는 장르에 조예가 깊었는지 알 수 있다. 「누구」는 『경성일보』가 처음 연재한 탐정소설이다. 신문사 홍보 글에서도 알 수 있듯이 신문사가 독자들을 끌어들이는 간판 소설로 탐정소설을 연재한 첫 시도가 이 책에서 번역한 「누구」이다. 이처럼 「누구」는 탐정소설이 재조일본인의 독서 공간에서 대중성을 확보하고 대중문학으로 자리매김해가는 시발점이 된 작품이다. 이러한 시도를 수수께끼와 인간 드라마가 어우러진 에밀 가보리오의 『서류 113』으로 시작한 『경성일보』의 전략이 성공적이었다는 것은 앞서 소개한 이 신문에 게재된 탐정소설과 작가들의 면면을 보면 알 수 있다.

마지막으로 『경성일보』의 DB는 필자와 같은 개인 연구자를 비롯해 식민지기를 연구하는 한국, 일본, 나아가 세계 각국의 연구자들이 고대하던 토대 자료이고 본 사업의 연구성과로 인해 향후 관련 연구 분야의 양적 확장과 질적 심화가 기대되는 바이다. 41년간 매일매일 발행된 『경성일보』의 방대한 양의 기사 목록 DB 구축 작업과 더불어 5년간 부단하게 윤독회 및 연구회를 이끌어주신 본 사업팀의 연구책임자 김효순 선생님과 강원주, 이현진, 임다함 연구교수님들의 노력에 진심 어린 감사의 말씀을 전한다. 나아가 인내와 수고를 아끼지 않고 마지막까지 꼼꼼하게 편집해주신 역락의 문선희 선생님께도 감사드린다.

지은이 및 번안

지은이 **에밀 가보리오**(Èmile Gaboriau, 1832-1873)

19세기 프랑스의 대중소설 작가. 처음에 신문소설가 P. 페바르의 비서가 되어 자신도 몇 편의 소설을 발표하다가, 1866년, 세계 최초의 장편 탐정소설 『르루주 사건』을 신문에 게재하고 큰 반향을 불러일으켰다. 『르루주 사건』에서는 단역으로 나왔던 르코크 탐정이 대활약을 펼치는 『오르시발의 범죄』(1867), 『서류 113』(1867), 『파리의 노예』(1867), 『르코크 탐정』(1869) 등을 잇달아 발표하였다. 에밀 가보리오는 포르튀네 뒤 부아고베와 코난 도일의 탐정소설 창작에 많은 영향을 주었으며 프랑스 탐정소설 붐을 일으킨 작가이다.

번안 **후세 생**(布施生)

본명 및 생몰년도 등 인물에 관한 정보는 현재 아직 밝혀진 바가 없다. 다만, 경성에 거주한 재조일본인이라는 점, 탐정소설에 정통하다는 점은 본 번역작품을 통해서도 알 수 있다. 『경성일보』에는 이 책에서 번역한 소설 외에도 「어째서」와 「장식」이라는 탐정소설 두 편을 번역 연재하였고, 「아내가 되어(妻となりて)」(총 105회, 1920.1.22.~1920.6.17.)라는 영국소설도 번역 연재하였다.

옮긴이

유재진

고려대학교 일어일문학과 교수. 일본근현대문학 전공. 호리 다쓰오(堀辰雄)의 서양 모더니즘 수용에 관한 연구로 일본 쓰쿠바대학(筑波大学)에서 박사학위를 받고 이후 한국에서는 일본대중소설, 특히 식민지기 한반도의 일본어 탐정소설에 관한 연구를 수행하였다. 주요 저서로 『일제강점 초기 한반도 간행 일본어 민간신문의 문예물 연구』 전 8권(공저, 2020), 『〈異郷〉としての日本—東アジアの留学生がみた近代』(공편저, 2017), 『동아시아의 대중화 사회와 일본어문학』(공저, 2016), 『개정판 호리 다쓰오와 모더니즘』(2015) 등이 있으며, 역서로는 『라이트노벨 속의 현대일본:팝/외톨이/노스텔지어』(공역, 2017), 『미스터리의 사회학—근대적 '기분전환'의 조건』(공역, 2015), 『다로의 모험—식민지 조선판 이상한 나라의 앨리스』(2014), 『탐정 취미:경성의 일본어 탐정소설』(공편역서, 2012) 등이 있다.

『경성일보』 문학 · 문화 총서 **9**
탐정소설 **누구**

초판 1쇄 인쇄	2021년 2월 15일
초판 1쇄 발행	2021년 2월 26일

지은이	에밀 가보리오(Émile Gaboriau)
번안	후세 생(布施生)
옮긴이	유재진
펴낸이	이대현
편집	이태곤 권분옥 문선희 임애정 강윤경
디자인	안혜진 최선주
마케팅	박태훈 안현진
펴낸곳	도서출판 역락
주소	서울시 서초구 동광로 46길 6-6 문창빌딩 2층
전화	02-3409-2060(편집), 2058(마케팅)
팩스	02-3409-2059
등록	1999년 4월 19일 제303-2002-000014호
전자우편	youkrack@hanmail.net
홈페이지	www.youkrackbooks.com

ISBN	979-11-6244-514-3 04800
	979-11-6244-505-1 04800(세트)